드래곤 킹덤

BBULMEDIA FANTASY STORY

드래곤 킹덤

BBULMEDIA FANTASY STORY

4

공작, 로인의 적과 맞서다

SWORD OF DRAGON LOAD

강유 판타지 장편 소설

뿔미디어

드래곤킹덤

SWORD OF DRAGONLOAD 4권 공작, 로인의 적과 맞서다

1판 1쇄 찍음 2007년 2월 21일
1판 1쇄 펴냄 2007년 2월 23일

지은이 | 강 유
펴낸이 | 정 필
펴낸곳 | 도서출판 뿔미디어

출판등록 | 2002년 9월 11일 (제1081-1-132호)
주소 | 부천시 원미구 심곡2동 163-2 3층 (우)420-822
전화 | 032)651-6513,6092,6093 / 팩시밀리 032)651-6094
E-mail | BBULMEDIA@paran.com

값 8,000원

ISBN 978-89-5849-407-2 04810
ISBN 978-89-5849-365-5 04810 (세트)

제4권

공작, 로인의 적과 맞서다

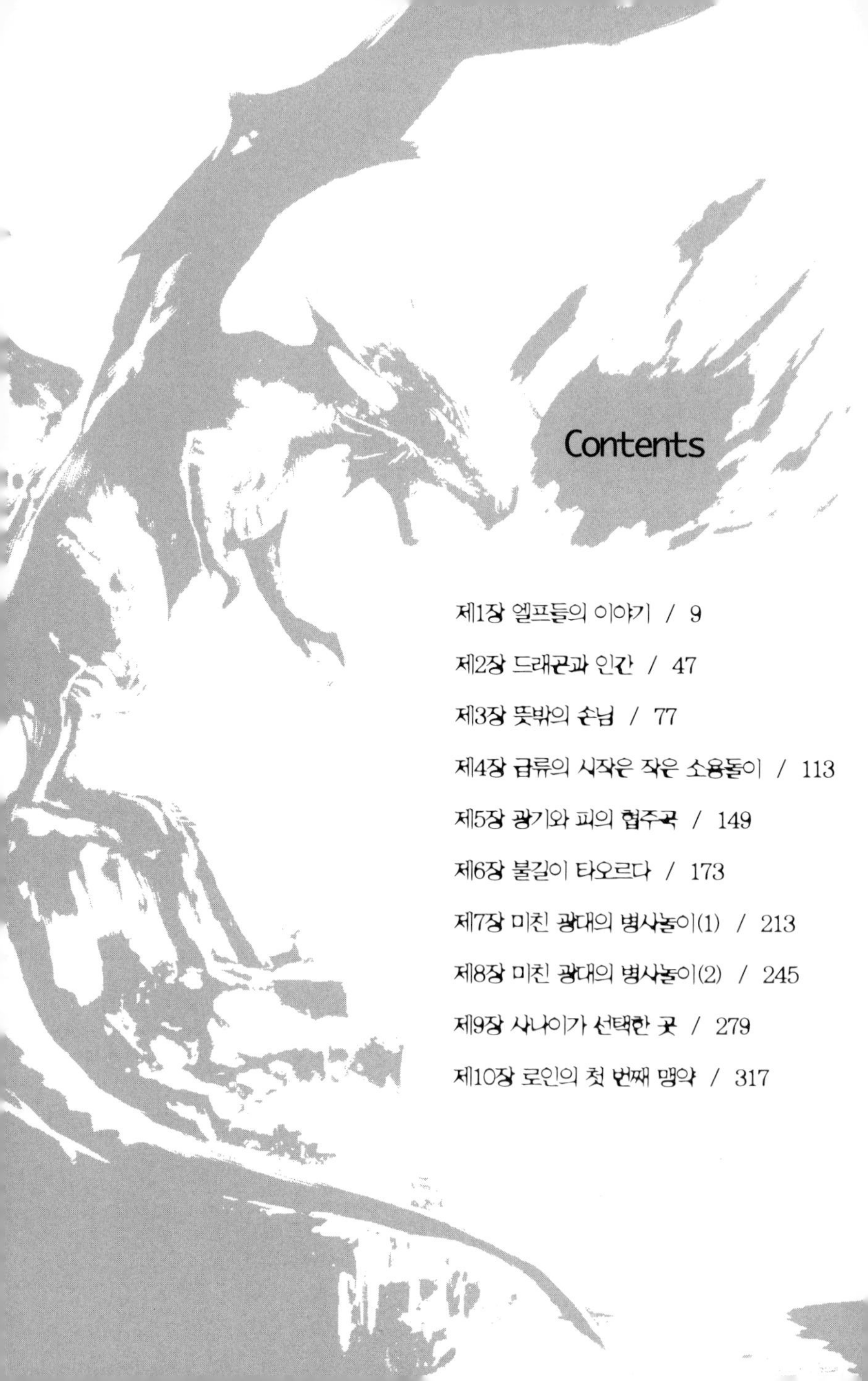

Contents

제1장 엘프들의 이야기 / 9

제2장 드래곤과 인간 / 47

제3장 뜻밖의 손님 / 77

제4장 급류의 시작은 작은 소용돌이 / 113

제5장 광기와 피의 협주곡 / 149

제6장 불길이 타오르다 / 173

제7장 미친 광대의 병사놀이(1) / 213

제8장 미친 광대의 병사놀이(2) / 245

제9장 사나이가 선택한 곳 / 279

제10장 로인의 첫 번째 맹약 / 317

SWORD OF DRAGONLOAD

제1장

엘프들의 이야기

제국 600년 이전, 엘프들은 대륙 전체에 퍼져 있었다.

당연히 그들은 수많은 부족들과 싸웠다. 엘프들은 오만한 종족이었다. 그들은 숲의 경계를 두고 다른 종족과 쉴 새 없이 싸웠다.

그들의 천성이 잔인한 것은 아니었다. 그러나 그들은 고지식한 종족이었다. 숲을 지켜야 한다는 사명으로 그들은 인간과, 오크와, 그들 외의 거의 모든 종족과 전쟁을 치러 왔다.

엘프에게 네크시아라가 넘어간 것은 600년 이전, 제국의 설립 당시였다.

초대 로인 공작.

인간에게는 단지 그렇게 알려져 있는 여인이었지만, 엘프들은 그녀를 다른 이름으로 불렀다.

드래곤의 연인.

마족과의 전쟁이 한창이던 때.

인간의 대표로, 드래곤의 연인이 엘프들의 숲을 찾아다녔다. 그녀는 그들에게 중대한 제의를 해 왔다.

—그대들에게 땅을 드리겠습니다. 대신…….

—인간과 거래할 생각 따위는 없다.

—거래가 아닙니다.

—그렇다면 협박인가, 드래곤의 연인이여?

이자벨은 그 말에 자신의 검을 그들 앞으로 던져 버렸다.

그녀의 목소리는 표정만큼이나 단호하고 냉정했다. 그녀는 한 치의 흔들림도 없는 당당한 목소리로 말했다.

—나는 고대 종족인 그대들을 존중합니다……. 그대들이 숲의 신을 따르며 그 신의 계율에 따라 행동하는 것 또한 이해합니다. 그렇지만 이대로, 그대들의 힘만으로 마물을 상대하는 데는 한계가 있습니다.

—숲을 버리라는 것인가! 그 제안은 더더욱…….

—숲을 버리는 것이 아니라 그대들의 생명을 이어 나가라는 겁니다. 세상 모든 숲을 지킬 수도 없다면, 최소한 그 숲을 되살릴 수 있는 그대들 자신을 지켜야 하지 않겠습니까.

—인간 특유의 모순적인 표현이로군.

—네, 그렇게 느끼셔도 좋습니다. 하지만 저는 분명히 말씀드리겠습니다. 인간과 영원불멸로 사이좋게 지내자는, 겉만 번지르르한 약속을 하자는 게 아닙니다. 단지 같은 방향을 바라보며 싸우자는 것일 뿐.

엘프들은 처음으로 그녀의 말에 귀를 기울였다.

—서로가 당장 웃으면서 바라볼 수 없다는 것은 잘 알고 있습니다. 그렇지만 서로에게 칼을 겨누면서, 일어날 가능성이 낮은 싸움을 준비하느니 당장 서로의 목 아래 겨눈 칼을 서로 치워 주는 편이 좋지 않겠습니까.

—그것도 과연 그렇군……. 그러나 드래곤의 연인이여, 그대가 우리에게 이주하라고 말하는 것은, 우리가 태어나고 자란 이 숲을 버리라는 뜻. 우리는 그 말을 받아들일 수 없다.

이자벨은 안타까운 마음을 감추지 않았다.

—엘프를 이끄는 장로시여, 그대들의 삶은 우리들의 것보다 훨씬 더 깁니다. 인간 열둘을 합친 것보다 더 오래 사는 분께서, 어째서 한때 전투에 반의반도 지나지 않은 생을 끝내려 하십니까?

장로의 얼굴에 희미한 미소가 떠올랐다.

—그대의 이야기를 받아들이는 것은 젊은 엘프들이다. 우리는 우리에게 주어진 사명대로 이 숲을 지킬 것이다. 그대의 말대로라면 인간 열둘보다 더 긴 생을 살아왔으니, 그만큼 더 이 숲을 지키기 위해 각오를 다잡아야 할 테니……. 드래곤의 연인이여, 대신 약속해 다오. 인간의 삶은 짧아도, 그들 자손으로 이어지는 이름은 길게 남는다. 그 이름을 걸고 우리 자손들을 보호해 주겠다고 맹세해 다오.

이자벨은 안타까웠다. 그러나 이 숭고한 숲의 종족이 한낱 작은 숲을 지키고자 하는 마음을 이해하지 못하는 것은 아니었다.

그녀는 죽음을 각오한 엘프족의 장성한 전사들을 바라보며 고개를 끄덕였다.

—연인의 이름을 빌어 맹세하겠습니다. 그대들의…… 종족과 나의 새로운 가문, 로인의 이름으로 그대들을 보호하겠습니다.

—좋다, 로인이여. 드래곤의 연인이여! 위대한 종족의 언약으로 우리 종족은 그대들과 나란히 설 것이다. 그대가 우리의 종족을 보호하는 한, 우리 또한 그대들을 도울 것이다.

그것이 세 번째 로인의 맹약.

600년 전, 하이 엘프들이 대부분 전사했다. 그들은 우수한 전투력에도 불구하고, 마물과의 싸움에서 결국 죽을 수밖에 없었다.

넓은 네크시아라는 당시 몇몇 하이 엘프들의 도움으로 울창한 밀림으로 바뀌었다.

그로부터 600년 후, 과거를 기억하는 엘프가 얼마 남지 않았을 때.

엘프 족의 한 장로는 생각했다.

'과거 우리는 이 대륙 어떤 숲에서도 살고 있었다.'

당시 제국은 제5의 전성기였다. 로인 공작이 영지에 되돌아오지 않은 지도 꽤 많은 시간이 흘렀다.

엘프들과 인간들은 꽤 사이가 좋았다. 적어도 600년 전처럼 무작정 인간들과 싸우지는 않았다. 네크시아라의 평화 속에 꽤 많은 엘프들이 태어났고, 그들이 엘프 전체의 70퍼센트를 차지할 정도였다.

엘프족의 장로, 타글라흐는 생각했다.

'우리가 어째서 네크시아라에서 머물러야 하는가? 인간과의 맹세

가 왜 중요하단 말인가? 그 맹세로 해서 우리가 여기에 머물러도 된다는 말은 없다…….'

전처럼 대륙 전체에 그들 종족의 힘을 과시하는 일.

그는 과거의 엘프들과 그 당시의 엘프들을 비교해 보지 않을 수가 없었던 것이다.

네크시아라는 너무나 평화로운 곳이었다. 엘프가 인간만큼 불어나도 모두 살 수 있을 정도로 넓은 곳이었다.

'이대로는 우리 엘프의 특성을 잃고 만다.'

타글라흐는 그들 자신이 노예처럼 느껴졌다. 로인의 노예, 네크시아라의 노예.

'이대로는 안 된다.'

타글라흐는 변화가 있어야 한다고 생각했다.

그로부터 200년이 지났다.

모순된 일이지만, 지금 와서 엘프들은 오히려 네크시아라를 그리워했다.

인간들은 너무나 빠르게 불어났다. 엘프들이 마음 놓고 살 수 있는 곳은 네크시아라 외에는 남아 있지 않았다.

물론, 이제는 사막이 되어 살려 해도 살 수 없었지만.

타글라흐의 공격, 밀테이너 공작의 공격. 황제와의 깊어진 골.

그런데도 카이는 로인으로 되돌아왔다.

첫째, 로인에 있는 편이 안전했다.

그는 온몸의 근육이 엉망이 된 상태였다. 가슴팍이 오그라들어서 드래곤 하트가 절반은 타 버린 살점 사이에 파묻혔다. 그 전기 사이에서 빠져나와, 바로 온몸으로 공격을 퍼부은 덕분에 몸은 더 엉망이었다.

테엘 역시 절반의 회복을 했을 뿐이고 이르엘의 정령술도 엉망이었다.

이 상태에서 문령술사가 다시 공격해 온다면 당할 수 없다—라는 전략적 이유가 하나.

두 번째 이유로는 그만큼 다른 군사력을 갖춰야 할 필요성이 제기되었기 때문이다. 지금의 로인은, 기사단 100명이 공격해 온다면 무너질 정도로 취약했다. 사람들이 살 수 있는 환경조차 아니었다.

카이가 거느린 군대는 기사단 이백. 그러나 그들이 아무리 카이에게 충성한다고 해도 그들만으로는 부족했다.

어차피 가을이면 로인으로 되돌아올 생각이었다. 그 일을 조금 앞당긴 것뿐이었다.

카이가 로인에 돌아온 세 번째 이유는, 엘프와의 결속 때문이었다. 이르엘의 이름으로 모든 엘프에게 네크시아라로 돌아오라는 말을 전했다.

적 중에는 다크 엘프가 있었다. 그들이 세력을 늘리기 위해서는, 다른 엘프들을 직접 죽이고 피를 온몸에 칠해야 한다. 그것을 막기 위해서라도 더더욱 엘프들을 한 곳에 모아야만 했다.

'열 보 전진을 위한 한 보의 후퇴.'

카이는 그렇게 생각했다. 그러나 막상 돌아온 로인은 너무나 좋았다.

로인의 땅 일부는 거의 정상으로 되돌아왔다. 옛날처럼, 땅에 기름기가 흘러서 무엇을 심어도 금세 쑥쑥 자라났다.

사람들이 활기차게 움직였다. 로인의 관문으로 새로운 도시가 건설되고 있었다. 이제 겨우 길이 닦이고, 건물 위치에 기초 공사를 끝낸 정도였다.

아름답지 않은가!

사람들의 이마에 땀이 흘렀다. 깡마른 몸에 돌멩이 하나라도 더 짊어지려 그들은 노력하고 있었다.

드워프들이 관문을 공사하는 소리가 뚱땅거리며 로인의 회복을 노래하는 듯했다. 사람들의 얼굴은 땀으로 범벅이 되어 웃음이 넘쳐흘렀다.

카이에게는 이들을 보호해야 할 의무가 있었다. 그리고 그는 그 의무를 아주 잘 이해하고 있었다.

"엘프들은 왜 도착하지 않는 거지?"

카이가 장로들을 돌아보며 물었다. 그들은 카이를 향해 깊숙이 허리를 숙였다. 타글라호가 봤다면 그야말로 엘프들의 자존심이 땅에 떨어졌다고 한탄할 정도였다.

"그들에게서 연락이 왔지만, 아무래도 혼란스러운 상황인 모양입니다. 이제껏 대부분의 엘프들이 살아온 숲을 떠나기도 그렇고, 이

땅은……."

"아직도 두려움 운운하는 건가."

카이는 이마를 찡그렸다. 테엘은 카이의 눈빛에 순진한 눈망울을 반짝거리면서 오히려 되물었다.

"왜 날 봐?"

"네가 잘못한 건 까맣게 잊어버렸다는 거냐?"

"애먼 드래곤 잡겠다! 이 동네 잘못 되어 가는 건 전부 내 탓이냐?"

"네 탓 아닌 걸 찾는 게 더 어렵겠다."

카이의 말에 테엘은 싱글벙글 웃었다.

"그렇지, 뭐."

"……칭찬하는 거 아니다만."

"괜찮아, 괜찮아. 악명도 유명한 거잖아. 안 그래?"

카이는 한숨을 내쉬고는 절벽 아래 넓은 사막을 바라보았다.

"엘프들이 온다면 연락이 미리 오겠지. 운다흐가 이끄는 녀석들도 곧 사막을 지나쳐 올 거고. 그러니 먼저 시작하자."

카이는 무뚝뚝하게 말하고는 다가온 이르엘에게 자연스럽게 한 손을 내밀었다.

둘은 손을 잡고는 나란히 절벽 아래로 뛰어내렸다. 이르엘이 가볍게 불러낸 시큐엘이 금세 그들 주변을 감싸고 떨어지는 속도를 늦춰 주었다.

테엘 역시 벨하임과 리슨을 옆구리에 잡아 끼고 그 뒤를 따랐다.

그들은 절벽을 평지처럼 서서 몇 발자국 뛰어 달렸다. 이어 바람의 정령이 그들의 몸 주변을 감싸 보호해 주었다.

마치 1미터 높이 담장에서 뛰어내린 것처럼 모두 가볍게 땅에 착지했다.

그들 뒤에서 관문 설치를 감독하던 모드가 그 모습을 보고 혀를 찼다.

"하여간 엘프나 인간이나 드래곤이나, 허영심에 가득한 종족들 같으니라고……."

아직 관문은 설치되지 않았다. 완공 기한은 차후 3개월 이내. 훤히 열린 성문으로는 드워프들과 인간들이 부지런히 드나들고 있었다.

"겉멋만 들어서 말야. 높은 데서 왜 뛰어내려, 왜."

드워프들은 건축물을 만들어 낼 때를 제외하곤 높은 곳은 전혀 좋아하지 않았다. 그들을 창조한 것은 땅의 신이고, 그들은 천성적으로 땅과 굴을 좋아했다.

늙은 드워프는 투덜거리면서 동족들을 돌아보았다.

"거기 왼쪽—! 좀 더 강하게 박아! 화살에도 무너지는 걸 만들어 낼 거냐!"

카이는 사막을 바라보았다.

거의 1년 전의 일이었다, 이 사막을 건너 로인에 돌아온 것이. 그들 가문이 이백 년간 지녔던 안타까운 소망을 풀기 위해서.

사막을 건너오며 목이 마른 것도, 굶주림도 참았다. 그의 발끝에 차이는 모래알이 하나하나……. 마치 그를 놀리는 백성들 같았고, 그를 원망하는 영지민들의 얼굴 같아서 얼마나 괴로웠던가.

돌아가도 용서받지 못하고, 감당하지 못하는 힘에 온몸이 터져 죽을 거라고 생각했었다. 그러나 지금 그는 사막 위에 서 있었다.

사막, 아니 예전의 울창한 숲 네크시아라, 축복받은 땅을 되살리기 위해서.

이르엘은 카이를 바라보았다. 카이는 이르엘을 보지 않았다. 대신 그는 사막을 뚫어져라 바라보고 있었다.

관문을 나서서 똑바로 앞으로 향하면, 란펜에 도착한다.

"지금 황성에서는 수많은 쥐새끼들이 득실거리면서 서로 찍찍거리고 있겠지."

카이가 중얼거렸다. 테엘은 엘프 장로들의 등을 떠밀면서 카이를 힐끗 바라보았다.

"그래서, 왜?"

카이는 사막 먼 곳의 지평선을 바라보며 고개를 천천히 흔들었다.

"……구름이 짙게 피어오른다. 비구름인가……? 잘하면 여기까지 비가 내릴 것 같은데."

"뭐, 이 녀석들이 있으니까. 어이, 잘됐네. 노래를 불러. 시작하자."

테엘은 그들을 바라보면서 자신 역시 마나를 진정시켰다.

이르엘은 잠시 아쉬운 눈으로 카이를 바라보다가, 먼저 사막을 향해 한발 앞으로 나섰다. 그리고 노래를 시작했다.

부드러운 음성이 바람과 같이 속삭인다. 너무나 작아 아무도 듣지 못하는 것 같았다. 그 노래가 일순, 봄의 산들바람처럼 풍부한 음성으로 크게 울려 퍼졌다.

카이는 눈을 지그시 감은 채 그 노래에 귀를 기울였다.

'시작되었다.'

회복의 노래가 시작되었다. 이르엘은 그런 사이에 회복의 언령주문을 섞기 시작했다.

"……주공!"

벨하임이 감격한 목소리로 카이를 불렀다.

카이는 눈을 떴다.

그의 앞에서 마치 파도가 밀려 나가듯, 사막 위에 옅은 녹색의 풀이 우르르르 돋아 사방으로 뻗쳐 나가고 있었다.

관문 안의 사람들도 이윽고 이 기적을 알아챘다.

"오오오오……!"

그 뒤를 이어 사람들의 감탄이 사막으로 퍼져 나갔다.

카이에게는 그 소리조차 노래로 들렸다.

푸른 잔디가 잔물결처럼 노래가 닿는 곳마다 퍼져 나갔고, 이어 작은 새싹들이 고개를 내밀었다.

엘프 장로들은 숲의 신께 경배를 바치는 노래를 부르기 시작했다. 몹시도 낮은 중저음의 노래가 사방으로 퍼졌다.

"이 노래는…… 뭐야?"

카이는 황당하다는 눈으로 그들을 바라보았다. 이르엘의 노래를 가릴 듯 그렇게 퍼지는 노랫소리가 영 마음에 들지 않았던 것이다.

드래곤 로드 고르진이 그의 곁으로 천천히 다가왔다.

"숲의 신께 경배를 바치기 위해, 땅이여, 노래를 들어다오. 대충 그런 노래일세, 카이."

"엘프의 언어를 알아들으시는 겁니까?"

"……자네는 내가 뭘로 보이는가?"

"드래곤의, 위대한 이끄시는 분이지요."

"그렇다면 못 알아듣는 게 더 신기한 일 아닐까?"

카이의 눈빛이 순간 반짝였다.

"그럼 언령의 문자는 어떻습니까? 그것 역시 해독하실 수 있습니까?"

고르진은 그 말에 뭐라 대답해야 할지 말문이 막혀선 테엘을 바라보았다.

'이 녀석, 원래 이렇게 욕심이 많냐?'

눈으로 묻는 말에, 테엘은 고개만 끄덕였다.

고르진은 한참 동안 카이를 바라보다가, 천천히 대답했다.

"언령은 신성력일세. 선택받은 자만이 쓸 수 있지. 드래곤에게는 가장 근원적인 언어 그 자체. 엘프에게는 선택받은 자의 정해진 노래로, 그리고 인간에게는 가장 하급한 문자의 형태로."

"테엘에게 들었습니다."

"그렇다면 신을 믿게."

고르진은 부드럽게 미소 지었다.

"주신과 그 휘하의 모든 신이 계심과 그들의 의지가 움직이심을. 힘을 요구하는 것도 아니요, 단지 자신이 얼마나 부족한 존재인지를 깨닫고 그에 대해서 구원해 달라고 기도를 올리게나."

카이는 약간 어리둥절했다.

"말씀을 잘 이해할 수가 없습니다만."

고르진은 미소를 짓기만 하곤, 손을 흔들었다.

"이 늙은이는 잠시 신전에서 쉬어야겠네. ……잘하고 오시게나."

테엘은 손을 흔들며 사라져 가는 고르진을 잠시 묘한 눈길로 바라보았다.

"이상한데, 늙은이가."

"왜?"

"아니, 그냥……."

테엘은 고개를 갸웃거렸다.

"……아무것도 아닐 거야, 아마도."

그때 갑자기 이르엘이 노래를 멈췄다.

테엘과 카이가 고개를 돌리자, 이르엘이 귀를 한쪽으로 기울인 채 심각한 표정을 짓고 있는 것이 보였다.

"뭐냐, 애송……이가 아니라 하이 엘프님."

"엘프들이 오고 있다는데, 기세가 이상해요."

"흠……. 잠깐만."

테엘이 하늘로 떠올랐다. 카이 역시 검 손잡이를 잡은 채 앞으로 나섰다.

사막 저 끝에서, 흙먼지가 구름처럼 피어올랐다.

카이는 벨하임과 리슨을 돌아보았다.

"싸움 준비를."

누구 말이라고 토를 달겠는가.

벨하임과 리슨이 각기 무기를 든 채 앞으로 나섰다. 카이는 조용히 말했지만, 그 목소리에 오히려 그들은 더 긴장했다.

바람을 타고 희미하게 비명 소리가 울려 퍼졌다.

이르엘의 얼굴이 굳었다.

"다크 엘프……!"

사막 건너편, 엘프들이 서로 쫓고 쫓기면서 과거를 반복하고 있었다.

하늘에 떠올라 그 장면을 지켜보는 테엘은, 저도 모르게 시간 여행을 하는 것 같았다.

그때는 그렇게 행동할 수밖에 없었다. 어리석지만, 한없이 서글펐던 그 시간…….

"내가 너희와 다른 점이 무엇인지 아느냐……!"

우렁찬 목소리가 하늘 가득 퍼졌다.

살육전을 벌이던 엘프들과, 도망치던 엘프들이 일시에 멈췄다.

테엘을 발견한 엘프들은 그러나 분노할 뿐이었다. 두려워하거나, 도망치려는 표정이 없었다.

테엘은 양손을 들었다. 하늘을 자기 손안에 둔 듯, 자연스럽게 위엄이 넘쳐흘렀다.

그의 양손에 따라서 사막 위에 마그마의 강물이 솟구쳤다.

엘프들과 엘프 사이였다.

"나에게는 구해야 할 사람이 있었다. 그렇지만 너희가 지금 힘을 얻고자 하는 이유는 대체 뭐지? 없구나, 단지 지독한 이기심으로 동족을 죽여 힘을 얻고자 날뛰는 꼴이라니!"

테엘은 오른손을 위로 올렸다.

그의 손에 따라 마그마가 자유자재로 움직였다. 그의 손끝에 연결된 것처럼, 하늘 높이 해일처럼 일어난 것이었다.

다크 엘프로 변하던 엘프들은, 그것을 보고도 두려워하지 않았다. 대신 그들은 밉상스러운 미소를 짓고는 다음 순간 품 안에서 뭔가를 한 장씩 꺼내 들었다.

테엘은 붉은 화염 너머로 그것을 알아보았다.

"문령이냐!"

순간 테엘이 거칠게 울부짖었다.

타글라흐를 떠올리는 것만으로도 분노가 치솟은 것이었다. 문령을 찢고 다크 엘프들이 사라진 땅 위로 마그마의 해일이 거칠게 덮쳤다. 마그마는 바위를 녹이고 땅을 녹이면서 거칠게 파도쳤다.

테엘은 마그마를 다시 땅속으로 돌려보냈다. 거칠게 땅 위의 것을 휩쓸면서 마그마가 사라지자, 쫓기던 엘프들이 카이에게로 다가왔다.

카이가 앞으로 한 걸음 내딛었을 때, 벨하임이 그의 앞을 가로막았다.

"왜 그러는 거냐?"

벨하임은 아직까지 온몸을 긴장한 채였다.

"……저번 공격 때 말입니다."

그렇게 말하는 벨하임은, 귀 끝까지 빨개졌다.

"주공의 온몸을 전기불로 고문했을 때. 그 녀석들, 간악하게도 불에 타 죽은 척했었잖아요."

그렇게 말하더니만 벨하임은 다가오는 엘프들을 향해 매서운 검기를 세워 보였다.

"멈춰라! 너희는 누구냐!"

"서쪽의 해가 지기 위해 걷는 길에서 멈칫거리며 하늘을 돌아보며 잠시 더 빛을 내뿜는 숲에서 온 종족입니다."

"……뭐라는 거야?"

앞으로 용감하게 나서긴 했지만, 숲의 위치를 표현하는 그 낯선 표현에 벨하임은 당황했다.

벨하임이 몸을 멈칫거리면서 이르엘을 돌아보았다.

"……라는데요. 아십니까?"

"잠시만요……."

이르엘은 그들 중 낯익은 얼굴 하나를 찾아냈다. 은빛의 요녀라 불리며 엘프들의 해결사로 활약하던 시절 만난 장로였다.

"이르엘……?"

상대 역시 그녀의 얼굴을 알아보았다.

"장로님, 오랜만에 뵙습니다."

"아…… 아니, 이르엘 님, 하이…… 엘프라는 이야기는 들었습니다. ……이제 뵈니……."

상대 장로는 이르엘을 샅샅이 훑어보고는 떨떠름한 감정을 숨기지 않고 말했다.

"그렇군요. 이제 인사 올립니다, 위대한 숲의 신께서 낳으신 위대한 핏줄의 후계자시여, 우리 엘프의 영광을 위해서……."

테엘이 그들 곁으로 내려앉았다.

새로 도착한 엘프 장로는 그를 보고는 몸을 움찔 떨었다. 테엘은 그가 자신을 두려워한다는 것을 보고도, 그의 곁으로 거칠게 달려들었다.

그야말로 눈 깜짝할 사이였다.

테엘은 단숨에 장로의 목을 한손으로 움켜쥐었다. 이어 다른 한 손을 힘차게 휘둘렀다. 그의 손끝에서 불꽃이 피어나, 도착한 엘프들의 주변에 위협적으로 에둘러졌다.

"테엘 님!"

"테엘!"

카이와 이르엘이 놀라 외쳤다.

테엘은 고개를 돌려 카이를 바라보았다. 카이는 그 눈빛에 움찔했다. 이제껏 본 적이 없는 냉정한 눈빛이었다.

살기가 끓어넘치는 것보다 훨씬 더 매서웠다.

'200년 전…… 그때를 떠올린 거냐?'

자신을, 로인을 또 잃을까 봐 겁이 났던 것일까.

카이는 저도 모르게 고개를 끄덕이고 말았다.

'……네가 뭘 하든 옳을 거다. 믿어 주마.'

테엘은 그의 표정을 보고는 조금 살벌한 기운을 풀었다. 그러나 다시 엘프들을 바라본 순간 그의 전신에서는 살기가 솟아났다.

"무슨 수작이냐."

"……엣?"

"내가 하늘에서 지켜보고 있다는 것을 눈치 챈 순간부터 뒤의 녀석들이 너희를 공격했다. 그걸 못 볼 줄 알았더냐?"

"무, 무슨 말씀이신지……."

"거짓말을 하겠다, 이건가?"

다음 순간이었다.

테엘은 더 시간을 주지 않았다. 그가 손에 손톱을 세워 올렸다.

그의 양손이 허공을 엇갈리며 지나간 순간, 엘프 장로의 머리와 몸이 분리되었다.

손톱에서 피를 뚝뚝 흘리면서 테엘은 엘프들을 돌아보았다.

"카이를 공격할 속셈이었던가? 다크 엘프가 되려고 한 거냐? 아니면 대체 뭘 하려는 속셈으로 여기에 있는 거냐?"

"무, 무슨 말씀이십니까! ……커헉!"

테엘은 그렇게 대답한 엘프의 목을 사정없이 갈라 버렸다. 손톱 하나만으로.

그 광경을 보고 있던 사람들은 등골이 오싹해지는 기분이었다.

사막 위에 다시 엘프의 피가 흩뿌려졌다.

순간 이르엘은 뭔가 다르다는 것을 깨달았다.

전에 그녀가 사막에 들어왔을 때, 사막에는 오래된, 엘프들이 죽으면서 흘린 피의 저주가 사방에서 풍기고 있었다.

그러나 지금 바로 눈앞에서 엘프가 죽었지만 그 피의 저주가 풍기는 특유의 냄새는 전혀 나지 않았다. 하지만 모습은 분명 엘프였다.

"……엘프가…… 아냐?"

"쳇—!"

다음 순간, 테엘의 공격 범위 안에 있던 엘프들이 품속에 손을 넣었다.

테엘은 몇 번이나 그 수법에 당할 정도로 호락호락하지 않았다.

"어딜—! 바람의 정령!"

"진, 도와줘!"

테엘의 외침에 이르엘 역시 재빠르게 대처했다.

순식간에 일어난 광풍이 엘프들 사이를 흔들고 그들의 팔을 붙들고 늘어졌다.

엘프들 중 문령을 찢어 발동한 자는 얼마 되지 않았다. 셋, 넷? 몇몇이 바람의 손길을 피해 허공 속에 모습을 감췄다.

그러나 스물에 가까운 다른 엘프들은 당혹스러운 표정으로 바람의 압박 속에 붙들려 버렸다.

테엘은 이르엘을 보며 고개를 끄덕였다.

"역시 전투에 있어서는 눈치 한번 빠르군."

"별말씀을요."

이르엘은 매서운 눈빛으로 엘프들을 노려보았다.

"이것들의 가짜 모습을…… 지워 주실 수는 없나요?"

"……이르엘, 내가 인생의 선배로서 충고해 줄까?"

테엘은 손가락을 까닥거리며 엘프 하나를 자신의 앞으로 움직이게 했다.

어딜 보아도 순진하면서도 아름다운 듯, 자연의 모습을 담아내 형상화한 듯한 엘프의 모습이었다. 그러나 유일하게 눈만은 악독한 살기를 드러낸 채 자신의 본래 모습을 암시하고 있었다.

"겉모습에 현혹되지 말아라."

테엘은 상대의 목을 또 잘랐다. 그의 손톱 아래, 엘프의 목뼈가 기긱거리는 소리를 내면서도 끝내 잘렸다.

어쩌면 소리는 일부러 낸 걸지도 몰랐다. 테엘은 그 소리를 이르엘에게 들려주고 싶었던 걸지도 몰랐다. '엘프를 죽이는 데 주저하지 않는다' 라는 것을 확실하게 일깨워 주기 위해서.

"……그렇군요."

이르엘은 그 간단한 한 마디에 크게 깨달은 표정으로 웃었다.

"그렇네요."

이어 이르엘의 손안에 바람의 검이 들렸다. 오랜만에 찾아든 정령술의 극의, 정령의 무기화!

바람의 검을 손에 든 채 이르엘은 그들 앞에 나섰다.

"겉모습이 어떻든 상관없는 일!"

이르엘의 눈이 매섭게 빛났다.

둘이 움직이기 시작했다.

엘프들은 바람에 억눌려, 몸을 버둥거리기만 할 뿐이었다. 그 사이를 오가는 테엘과 이르엘의 앙상블은 그야말로 춤을 추는 것 같았다. 그들의 손끝이 스치는 곳마다 피가 흘러내려 땅을 적셨다.

마침내 이르엘이 마지막 엘프의 목을 끊었다.

테엘은 손을 털면서, 이어 시체들을 한곳에 모아 놓고는 마그마를 끌어냈다. 시체의 뒤처리까지 말끔하게 끝내 놓고, 테엘은 일행을 돌아보았다.

"하나는 확실해진 것 같다. 문령술사가 몇이든 상관없지만…… 저번 싸움의 여파는 말끔하게 씻어 냈다는 것."

일행의 얼굴이 굳어졌다.

"그리고 앞으로 당도할 엘프들에 앞질러 이런 계책을 짜 낸 걸 봐선 꽤 영리한 녀석 같군."

"앞으로 도착하는 모든 엘프들을…… 의심할 수는 없다."

카이가 곰곰이 생각에 잠겨 말했다.

전투가 벌어진다면 괜찮다. 하지만 적은, 문령을 이용해 겉모습을 바꿀 정도로 영악했다.

엘프인 척 다가와서 불시에 습격한다면, 그리고 그 공격 수법이 문령에 의한 것이라면 막을 수 없다.

카이의 부상은 심각했다. 테엘이 없었다면, 다른 드래곤들이 없었다면 죽어도 다섯 번은 더 죽었을 정도였다.

아직까지 그의 전력을 퍼붓는 것은 불가능했다. 소드마스터와도 대등할 정도일까.

그리고 그보다 더 심각한 문제는 카이의 경험 부족이었다. 전투에 딱히 취미를 가진 것도 아니고, 10년 동안 드래곤과 이공간에서 죽어라 검술을 익힌 것밖에 없었다.

그렇다 보니, 전투라든가 전술에 대해서는 지극히 취약했다.

"그렇지. 그렇지만 이제부터는 너 자신에 대해서 좀 더 자각을 갖고 살아가라."

"자각이라니?"

"너는 공작이야. 그것도 유일하게 남은."

카이는 입술을 삐죽거렸다. 그리고는 장갑을 벗고 검게 그을린 살결을 내려다보았다.

"게다가 경험이 너무 부족해. 일대일의 대결이라면 나와 붙었으니까 괜찮지만, 다수를 상대로 한 대결에서는 너무 경험이 일천하고 전투를 이끌지 못한다. 앞날을 생각해 보면 엄청난 약점이지."

"……그렇지만 어차피 내가 전투에 나선다면, 100퍼센트의 전력으로 말야. 그렇다면 지휘력의 부재가 문제 될 리는 없지 않은가."

"그렇지. 네가 퍼붓는 검강에 눈이 달려서 아군은 피해 갈 리도 없을 거고. 하지만 크람 자작의 죽음을 벌써 잊은 건 아니겠지?"

카이의 얼굴이 굳었다.

테엘은 아무렇지도 않은 듯 말을 이었다.

"그런 상황으로 끌려가면 너는 살아남겠지만 네 주위, 네가 아무리 지키고 싶다는 사람이라도 살아남지 못한다는 걸 기억해라."

"……알겠어."

카이는 입술을 깨물고 주먹을 쥐었다.

"그 점은 당장 어떻게 할 수 없으니까, 진중하게 앉아 있는 법을 배워라. 뭔가를 지키고 싶다면 특히 더……."

"알겠다. 그 충고, 진심으로 받아들이지."

카이는 씁쓸하게 대답했다.

누군가를 지켜야 한다면 그는 오히려 뒤로 물러나 있어야 한다……. 카이는 씁쓸하게 그 상황을 받아들였다.

회복하는 것이 우선.

전술을 익히는 것이 우선.

'이렇게도 해야 할 일이 많은가. 내가 아직도 부족한 건가.'

그러나 이런 상황에서도 냉정한 것이 카이의 장점이라도, 테엘은 내심 속으로 칭찬했다.

"엘프들에게 지금 전령을 보낼 수 있겠는가?"

"네."

이르엘은 아까보다 또랑또랑한 눈으로 고개를 끄덕였다.

테엘은 잠시 선 채로 주변을 둘러보았다.

"카이는 이만 돌아가서 회복하는 데 신경 써라. 벨하임, 리슨. 너희 둘은 이 녀석 제대로 지켜. 혹시 모른다, 아직 로인 내에는 방어

책이 완벽하지 않으니까. 제길, 그러고 보니 이거…… 한가롭게 로인이나 지키자고 난리 칠 때가 아니었나 보군."

싸늘한 분위기가 감돌았다.

"타글라흐가 가장 원하는 건 그들 자신의 왕국, 즉 네크시아라와 더불어 로인에서 사람을 몰아내는 것일 거다. 우리가 로인에 돌아올 때까지는 시간이 꽤 걸렸으니까, 어떤 수작을 부려 놨는지……. 제길, 난 돌아가서 그것부터 검사해야겠군."

테엘은 그제야 보통 상황이 아니라는 걸 깨달았다.

"으, 으앗! 생각해 보니 지금 여기가 어떻게 되어 가든, 솔직히 생각해 보면 너희 엘프들이 알아서 하면 될 일이잖아! 숲이 되살아나든 말든, 길만 제대로 틀어 놔! 알겠냐? 어이, 우리는 돌아……."

"아."

벨하임이 하늘을 보고 짤막한 감탄사를 내뱉는 통에, 테엘의 말이 중간에 끊겼다.

"어이, 뭐야, 또?"

"하늘에서……."

"하늘에서 공격이냐!"

일행은 일제히 시선을 하늘로 돌렸다.

푸른 드래곤의 날개를 발견하자, 테엘은 이마를 찡그렸다.

"바엘라!"

푸른 날개가 땅 위에 고운 모래를 흩날리는 바람을 일으켰다.

"넌 또 뭐야, 왜 이렇게 빨리…… 아니다. 잘 왔다."

바엘라는 날개를 접고 순식간에 인간의 모습으로 줄어들었다.

드래곤의 위압감에 질린 인간과 엘프들을 내버려 둔 채, 테엘은 그녀를 향해 억지로 웃어 보였다.

바엘라는 약간 파리한 얼굴로, 못 볼 걸 봤다는 표정으로 테엘의 미소를 바라보았다.

테엘은 그녀의 양손을 붙잡고는 마구 흔들어 대더니, 이어 그녀를 꼭 안았다.

"바엘라, 나의 사랑스러운 여동생과도 같은 존재여."

"……왜 그래? 미쳤어?"

"엘프들을 부탁한다! 그럼 이만!"

테엘이 카이를 품 안에 낀 채 후다닥 날아가려 할 때, 바엘라가 황급히 카이의 목덜미를 낚아채 자신의 곁에 세웠다. 졸지에 물건 취급 당한 카이는 화를 꾹 참는 표정이었다.

"잠깐만. 카이에게 보여 줄 게 있단 말야!"

"……뭘 보여, 보이긴? 아 참, 오는 길에 엘프들 보이지 않던?"

"카이. 너를 위해 준비했어."

바엘라는 테엘을 깨끗이 무시했다. 그녀는 카이를 똑바로 바라보며 말했다.

"이게, 지금 너를 위해 내가 쓸 수 있는 가장 강력한 힘이야."

바엘라는 양손을 펼쳤다. 그녀의 양손 사이의 허공에, 금빛 글씨가 하나 둘 생겨났다.

허공에서 태양빛을 엮어 낸 듯한 아름다운 소환진!

테엘은 그 소환진을 보고는 입을 떡 벌렸다.

"너, 너……! 설마……!"

"노력했어, 나도."

바엘라는 이어 소환진에 자신의 마나를 쏟아 넣었다.

사람과 엘프들은 무슨 일이 벌어지는지 깨닫지 못했다.

그러나 잠시 후.

막막하던 사막 한가운데, 소환진이 바엘라의 앞에서 천천히 넓어지기 시작했다. 이어 그 사이에서 물이 샘솟듯이 사방으로 퍼졌다.

그러나 기이한 일은, 그 물은 사막 위에서 겉돈다는 것이었다. 마치 다른 것들의 접근을 거부하는 것 같았다.

그런 가운데, 물은 거대한 물방울처럼 허공에 공간을 열었다. 그 사이로 내뿜어지는 빛 때문에 사람들은 눈을 돌려야 했다.

"……엘퀴네스……!"

테엘이 입술을 깨문 채 중얼거리는 소리를 듣고서야, 사람들은 자신들의 앞에서 어떤 광경이 펼쳐지는지 알 수가 있었다.

'엘퀴네스라면……!'

'물의 정령왕!'

사람들은 충격에 휩싸였다.

신급의 존재, 자연의 신과는 또 다른 자연의 지배자……!

특히 태어날 때부터 정령들을 느끼는 엘프들은 그 충격이 어마어마했다. 당장 정령왕을 마치 숲의 신처럼 받들면서 그 자리에 무릎을 꿇은 것이다.

이윽고 빛이 잠잠해졌다. 그러나 대신 그들의 앞에는 무언가가 있었다. 신성하면서도 위대한 능력의 그 어떤 존재…….

"엘퀴네스……."

테엘이 멍하니 중얼거렸다.

그는 아직 불의 정령왕을 불러내지 못한다. 각종 화염 계열의 마법에는 그를 따를 자가 없지만, 정령을 다루는 일은 엘프를 떠올리게 한다는 이유로, 정령술의 단련은 등한시했던 것이다.

그런 테엘을 압도하고, 엘프들은 절대로 할 수 없는 일.

바엘라는 카이의 눈을 똑바로 바라보았다.

"……카이, 당신을 향한 내 선물이야."

「오호, 이 청년이 로인인가. 드래곤의 연인, 로인의 후손?」

정령왕이 물 가운데에서 천천히 그 모습을 드러냈다.

「물의 기운이…… 매서울 정도로군. 일개 인간에게서 이 정도의 수기를 느낄 수 있을 줄은 몰랐는걸.」

엘퀴네스는 그냥 흐르는 물속에 반투명하니 위로 떠오른 인간의 모습을 하고 있었다. 그러나 그 물이 얼마나 깨끗하면서도 신성하게 느껴지는지, 사람들은 선불리 고개를 들어 그것을 보기도 어려웠다.

당당하게 고개를 들고 있는 건 카이뿐이었다.

카이는 그 물의 기운이 남다르게 느껴지지 않았다.

그때였다. 엘퀴네스가 한 손을 앞으로 뻗었다. 카이의 가슴 위에 얹힌 손이 잠깐 꿈틀거린 순간이었다.

"크헉!"

가슴이 뻥 뚫린 충격이 카이의 온몸을 강타했다.

"주공!"

"헉, 카이!"

외치면서도 인간이나 엘프들, 심지어 드래곤 역시 꿈쩍하지 못했다.

엘퀴네스의 한 손에 일격을 당한 순간, 카이는 몸 안에서 들끓는 이상한 기운을 느꼈다. 입이 절로 벌어지는가 싶더니, 순식간에 썩은 피가 구역질나는 냄새를 풍기면서 치솟았다.

"크……!"

「나쁜 것을 몸 안에 담고 있구나.」

카이는 몇 번이나 피를 더 토했다. 마지막으로 맑은 물이 그의 입에서 생명체처럼 힘차게 솟구쳐 나와, 다시 엘퀴네스에게로 돌아갔다.

바엘라는 기쁜 표정으로 카이의 곁에 다가섰다.

"괜찮아? 엘퀴네스 님께서 직접 치료까지 해 주시다니……! 대단해, 카이!"

그러나 카이는 한참을 더 숨을 가쁘게 내쉬었다.

두근—

오랜만에 느끼는 심장 박동에 카이는 잠시 어리둥절했다.

"아."

"뭐, 뭐냐. 어디 아파? 응?"

테엘이 당장 법석을 떨며 다가왔다.

"……뛴다."

「재미있는 인간이로구나.」

엘퀴네스의 표정에 미소가 흘렀다.

카이는 자신의 가슴에서 계속 느껴지는 고통에 잠시 당황했다. 고통은 고통인데, 다소 기분 좋은 고통이었다. 운동장을 열 바퀴쯤 전력질주한 후에 느껴지는, 그런 쾌감을 동반한 고통!

카이는 주변 사람들을 무시한 채 웃옷을 황급히 벗어 보았다.

주변에 있던 사람들은 깜짝 놀랐다.

방금 전까지만 해도 카이의 온몸에는 화상 자국이 남아 있었다. 까맣고 일그러진 피부에, 이제 겨우 근육만 움직이는 정도였다. 그러나 지금 본 피부는 오히려 뽀얗고 투명한 것이 전보다 훨씬 더 상태가 좋았다.

그뿐이 아니었다. 카이가 확인하려 한 것은 자신의 가슴에 있는 드래곤 하트!

드래곤 하트의 힘은 인간이 감히 흡수할 수가 없다. 드래곤 하트가 가슴에 박혀 있음으로 해서 쓸 수 있는 기운은 그 원래 낼 수 있는 힘 중 백 분의 일도 되지 않았다.

그런데 카이의 경우에는…….

마치 또 다른 생명을 얻은 것처럼 드래곤 하트가 뛰면서 그에게 점점 흡수되고 있었다. 물론 순차적으로, 싸울 때마다 천천히 흡수되었던 것이다.

다른 공작에 비하면 유난히 거친 인생을 산 덕분이랄까.

그러한 것이, 엘퀴네스가 나눠 준 기운으로 몸이 깨끗이 청소되자 드래곤 하트가 카이의 몸속으로 파고들었다.

처음 그의 가슴 한복판을 거의 다 차지하고 있던 드래곤 하트가, 이제는 겨우 아기 손바닥만 한 크기로만 남아 있었다. 언뜻 봐서는 작은 검상 정도로만 보일 듯했다.

카이는 엘퀴네스를 향해 시선을 돌렸다.

"이것은……."

「힘이 강해졌겠지. 너는 이제 인간 중 최강이다.」

"헤엑."

벨하임이 저 멀리 선 채로 딸꾹질을 시작했다.

「그렇지만 로인, 인간의 역사를 태초부터 지켜본 나의 말을 명심하거라. 인간의 역사 속에 얼마나 많은 강한 사람들이 있었는지, 때때로 그들은 드래곤의 피를 보기도 했고 때로는 정령왕을 소환하기도 했다. 그러나…… 기억하거라. 드래곤, 주신의 창조 생물 역시 이 세상에서 때로는 약해진다는 것을.」

엘퀴네스가 한 손을 펼쳤다.

순식간에 환상이 그들을 감쌌다.

바로 테엘이 엘프들을 학살하던 그 광경이었다.

한 아름이 훌쩍 넘는 나무들 한가운데로 바람이 몰아닥쳤다. 드래곤의 울부짖음이 퍼지면서, 지옥과 같은 풍경이 그들 주변에 펼쳐졌다.

엘프 장로들은 순식간에 꺼멓게 얼굴이 죽어선 한발 뒤로 물러났

다.

"대학살의 시기……."

그러나 카이의 눈은 바로 숲을 향하고 있었다. 마치 홀린 듯, 드래곤과 엘프의 필사적인 학살과 도주가 아닌, 그 발아래 무너지는 숲을 보고 있었다.

"아름답구나……. 정말 아름답구나, 네크시아라!"

카이는 거듭 감탄했다.

그는 저도 모르게 곁에 선 이르엘을 바짝 끌어당겼다. 그녀는 엘퀴네스의 존재에 두려워하다가, 카이가 자신의 어깨 위에 팔을 두르자 순식간에 두려움을 잊고는 얼굴을 붉혔다.

"……아름다워, 정말로."

엘퀴네스는 그것을 눈치 챘다. 그리고 자신의 소환자를 돌아보았다.

「저자의 마음은…… 이미 흘러가 버렸구나.」

바엘라는 힘없는 눈으로 그들을 바라보았다.

"저는 이제 무슨 일이든 할 수 있을 것 같아요, 엘퀴네스 님……."

바엘라가 작은 목소리로 말했다.

"그의 마음이 저에게만 향해 있을 수 있다면……."

엘퀴네스가 환영을 거두었다. 그 존재가 있음을 알리는 허공의 물결이 잠시 심한 바람에 흔들리듯이 일렁거렸다.

테엘이 바엘라의 곁에 와서 툭 건드렸다.

"어이, 바엘라. 엘퀴네스 님을 언제까지 저렇게 머무시게 할 거

야? 얼굴도 수척하니 힘든 것 같은데?"

바엘라는 새침한 표정으로 테엘을 노려보았다.

"네 뒤처리를 하는 것 같아서 기분이 상쾌하지는 못하지만, 카이를 위해서야. 이곳을 정화해 주십사 부탁드렸어, 이미."

"정화? 가능하실까?"

"……물의 정령왕이신 엘퀴네스 님을 무시하는 거야, 지금?"

두 드래곤이 어떻게 말을 하든, 엘퀴네스는 그저 묵묵히 있었다.

"아니, 하지만 엘퀴네스 님께서는 이미 알고 계실 걸? 안 그렇습니까, 정령왕이시여?"

끄덕끄덕.

고요한 존재가 자신의 양팔을 벌렸다. 물결이 잔잔히 일어나면서, 엘퀴네스의 존재가 어떤 뜻을 말하는지 그들에게 전해 주었다.

부정, 그리고 불가능함을 알리는 그 뜻밖의 행동에 바엘라는 깜짝 놀랐다.

자신의 모든 힘을 퍼부어서 정령왕을 소환했다. 그런데 불가능이라니?

"어째서요?"

바엘라의 간절한 질문에 엘퀴네스는 고개를 흔들었다.

테엘이 대신 대답했다.

"이곳의 불균형은 물의 정령들이 오지 않았기 때문이 아니니까."

바엘라는 테엘의 말에 고개를 홱 돌렸다.

"거짓말! 그렇지 않다면 사막이 되었을 리가 없잖아!"

"아니. 엘프들의 저주는 그 경우가 특이하니까."

"그렇다고 해도 엘퀴네스 님께서 물을 흐르게 하실 수 있을 거야, 그렇게 되면 이곳이 회복되는 일은……."

"간단하지 않아. 그래봤자 계속 정령력을 퍼부어야만 할걸. 그래봤자 물이 흐르는 데서 끝날 뿐이야. 예전처럼이나 생물체가 살 수 있도록 초목이 자라나는 건 불가능해."

바엘라의 눈이 촉촉이 젖어 들었다.

"……그렇다면 그 말은……."

"그래."

테엘이 무뚝뚝하게 대답했다.

"이르엘만이, 하이 엘프의 청원만이 숲의 신께 부탁드릴 수 있고, 엘프의 피가 내린 저주를 해결할 수 있어."

「레드 일족의 아이가 말한 대로니라, 바엘라. 신력의 저주를 침범하는 것은 있을 수 없는 일…….」

"신력! 하지만 당신은 엘퀴네스 님, 모든 물의 지배자시잖아요!"

"바엘라."

바엘라는 울기 시작했다.

테엘은 카이를 돌아보았다.

"임마, 어떻게 할 거야!"

바엘라가 들을세라 조심스럽게 외쳤지만, 카이는 자신이 어떻게 말을 해야 하는 건지 알 수가 없었다.

"바엘라."

그 목소리는 꽤 다정했다.

그러나 그 다정함 때문에 오히려 바엘라는 자극을 받았다.

"……어차피 너를 도울 수 있는 것도, 네 옆에 있을 수 있는 것도 저 애송이 하이 엘프뿐이잖아! 심지어 네가 옆에 있도록 허락할 단 한 존재도!"

"……어, 음…… 도움이 될지 모르겠지만 인간은 짧게 사는 만큼 여러 사람들에게 마음을 줘 버려. 그러니까 한 5년쯤 있다가 와서 꼬시면 카이도 틀림없이 마음을 바꿀걸."

테엘이 서툴게 권했지만 바엘라는 고개를 흔들었다.

"됐어. 이제 됐어. 바보 같아. 인간 때문에 정령왕까지 소환해야 하다니."

"……그렇게 따지면 나도 인간 때문에 용언을 남발하는 처진데."

테엘이 애써 말했지만 바엘라는 고개를 흔들었다.

그리고는 뭔가를 중얼거렸다. 정령왕의 소환 마법진이 순식간에 사라지면서, 엘퀴네스 역시 사라졌다.

물의 청량한 기운이 사라진 그 뒤에서, 바엘라의 눈이 소름끼칠 정도로 차갑게 이르엘과 카이를 노려보았다.

"드래곤의 자존심을 걸고, 물러나지 않겠어."

"이, 이봐!"

테엘이 가볍게 당황하는 사이.

바엘라의 모습이 사라졌다. 텔레포트나, 뭐 그런 이동계의 마법을 사용한 모양이었다.

테엘이 머쓱하니 카이를 돌아보았다.

"험난하군."

카이는 무거운 목소리로 말했다.

사막의 입구에서 그들은 몇 발자국만 나섰을 뿐이었다.

그런 사이에 엘프들의 습격에서부터 엘퀴네스의 강림까지, 하루에 겪었다고는 믿을 수 없을 정도로 숨 가쁜 일들이 있었다.

카이는 무거운 표정을 지었다.

SWORD OF DRAGON LOAD

제2장

드래곤과 인간

도성은 고요했다.

지나치게 고요해서, 여름날 무더위 때문에 사람들이 몽땅 익어 버린 것 같은 착각까지 불러왔다.

외성은 고요했다. 빈민가의 대부분 사람들이 로인을 향해 하나 둘 발길을 잇고 있었다. 로인으로 향하는 사람 때문에 로인으로 향하는 가장 가까운 성문은 마치 썰물이 빠져나가듯 북적였다.

여름 무도회로 북적거려야 할 내성 역시 고요했다. 여름 무더위를 피해 지방 별장으로 향한 귀족들은 얼마 되지 않았다.

그들은 모두 주목하고 있었다.

그 시선의 중심에는 밀테이너 공작이 있었다.

밀테이너는 몇십 년, 아니 몇백 년 가문의 야망을 미뤄 버릴 사내가 아니었다. 인내심 강하고, 참을성이 강하지만 그 둘을 합친 것보다 야망이 훨씬 강한 사내였다.

과연 역천(逆天)—반역이 일어날 것인가.

관심사는 그것 하나만이 아니었다.

밀테이너의 야망 역시 귀족들의 주목을 받고 있었지만, 동시에 황제의 동태 역시 관심이 가는 사항이었다.

실질적인 군사력이 밀테이너의 손아귀에서 놀아나고 있었지만, 황제가 명령을 한다면 밀테이너 역시 그 명령에 부응할 것이다.

로인을 공격할 것인가.

그가 없는 틈을 타서 황제가 움직이지 않을까.

누구도 정확한 정보를 갖고 있지 않았다. 그러나 모두가 확신했다.

이번 여름, 뭔가 중대한 일이 일어날 것이라고…….

그렇게 고요한 여름.

밀테이너는 사내를 바라보았다.

"어떻소?"

사내의 앞에는 작은 종이가 몇십 장이나 깔려 있었다. 그중 몇은 까맣게 재로 변한 상태였다. 그러나 나머지는 그렇지 않았다.

바로 로인으로 향한 엘프들과 연결된 종이였다.

그 종이가 어떤 뜻인지, 타 버린 게 무슨 뜻인지 밀테이너 역시 잘 알고 있었다. 그렇지만 혹시 자신이 잘못 알고 있기를 바라면서 물어본 것이었다.

'제발 죽어라, 로인!'

그런 마음으로 사내는 고개를 흔들었다. 그리고는 종이 위에 자신의 손바닥을 얹었다. 빠작거리는 소리와 함께, 종이 위에 있던 글

씨들이 사내의 손바닥으로 스며들어 사라졌다.

옆에 공손하니 서 있던 이프로스가 그 종잇조각들을 깨끗이 모아 벽난로 속에 넣어 태워 버렸다.

사내가 냉정한 목소리로 말했다.

"뭐, 성공할 거라고는 생각지 않았습니다. 하지만 이제 나도 움직일 수 있습니다. 그렇게 된다면, 로인의 낯짝을 봐 주는 게 예의겠지요. 예정대로 오늘 출발하겠습니다."

밀테이너는 그 말이 영 마음에 들지 않았다.

"하지만 선생이 안 계시면……."

"적의 본진이 어떤 상태인지 알아보는 것이 가장 중요하다고 생각합니다만, 혹시나 모를 일입니다. 서방 연합에서 용병이라도 고용했다면, 생각한 일에서 차질이 생길 수도 있으니까."

"지금 우리에게 가장 심각한 문제는 황제 폐하이십니다."

이프로스 백작은 사내의 말에 뒤이어 말했다.

"폐하께서는 극도로 로인에 대한 증오심을 태우고 계십니다……. 전쟁도 불사하실 태세라서……."

방 안에 잠시 침묵이 맴돌았다.

축제가 막을 내리던 황궁의 무도회.

그 자리에서 로인이 물러난 후, 황제는 광증에 가까운 분노를 폭발했다.

다 죽으라고 소리 지르면서 검을 휘두르는 통에, 귀족들이 황급히 대피해야 했다. 그 와중에 넘어져서 다친 사람도 몇이나 나왔다.

황제가 미쳤다—! 그나마 그런 소문이 나돌지 않는 것이 다행이었다. 하긴, 황제가 미쳤다는 것보다 그들의 목이 먼저 떨어질지도 모르니까.

"황제가 먼저 로인으로 군사를 진격한다면? 둘 다 싸우게 두는 편이 좋지 않겠소?"

그러나 황제는 그러지 못한다.

헤첸 4세가 카이의 실력을 어느 정도나 눈치 채고 있는지, 혹은 카이의 군사력을 어떻게 평가하고 있는지는 상관없었다.

헤첸 4세는 카이를 너무나 두려워할 뿐이었다.

"눈앞에 있다면 씹어 죽이고야 말겠다!!"

헤첸 4세는 그렇게 외쳐 대곤 했다. 그러나 그런 증오를 주변의 사람들에게만, 시종들에게만 폭발할 뿐이었다.

군대를 움직일 엄두도 내지 못하는 황제.

신하에게 죽으라고 명령을 내리지도 못하는 황제.

단지 죄 없는 시종들에게만 소리를 지르는 황제.

밀테이너는 턱을 쓰다듬었다.

"차라리 둘을 싸움 붙이는 편이 좋을 것 같은데……."

"그렇게 된다면 필시 이쪽의 전력이 상하게 되는 결과를 낳으니까요."

사내가 냉정하게 말했다.

"제가 병력을 다른 곳에서 키우시라고 몇 번이나 충고했지만 공작은 물론, 체스터 경 역시 꿈쩍도 하지 않으셨지요. 황제의 병력 전

부를 손에 넣으면 된다고……. 그 결과, 지금 황제의 병력을 움직인다는 말은 곧 공작의 군대를 움직인다는 얘기가 됩니다."

"하지만 외성의 군대를 주로 해서 움직이도록 하면 되지 않겠소? 외성을 지키는 병력이 그 녀석에게 돌아가 버린 후, 아무래도 장악력이 약해졌지. 애당초 외적을 대상으로 싸울 경우에만 외성의 군대를 움직일 수 있으니까……."

"그것도 한 방법이겠지만, 외성과 내성의 병력과 군사력 차이를 강조해 오신 것도 공작이십니다."

사내는 그렇게 말하다가 갑자기 뭔가 생각났다는 듯 얼굴을 크게 찌푸렸다.

"그렇게 된다면, 아니 그렇게 되지 않고 어떤 군대를 이끌고 간다고 해도 한 사람의 희생은 불가피할 것 같습니다만."

"……한 사람?"

그 정도는, 하고 말하려던 밀테이너는 문득 입을 다물었다.

"……설마……?"

"그 설마입니다. 어떠한 경우든 황제는 체스터 경을 동반하지 않고는 움직이지 않을 것입니다."

"젠장!"

하지만 당연한 일이다. 황제의 근위대장으로 움직이는 체스터 백작 없이, 황제가 로인 공략에 나설 리가 없다.

그러나 여기에서 중요한 점.

과연 드래곤을 옆에 끼고, 그 자신도 소드마스터 오브 마스터인

로인 공작을 체스터 경 하나로 막을 수 있을까?

'전쟁이 벌어진다면 필패(必敗)인가.'

그런 생각을 떠올린 순간, 사내가 고개를 천천히 흔들었다. 밀테이너 공작의 생각을 읽은 듯했다.

"결심을 내리면 일은 간단해질 겁니다."

"……어떤 결심 말인가."

황위 찬탈? 드디어 때가 되었는가!

일행의 분위기가 사뭇 비장해진 순간.

"체스터 경을 희생시킬 결심 말입니다."

"……!"

순간 방 안의 분위기가 싸늘해졌다.

아무도 입을 열 수가 없었다.

사내는 모여 있는 사내들을 돌아보았다. 그의 얼굴에 싸늘한 미소가 스쳤다.

"그자를 잃게 될 정도의 전투라면 틀림없는 혼전, 아니 그렇게 된다면 황제를 틀림없이 군사적으로 위험한 지경으로 몰아넣을 수 있어야 합니다. 소드마스터를 희생시킬 정도의 혼전! 그 와중에 로인 공작이 헤첸 4세를 죽인다면, 제국의 기틀은 흔들리게 됩니다. 그때를 틈타서 모든 권력을 이쪽의 것으로 되돌릴 수 있게 될 것입니다."

사내는 밀테이너 공작을 지그시 바라보며 말을 이었다.

"이제껏 밀테이너 공작 가문에서 제국의 기틀을 빼앗지 못한 단

하나의 이유 아닙니까? 정당한 이유 없이 제국, 흩어진 군사력을 자신의 것으로 집어삼킬 수 없었지 않습니까? 그러나 지금 황제의 노여움을 부추긴다면 그 모든 명분을 움켜쥘 수 있습니다. 그것만으로도 당신은 새로운 제국을 탄생시킬 수 있을 겁니다."

"……자네가 지금 무슨 말을 하는지 알고 있는가."

밀테이너가 눈을 감으며 물었다.

사내는 말을 돌리지 않았다. 더 이상 말하기 귀찮다는 표정이었다.

"소드마스터도 사람입니다. 물론 버리기 아까운 패라는 건 인정하지만, 그 정도의 패를 버리지 않고서는 잡을 수 없는 게 로인에 대한 이쪽의 명분이라는 것도 기억해 주셨으면 좋겠군요."

사내는 그렇게 말하면서 자리에서 일어났다.

"자, 저는 이만……. 아직 독기가 가시지 않았습니다. 혹 다른 계책이 있다면 그 계책을 들어는 보겠지만, 선부른 반역은 자신의 목숨만 재촉할 뿐일 겁니다. 분명히 기억하십시오. 명분을 쥐는 쪽이 이긴다는 것을."

"명분……."

사내는 밖으로 나갔다.

밀테이너는 그 후로도 한참 동안 말문을 잇지 못했다.

로인이 황제를 죽인다면, 아니 다치게 하기라도 하면 모든 명분은 밀테이너가 쥐게 된다.

그러나 소드마스터이자 충성을 다 바친 검사를…… 과연 그렇게

개죽음으로 내몰아야 하는가?

밀테이너는 눈을 감았다. 그의 심중에 어떤 생각이 오가는지, 아무도 알지 못했다.

그리고 아무도 물을 수가 없었다.

*　　*　　*

엘프들이 사막 건너편에 도착했다.

그러나 카이 등은 그들의 사막 입성을 허락하지 않았다. 심지어 운다호조차 사막에 들어서는 것을 허락받지 못했다.

사막의 초입에는 그 때문에 보기 드문 광경이 펼쳐졌다. 몇백이 넘는 아름다운 종족, 엘프들이 한 곳에 모여 있는 것이었다.

테엘이 그들의 앞을 막아선 채로 외쳤다.

"너희 중 다크 엘프가 아닌 자를 가려내야 한다!"

"……그게 무슨 말씀이신지……?"

"지금 미리 경고한다. 서로 경계하는 게 좋을 거다."

테엘의 말이 끝나기 전이었다.

몇몇 엘프들이 이빨을 드러내면서 뭔가를 찢었다. 테엘은 그 움직임을 보고는 분노해 소리 질렀다.

"어딜—!"

그렇게 외치면서 그는 양손을 펼쳤다. 엘프들이 사라진 바로 그 자리로 마그마가 치솟았다. 그러나 문령을 사용해 달아난 엘프들은

얼마 되지 않았다.

"칫, 약삭빠른 것들……!"

모여든 엘프들은 지금 이 상황을 제대로 이해하지 못했다. 그러나 그들은 인간과 달리, 드래곤에 대한 절대적인 두려움과 참을성 사이에서 섣불리 움직이지 않았다.

즉, 그 자리에 굳어서 움직이지 않았다. 손끝 하나, 눈썹 한 자락 움직이지 않았다.

테엘은 그 상태를 보며 만족스러운 미소를 지었다.

'이럴 때 보면 인간과 정반대로구만.'

운다호만이 조금은 용기를 내어 앞으로 나섰다.

"테엘 님, 실례되는 질문이지만 이르엘 님께서는……?"

"이르엘은 바쁘다. 며칠 전에, 그러니까 너희들이 도착하기 전에 자그마한 사고가 있었다. 다크 엘프들이 문령으로 자신의 모습을 감춘 채 엘프인 척 다가왔고, 또 한바탕 싸움이 있었지."

"헉!"

"그런……!"

엘프들은 서로를 바라보면서 믿을 수 없다는 표정을 지었다.

그러나 그들은 서로를 의심하는 일에는 지극히 서툴렀다. 모든 잘못을 인간의 탓으로 돌리는 편이 그들에게는 편했고, 그들 자신을 완전무결한 종족으로 여기도록 교육받고 생각해 왔던 것이다.

지금도 그들은 그랬다.

지금 옆에 있는 이웃이 다크 엘프라고? 벌써 다 빠져나가지 않았

을까?

게다가 문령이라잖아! 역시 인간이 문제라고!

테엘은 그런 눈빛이 오가는 것을 읽어 냈다. 엘프들이 생각하는 건 인간들이 생각하는 것보다 단순하다.

그리고 비겁했다. 테엘은 이 마음에 들지 않는 종족을 거만하게 바라보며 명령했다.

"지금 당장 자리에 무릎을 꿇어라."

드래곤이 그들에게 내리는 명령이었다.

엘프들이 하나 둘 사막 위에 무릎을 꿇었다.

"양손을 들어! 내가 볼 수 있도록!"

"케헥!"

그 명령에, 그들 중 몇이 갑자기 뛰어 일어났다. 손을 묶이면 문령을 쓸 기회는 영영 사라지고, 앞으로 테엘의 감시가 더 엄해질 거라고 생각한 것이었다.

테엘은 기다렸다는 듯 화염계 마법을 그들을 향해 퍼부었다.

"께에에에엑!"

다크 엘프들이 불길에 타들어갔다.

엘프들은 그 비명과 테엘의 마법 앞에 고개를 수그리고 숨을 죽인 채로 기다렸다.

'있었던 건가.'

엘프들의 눈빛이 흐려졌다.

그들 종족의 자부심이 형편없이 무너졌다. 테엘의 말이 사실이었

고, 그들 중에 거짓이 있었던 것.

테엘은 다시 그들을 돌아보았다.

"더 없냐? 어차피 발각될 거, 지금 한번 도망쳐 보지?"

그러나 더 움직이는 자는 없었다.

"……겨우 이것뿐이라고? 문령을 믿는 건가? 이동과 변신? 그러나 너희가 그 자리에 앉은 순간 이미 함정은 발동되었다."

그러나 엘프들은 고요했다.

테엘은 그들을 하나하나 바라보다가, 한 손을 튕겼다. 다음 순간 엘프들이 앉은자리마다 작은 금색 마법진이 생겨났다.

엘프들이 불안한 듯 꿈틀거렸다. 순간 테엘이 나지막하면서도 그들 모두가 들을 수 있는 단호한 목소리로 지시했다.

"움직이면 무조건 죽인다."

엘프들은 불안한 듯, 마법진을 보면서 서로를 힐끔거렸다.

마법진이 하늘 높은 곳까지 황금빛으로 빛났다. 그리고 이어 그들의 곁에 정령들이 하나 둘, 테엘의 마나를 부여받아 그 모습을 드러냈다.

그 모습 하나하나를 살피던 테엘의 눈이 빛났다. 어딜 보아도 엘프였지만, 그 곁에 있는 정령의 모습은 사납게 날뛰는 폭주 정령!

"거기 하나 있구나!"

테엘은 재빠르게 손을 튕겼다. 금색 마법진이 다크 엘프를 쥐어 감쌌다. 그리고 칼날처럼 다크 엘프의 속으로 파고들었다.

"크학—!"

엘프의 피가 다시 사막을 적셨다. 그러나 그 잔혹한 처형에 반항하는 엘프는 하나도 없었다.

그들은 무력하니 고개를 떨구고 사막의 모래를 내려다볼 뿐이었다.

처형은 다섯 번 더 이어졌다. 도망치고 이래저래 죽은 녀석들을 합치면 대충 맞는 숫자라고 테엘은 판단했다.

그 후가 되어서야, 엘프들은 사막을 건너 이르엘을 만나는 것을 허락받았다. 테엘의 눈길 속에 사막으로 접어든 엘프들은 그러나 표정이 밝지 못했다.

'……우리는…… 역시 노예처럼 살게 되는 것인가.'

'이 치욕…… 굴욕……!'

몇몇 엘프들의 눈에 살기가 감돌았다.

'타글라흐 님이 옳으셨던가!'

엘프들이 하이 엘프 이르엘과 만난 것은 사막의 중간에 이르렀을 때였다.

몇몇 불순분자들의 생각을 부정하듯이, 이르엘의 뒤로는 화창한 초원이 펼쳐져 있었다.

엘프들은 저도 모르게 자신들이 걸어온 길을 돌아보았다. 그들이 지나온 길은 분명한 사막이었다. 아직도 열기가 후끈거리는.

이르엘의 뒤에 펼쳐진 초원은 갓 피어난 풀빛으로 눈이 아릴 지경이었다. 갓 태어난 숲의 기운은 엘프들의 지치고 위축된 마음을

씻어 내렸다.

이르엘은 잠시 노래를 멈춘 채 엘프들을 바라보았다.

“기다렸습니다, 나의 동족이여.”

이르엘은 잠시 무거운 눈으로 그들을 돌아보았다.

“많은 어려움이 있었겠지요. 또한 그대들이 이 땅에 만족하기에는 아직 부족할 것입니다. 그렇지만 이제부터는 그대들이 숲의 신께 경배를 바쳐야 할 때……”

이르엘은 엘프들을 향해 호소했다.

“이제는 우리가 직접 움직여야 할 때입니다. 동족, 숲의 고귀한 종족이여, 숲의 신께 사랑을 받아 온 종족이여!”

엘프들의 표정이 숙연해졌다.

엘프들이 숲의 중간에서 각기 친한 이웃 별로 자리를 잡았다.

젊은 엘프들은 이 삭막한 사막과 초원의 경계가 몹시 신기한 모양이었다. 그들은 양 지역을 연신 오가느라, 땅을 직접 만져 보고 정령들을 불러보느라 바빴다.

이르엘과 테엘은 나란히 선 채 그들을 바라보았다.

“나무는 언제쯤 생길 것 같냐?”

“글쎄요. 숲의 신께서 노여움을 푸시더라도, 나무는 하루아침에 자라나는 것이 아니니까요.”

엘프다운 느긋한 대답.

테엘은 퉁명스럽게 대꾸했다.

"카이가 그 말 들으면 뒤집어질 거다. 어디 그런 한가한 소리를 하는 거냐."

"……그런가요?"

이르엘은 살짝 웃으며 고개를 돌렸다.

"그렇게 말씀하시니까…… 그렇네요. 그 사람은 인간이니까, 하루조차 소중하고 귀하겠네요. 10년을 하루처럼 살지는 못하겠네요, 그 사람은."

"엘프와 드래곤이라 해도 10년은 귀한 거야."

"특히 100년을 기껏 사는 인간에게…… 과연 그 10년은 어떤 시간이 될까요?"

"글쎄. 정말 모르겠군."

테엘은 팔짱을 낀 채 초원을 바라보았다.

"……무섭냐? 그 녀석을 떠나보낼 때가, 벌써부터?"

한참 후에야 테엘은 그렇게 물었다. 이르엘은 아무런 대답도 하지 않았다.

"누가 엘프 아니랄까 봐……. 괜한 걱정 하지 마. 하여간 우울함에 빠져 죽지 못해서 안달인 종족 같으니."

"카이가 떠난 후 새로운 로인을 받아들일 수 있으시겠어요?"

이르엘은 물었다. 이번에는 테엘이 한동안 대답하지 못했다.

사막, 그리고 초원은 묘한 대비를 지닌 채 그들 앞에 펼쳐져 있었다. 사막의 건조한 바람이 끊임없이 그들의 마음에 불안한 노래를 불렀다.

주신 성천 마는 그림자의 신이 만들어 낸 인간이라는 생물을 몹시도 사랑했다. 그러나 성천의 손길이 닿으면 인간은 인간이 아니게 된다. 연약하면서도 변덕스럽고, 그러면서도 꿋꿋하게 살아남는 인간의 모습이 아니게 되는 것이다.

성천 마는 그리하여 스스로 '생물' 이라는 것을 만들어 보았다.

드래곤이 태어났다.

이 말도 안 되게 강한 생물은, 어쩔 수 없는 주신의 사랑을 받은 생물이었다. 수명도 만 년에 이를뿐더러, 그들의 심장은 어지간한 충격에도 멈추는 법이 없다. 심지어 죽은 후에도 움직일 수 있을 정도로 강하다.

그러나 그들의 약점은 인간이었다. 인간의 손에 죽을 수 있다는 말이 아니라, 인간이라는 묘한 생물에 그들은 호기심을 느끼고, 때로는 불에 뛰어드는 부나방처럼 그들의 움직임에 유혹당하곤 했다.

그리하여 드래곤은 중요한 원칙을 세우게 되었다.

절대로 인간의 역사에 관여하지 않겠노라고.

그러나 제국은 그들의 원칙에 예외를 기록하게 되었다.

제국의 역사는 겨우 800년. 제국의 탄생 때 목숨을 잃은 드래곤이 하나. 그리고 이미 죽은 여러 드래곤 역시 인간들을 위해 드래곤 하트를 내주곤 했다.

고르진은 눈을 감았다.

'인간의 역사 속, 왕국이 500년을 넘은 것들이 얼마나 있었던가.'

만 년을 사는 드래곤, 천 년을 사는 엘프.

그들의 한평생만큼도 버티지 못하는 인간들의 삶은 그 얼마나 혼란스러우면서도 아름다운지…….

드래곤과 엘프가 한평생 살아도 겪지 못하는 인간들의 격렬한 삶을 드래곤은 부러워했으며 엘프는 경멸했다.

고르진은 미래를 볼 수는 없었다.

그러나 지금 이 순간, 그는 느낄 수 있었다. 자신의 삶은 끝날 것이고, 제국에도 거대한 변화가 일어날 것이라고.

그 변화가 드래곤과 관련된 어떤 일이라는 것을 어렴풋하게 느낄 수 있기는 했지만, 정확히 어떤 일이 벌어질지는 알 수 없었다.

'변화를 불러오는 시기, 암흑의 시대…….'

고르진은 눈을 천천히 떴다.

신전 안에 카이가 들어섰다. 그는 무슨 일인지 혼자였다. 벨하임도, 리슨도 없었다.

"웬일로 혼자신가?"

"귀찮아서 떼어 놓고 왔습니다."

카이는 그렇게 말했지만, 표정은 진지했다.

그는 고르진의 옆에 조심스럽게 양반다리로 앉았다. 다른 곳에서라면 공작이니 하면서 어느 정도 깔끔을 떨겠지만, 이곳은 다르다. 이곳은 용의 신전이며, 드래곤의 앞인 것이다.

카이는 고르진을 진지하게 바라보았다. 고르진은 자신도 모르게 허허 웃고 말았다.

"왜 그렇게 나를 빤히 보는 건가?"

"드래곤 하트가 흡수되는 일이, 그동안 있었던…… 일인가요?"

"아니. 자네가 처음일세."

고르진의 눈에 즐거운 기색이 어렸다.

"뭐가 어떤가? 궁금하군, 드래곤 하트를 그 정도로 흡수할 수 있는 인간이 있다는 게 믿겨지지 않아."

"사실 뭐가 크게 달라졌는지는 모르겠습니다. 싸움이 벌어진다면 달라진 게 무엇인지 알 수 있을지도 모르겠지만요."

"싸움이라……. 전쟁……."

고르진은 머리를 흔들었다.

드래곤이 전쟁을 하는 경우는 단 한 가지.

마족이 나타나면 싸운다. 그것은 주신의 생물로 태어나게 된 그들의 천성이었다.

그 외의 경우 그들이 전쟁에 나서는 경우는 없다. 이 땅을 모두 가질 이유도 없고, 다른 드래곤이 모은 금은보화를 탐낼 이유도 없다. 더 좋은 레어, 더 많은 레어를 위해 싸우지도 않는다.

이 인간이 너무나 태연하게 말한 전쟁이라는 단어는 고르진에겐 낯선 이야기였다.

"대체 무엇을 위해서?"

고르진은 불쑥 물었다.

카이는 잠시 그 말에 곰곰이 생각했다.

"무엇을 위해서 싸우는 건가? 왜 겨우 20년을 살고, 남은 80년의

삶을 버리려는 건가? 누구든 죽기 마련인데, 어째서 남의 명령에 따라 싸우는 거지? 어째서인가? 왜인가, 인간은?"

"예?"

카이는 저도 모르게 되물었다.

"대답해라, 카이젤 아민 라 로인."

고르진의 얼굴은 담담했다. 그러나 그 순간 카이는 주변을 무겁게 내리누르는 듯한 압박감을 느꼈다.

그의 주변으로는 어느새 잿빛의 실드가 둘러싸여 있었다. 주변 광경조차 그 속으로 물들어 흡수되는 듯했고, 숨을 쉴 수도 없을 정도로 공기가 무거웠다.

카이의 눈빛이 서늘하게 가라앉았다.

"무슨 뜻입니까, 고르진 님."

"……답해라, 카이젤 아민 라 로인."

고르진의 표정은 아까부터 전혀 변화가 없었다. 어디를 보더라도 웃는 듯 너그러운 늙은이의 표정.

그런데도 그가 펼치는 마법은 무서웠다. 평범한 사람이라면 단번에 기가 질려 기절하거나, 아니면 피를 토했으리라. 그러나 카이는 꿋꿋하게 그 안에 버티고 섰다.

리슨이 신전 안으로 들어섰다. 그러나 그는 지금 눈앞의 광경을 눈치 채지 못하는 모양으로, 고개를 갸웃하더니만 다른 곳으로 가버렸다.

"주공, 어디 계십니까!"

리슨은 바로 그 잿빛 구 옆을 스쳤다.

그가 안쪽으로 사라지는 것을 보며, 카이는 고르진을 돌아보았다.

"저를 어떻게 하실 생각이십니까?"

"답해라, 카이젤 아민 라 로인."

고르진은 그 말을 중얼거릴 뿐이었다. 그리고는 한 손을 앞으로 내밀었다.

순간 드래곤 하트가 힘차게 뛰었다. 카이는 본능적으로 그의 손이 위협적인 기세를 내뿜는다는 것을 깨달았다.

"……고르진 님!"

카이가 힘차게 외친 순간이었다.

고르진의 몸에서 세찬 바람이 불어왔다. 자신마저 잡아당기는 듯한 바람에 카이는 몸을 휘청거렸다.

다음 순간 바람은 물로 변했다. 카이는 순식간에 그 물에 휩쓸려 들어갔다. 물줄기는 고르진의 몸 주변에서 소용돌이치면서 어느 한 점을 향해 뻗쳐 들었다.

고르진 역시 그 물에 휩쓸려 들어갔다…….

신전 안에서 그 두 사람의 모습은 물론, 잿빛 실드 역시 사라졌다. 리슨은 고개를 갸웃거리면서 다시 신전으로 나왔다.

"주공?"

텅 빈 신전 안에 그의 목소리만 울려 퍼졌다.

리슨의 시선이 문득 한곳에 멈췄다.

그는 신전 중앙으로 향했다. 표정이 문득 진지해졌다.

리슨은 한쪽 무릎을 꿇은 채 흙을 만져 보았다.

'젖어 있다.'

그리고 한곳을 향해 물과 바람이 휩쓴 자국이 남아 있었다.

"……주공……!"

그의 입에서 신음 소리가 흘러나왔다.

"테엘 님—!"

리슨은 잠시도 주체하지 않고 외치면서 밖으로 뛰어나갔다.

카이는 이를 악문 채 의식을 붙들었다. 일찍이 경험하지 못한 엄청난 물살, 바다가 한꺼번에 구멍 하나로 빠져나간다 해도 이보다 거세지는 않을 듯싶었다.

그런 가운데 이윽고 빛이 보였다. 물줄기가 순식간에 사라지면서 카이는 허공에 둥둥 떠 있었다. 저 아래, 까마득하니 멀게 땅이 내려다보였다.

카이는 숨을 멈췄다.

'제길!

마법이라도 쓰면 좋겠지만 그에게는 그런 힘이 없다. 당연한 수순으로 카이는 땅 아래로 떨어지기 시작했다.

몸이 이 상황에 먼저 대응했다. 그는 일시에 오러를 온몸에 둘렀다. 드래곤의 힘이다. 그의 온몸이 어지간한 검으로는 자를 수 없을 정도로 단단해졌다.

그렇지만 그것으로는 땅을 박살 내고 이길 수 없다. 이어 그는 검을 찾아 빼 들었다.

땅이 이제 바로 목전!

"호앗—!"

검이 막 휘둘러지는 찰나, 부드러운 바람이 그의 온몸을 감쌌다. 카이는 머쓱하니 옆을 바라보았다.

땅 위에 내려앉은 고르진이 그를 바라보고 있었다.

"……감사합니다, 고르진 님."

고르진은 고집스럽게 다시 말했다.

"……답해라, 카이젤 아민 라 로인."

그러나 이번에는 좀 더 다급함이 섞여 있었다. 어떤 다급함인지, 카이로서는 정확한 사정은 알 수 없었지만 이제는 정말 대답해야겠다고 생각했다.

그래서 그는 대답했다.

"인간의 답을 원하십니까? 아니면 카이젤 아민 라 로인, 제 대답을 원하십니까?"

"……너 역시 인간이잖느냐."

"그렇지요. 하지만 당신이 원하는 인간은 두 종류입니다. 싸우는 인간과 싸우지 못하는 인간."

카이는 그렇게 대답하고는 잠시 눈을 감고 머릿속을 정리했다.

'무엇을 위해서 싸우는 건가?'

"싸우는 인간은 자신의 내부에 싸우는 이유를 갖고 있습니다. 어

떤 인간은 자신의 야망을 위해서 전쟁을 일으키고, 어떤 인간은 자신의 명성을 위해서 전쟁을 일으킵니다. 역설적이지만 살아남기 위해 남을 죽이는 자도 있지요. 대부분의 전쟁은 그런 자들이 일으킵니다. 자신의 생명을 태우고, 남의 생명을 태우지요. 싸우지 못하는 자는…… 그런 싸움에서 목숨을 잃는 역을 맡곤 합니다. 그들은 엘프와도 같다고 할 수 있지요. 전쟁이 있어도 스스로 검을 뽑아 들지 않습니다. 그냥 검을 뽑고 멍청히 서 있을 뿐. 남의 의지로 끌려왔고, 남의 의지로 죽는 자들."

카이는 거기에서 잠시 황제 헤첸 4세를 떠올렸다.

'그리고 남의 의지로 제위에 오르는 자들…….'

그의 얼굴에 잠시 냉소가 스쳤다.

"인간의 삶이 짧은 건, 어째서 문제가 되지 않는 거지?"

그 질문은 쉬웠다.

"짧으니까요! 너무, 너무, 너무, 너무나도 짧으니까요!"

카이는 외쳤다.

"드래곤에 비하면, 엘프에 비하면 그들의 아이가 어른이 되기도 전에 인간의 아이는 어른이 되고, 심지어 죽습니다! 너무나 짧아서…… 무얼 이루어 낼 틈도 없는 듯하죠. 엘프와 드래곤이 대화로 풀어 낼 일을, 그 십 분의 일 속도로 해결해 내기 위해서는 가장 빠른 수단을 강구할 뿐이고! 살아서 해결을 봐야 하지 않겠습니까?"

"때로는 자식에게 문제 해결을 남기기도 하던데. 복수…… 같은 것 말일세. 어째서지? 살아서 해결을 못 봤으면 그걸로 끝 아닌가?"

카이는 그 말에 잠시 고개를 끄덕였다.

"……인간은 드래곤과 엘프와는 다릅니다. 우리는 가족을 갖고, 그들과 짧은 인생을 누릴 뿐이지만…… 그러나 전부를 공유합니다."

카이는 주변을 둘러보았다.

세 번째였다.

역대 로인 공작들은 겨우 한 번 와 볼까 말까 한 곳, 드래곤 밸리!

드래곤의 시체가 곳곳에 잠들어 있는 안식처!

카이는 그제야 사정이 어떻게 흘러가는 것인지 깨달았다. 그가 안색이 변해 자신을 바라보자, 고르진은 희미하게 고개를 끄덕였다.

"……나에게는 시간이 없네, 카이."

"인간에게는 가문이라는 것이 존재합니다. 그 시작이 어떻게 되었는지는 모르겠지만, 조상 대대로 내려 온다는 것은 드래곤과 엘프처럼 아버지의 힘과 명성을 기억하고 그에 자부심을 느낀다는 것과 크게 다르지는 않을 것입니다. 그렇지만 인간에게 주어진 삶은 지극히 짧기 때문에…… 인간은 자신들의 삶을 자손과 선조를 통해 연장하려 하는 것입니다. 가문으로 그것은 정리되지요."

고르진은 그 말을 듣고도 알 듯 말 듯하다는 표정이었다.

"하지만 모든 일에는 시작이 있고, 반드시 끝이 있기 마련이다……. 무한한 것은 완벽한 신뿐."

"끝날 것을 알기 때문에 더욱 간절해지는 법입니다. 모든 것이 인간에게는 너무나 짧게 허용되었고, 인간에게는…… 너무나 덧없이

쓰러집니다! 어째서 인간이냐고, 그렇게 묻고 싶지만 그림자의 신은 아무런 답도 해 주지 않았습니다! 단지 그는 우리를 만들어 내고, 그 공으로 신의 반열에 올랐을 뿐!"

카이는 열정적으로 외쳤다. 고르진의 마지막 순간이 왔다는 것도, 그것에 대비해 뭔가 자신이 할 수 있는 답을 주고 싶다는 생각도 까맣게 잊어버렸다.

"우리는 태어났기 때문에, 우리에게 주어진 시간이 짧기 때문에 그만큼 불태울 뿐입니다. 우리가 평생 수련해도 드래곤의 힘에는 감히 비교조차 할 수 없이 연약하고, 엘프에 비해서도 아무것도 아니며, 그들에 비해 우리의 생김새란 그 어찌 추악한지……! 그러나 그것을 한탄하기에도 삶은 너무나 짧습니다! 가문의 힘이라는 이름을 빌려도! 그 짧은 삶 동안 우리는 결국 싸울 수밖에 없고, 쟁취를 위해 싸우고, 또 싸우고, 굴러다니는 겁니다."

카이는 주먹을 불끈 쥐었다.

"목적이 있을 때도 있고, 모를 때도 있습니다. 그러나 인간은 모두 알 겁니다. 자신들이 얼마나 짧은 생을 부여받았는지, 그래서 우리는 몰라도 알아도 싸우려 하는 것인지도 모릅니다."

"삶은 싸워야만 하는 게 아니지 않은가……?"

고르진은 그렇게 물으면서도 순간 어리둥절했다.

'그런가? 생명이란 싸워야 하는 것이던가?'

"싸워서 얻지 않는다면, 어떻게 살아야 합니까?"

카이가 되물었다.

"먹을 것을 놓고도 숲과 태양과 동물과 심지어 인간끼리, 몬스터와 많은 것을 놓고도 싸워야 하며…… 그 간단한 이치에서 시작한 인간의 경쟁은 모든 것으로 확대되었습니다. 남보다 많은 권력을 놓고 다투는 것과 남보다 많은 영지를 놓고 다투는 것…… 다툼의 연장일 따름입니다. 어리석은 짓이지만, 동시에 그럴 수밖에 없는 것이 인간의 숙명입니다."

"숙명……인가. 그대들의 신이 그대들을 위해 내려 준?"

"아니요."

카이는 단언했다.

"주신이 생명체에게 기대한 것에 부응하는 겁니다."

"……주신……이……?"

고르진은 눈을 크게 떴다.

"생명체는 싸워야 한다는 것이?"

"평화로운 모습이란 어떤 겁니까? 모든 일에 음과 양을 대비한 것이 신의 뜻이라면, 평화로운 모습이란…… 단지 어떤 모습의 반대일 뿐. 그렇다면 선을 그으면 정리가 되겠네요. 평화로운 모습 쪽에 있는 것은 얌전한 것, 멈춘 것, 흐르지 않는 것, 그리고 죽은 것. 평화롭지 않은 쪽에 있는 것은 움직이는 것, 활발한 것, 그리고 싸우는 모습."

"허허! 그 말은 너무 억지야."

"억지라고 하셔도 좋습니다. 궤변이라고 말씀하셔도 좋습니다. 모순이라 하셔도 좋고, 이율배반이라 하셔도 좋습니다. 그렇지만 신

이 조화를 생각하실 때 그와 같은 안배를 하시지는 않았을까요? 평화란 전쟁이 있기에 돋보이는 것……. 그렇다면 생명이란 죽음이 있기에 돋보이는 것이 아니겠습니까.”

“양음의 조화……인가.”

그들은 완벽하다—. 주신을 닮아서. 음양을 나누어 생각하는 것이 그들에게는 어려운 일이었다. 어째서 완벽하지 못한가, 를 논해야 하니까.

고르진은 이해할 것 같았다.

인간 역시 또 다른 의미로 음양의 조화를 이룬 종족이었다. 아니, 음양이 두서없이 마구 뒤섞인 혼란한 종족이었다. 마치 그림자처럼. 실체가 없음에도 실체가 있는, 그런 그림자처럼.

그렇기 때문에 두 종족은 서로를 이해하고, 서로를 잡아끄는 것이리라.

고르진의 눈빛이 진중해졌다. 그는 그렇게 한참이나 카이를 바라보았다.

카이는 자신이 고르진의 귀한 마지막 순간을 빼앗았다는 것을 다시금 깨닫고는 입을 굳게 다물고 있었다.

“역시 인간이란 재미있군.”

“……마지막 가시는 길인데, 재미있으셨다니 다행입니다.”

고르진은 그 말에 웃었다.

‘내가 간신히 막은 그 문령술사는 어떤 녀석일까.’

고르진은 그것이 문득 궁금해졌다.

그런 와중에 카이와 철없는 테엘을 내버려 두고 가야 한다는 점은 아쉬웠다.

조금 더 이 녀석들의 삶을 지켜보고 싶어서 그렇게 물었는지도 몰랐다. 아니면 신의 반열에 오르기 직전, 단 일보가 부족했던 것일지도 몰랐다.

주신의 창조물, 그러나 신과 생물의 중간에 선 존재.

고르진은 자신의 몸 안에 휘몰아치는 힘을 느끼고는 신음을 흘렸다. 그리고 한 손을 들어 카이젤의 머리 위에 얹었다.

카이는 천천히 그 자리에 무릎을 꿇었다.

"카이젤…… 그대를 위하여 축원을, 그대의 믿음을 위하여, 그대의 앞날을 위하여……. 그대의 삶 끝에 후회가 없기를."

시간이 남지 않았다.

하늘에서 순간 엄청난 빛이 폭포처럼 고르진의 머리 위로 떨어졌다. 주신의 손가락 하나가 내밀어진 순간이었다.

고르진은 순간 자신의 힘을 다해 카이를 저 멀리 떨어지게 했다. 자신의 마지막 마법이었다. 카이를 보호하는 것도, 인간을 보호하는 것도 이제는 이것이 마지막이 되리라.

카이는 고르진에게서 멀어지면서, 주변을 환하게 채운 빛에 순간 온몸이 활짝 열리는 것을 느꼈다.

그곳에는 몸도 없고, 인간의 영혼 따위는 더더욱 없었다. 완벽한 무(無)이자 완벽한 유(有)……!

"어떻게……!"

카이는 인간의 몸으로 당해 낼 수 없는 거대한 신성력 속에서 의식을 잃어 가며 생각했다.

'어떻게…… 저렇게 환한 빛 속에서 그림자의 신이 태어날 수 있었던 거지?

그것으로 의식 끝.

SWORD OF DRAGON LOAD

제3장

뜻밖의 손님

테엘은 이공간의 땅을 둘러보았다.

그곳은 아무 일도 없다는 듯 여전히 고요했다. 사색에 잠긴 듯한, 그러나 풍부한 마나 덕분에 몰려든 정령들로 아름다운 자연을 유지한 채였다.

테엘의 눈빛이 한순간 번득였다. 그는 곧 몸을 띄워 한곳으로 날아갔다.

그가 내려선 곳에는 카이가 의식을 잃은 채 쓰러져 있었다.

테엘은 그의 몸을 짚어 보았다. 호흡은 있었고, 심장 역시 뛰고 있었다. 혈색이 나쁘기는커녕 너무 좋았다. 상처 하나 없는 모습에, 테엘은 안도의 한숨을 내쉬었다.

그는 이어 주변을 둘러보았다. 정령들, 이상 무. 어디 나무 하나 꺾인 곳, 없음. 드래곤들의 모습, 평온함.

카이는 의식을 잃음.

테엘의 안색이 시시각각 변했다.

"으음……."

그는 이어 카이를 날카로운 눈으로 노려보았다.

"이 얄미운 녀석 같으니!"

확 손을 들어 한 대 치려다가, 그는 애써 성질을 참았다.

"……로드 안 계시니까 참는다, 내가. 안 그러면 반쯤 죽이고 다시 살릴까 했더니만……."

테엘은 다시 한숨을 길게 내쉬었다.

"후……. 이런 복잡한 시기에, 하필이면……."

테엘의 중얼거림이 길어졌다. 그가 가랑비에 불평하듯 넋두리를 늘어놓던 중, 카이가 눈을 꿈틀거렸다.

테엘은 즉시 그의 몸을 다시 살폈다.

온몸에 충만한 생명력. 그것은 마나와는 다른 기운이었다. 신성력의 축복을 과하게 받은 덕분이었다.

신성력! 주신이 손을 내밀어 자신의 생물을 거두어 가심에 직접 나타나는 그 무시무시한 기운…….

그 사이에서 카이가 살아남은 것은 고르진의 배려 덕분이리라.

고르진이 자신의 마지막 힘으로 보호했음에도, 주신의 신성력에 카이는 의식을 잃고 기절한 것이다.

"일어나, 이 게으름뱅이야."

"……감히 ……본 공작……에게…… 그런 말을……."

카이는 뭐라 웅얼거리면서 일어나 앉으려 했지만, 이내 휘청거렸다. 테엘이 그의 곁에 다가앉아 부축했다.

"정신 차려라, 카이."

"테엘……인가. 대체……."

"승천하셨다."

"……?"

"고르진 님이 승천하셨다. 카이, 내가 여기에서 이러고 있을 틈이 없다. 새로운 로드를 선출해야 하는 회합이 곧 열릴 거야. 당분간 자리를 비워야 한다."

"……? 지금……?"

"일단 너는 나가 있어. 신전 안에 머물면 네 몸에 과하게 담긴 신성력이 어느 정도는 중화될 거다."

"신성……?"

카이는 비로소 정신을 차렸다. 그리고 시선을 테엘에게 주었다.

카이는 뭔가를 떠올리고는 경악했다.

"……그, 그 빛……!"

테엘은 고개를 끄덕였다.

"고르진 님께서 승천하셨다……. 새로운 용신 로잉루께서 탄생하셨고, 우리는 로드를 또 다른 세상으로 떠나보냈어."

하늘 저쪽에서 뭔가 번쩍거렸다. 이어 블루 드래곤이 몸체를 드러냈다. 하늘 곳곳에서 번쩍이는 빛이 났다. 드래곤들이 왔다.

테엘은 카이의 몸에 손을 댔다.

"잠시 쉬고 있어라. 돌아다니지 말고."

"아……."

카이가 뭐라 말하기도 전에, 그의 몸은 순식간에 신전으로 이동했

다.

카이는 순간 어질거리는 통에 정신을 차리지 못했다. 휘청거리면서 신상에 기대어 앞을 보니, 리슨이며 사람들이 버글거렸다.

그중에 특이한 얼굴이 눈에 띄었다.

"……올라스 올싱 힐……?"

카이는 작게 중얼거렸지만 이내 의식을 잃었다.

올라스 올싱 힐은 자신의 인생을 돌이켜 봤을 때 이렇게까지 찬밥 신세로 굴러다니긴 처음이었다.

대마법사의 지위에 올라선 이후, 그는 어디에 불쑥 나타나도 환영받는 사람이었다.

심지어 왕국 연합에 속한 다섯 개의 나라, 그 왕들의 침실에 한밤중에 불쑥 나타나도 얼씨구나 오셨구나 서방 왕국 연합령의 구세주여, 하면서 자던 자리까지 양보받는 사람이 그였다.

그런데 제국에 와서는 변변찮은 대접 한 번 받기가 힘들었다. 특히나 로인 공작과 관련해서는 더더욱.

카이의 몸 상태가 어떤 역할인지 제대로 알아내지 못하자 주변을 에워싼 드워프며 엘프, 사람들이 몽땅 그에게 질책의 눈빛을 보냈다.

"뭐야, 대마법사라더니……."

"치료 마법 못 쓰는 거 아냐?"

"설마. 치료 마법이 까다롭기는 해도 기본적인 큐어나 리커버리

정도는 할 수 있지 않을까?"

"그걸 못하면 사기꾼이지."

게다가 드워프족의 수장은 이렇게 말했다.

"역시 인간계에는 아직까지 사기꾼이 많은 모양이로군."

"……."

등 뒤에서 대놓고 떠드는 이 인원들을 어떻게 해야 할지, 올라스는 그저 울고만 싶었다.

게다가 막상 만나고 싶었던 드래곤들은 코빼기도 볼 수 없으니…….

때마침 카이가 눈을 꿈틀거렸다.

"엇, 깨어나시나 봅니다!"

카이가 마침내 의식을 차렸을 때, 올라스는 구원받은 기분이었다.

카이는 눈을 떴다. 신전 안에 마련된 그의 침실이었다. 침대의 주변에 서 있는 사람들을 하나 둘 살펴보고, 그는 고개를 끄덕였다.

그리고는 아무 일도 없었다는 듯 일어나 앉았다.

"……주, 주공! 괜찮으십니까!"

"아아."

카이는 목을 뚜둑거리면서 굳은 근육을 풀었다.

"테엘 님은?"

"돌아오지 않으셨습니다! 대체 무슨 일이 있었던 겁니까?"

카이는 그 질문을 듣고는 한동안 몸이 굳은 듯 움직이지 않았다. 또 의식을 잃는 것은 아닐까, 주변 사람들이 안달이 날 지경이었다.

"……테엘 님은 한동안 돌아오실 수 없을 거다. 당분간은."

카이는 이어 올라스를 바라보았다.

"오랜만은 아니지만 반갑습니다, 올라스 님."

"일어나셔서 다행입니다, 로인 공작님. 그렇지만 혹시…… 현재 드래곤께서는……?"

"짐작하신 대로입니다."

카이와 올라스만의 대화.

주변 사람들은 어쩐지 소외된 것도 같고, 새삼 올라스가 해박하긴 하구나 하면서 고개를 끄덕이는 중이었다.

올라스는 침을 꿀꺽 삼켰다.

"그, 그렇다면 정말로 드래곤 밸리라는 것이 있어서 거기에 다녀오셨는데 로드께서 그리 되셔서 드래곤들의 거시기가 한 겁니까?"

"……."

알아들을 수 있는 건 카이뿐. 주변 사람들은 그 현란한 대명사의 폭포에 멍해졌다.

카이는 싱긋 웃었다.

"역시 대마법사는 다르시군요. 어떻게 그렇게 깊숙한 전설까지 알고 계신 겁니까?"

"옛날에 읽었던 것을 떠올린 것뿐입니다. 그보다 공작님, 그렇다면 드래곤 밸리의 모험은 혹시 하실 계획이……?"

올라스는 본래 자신이 이곳에 온 이유를 까맣게 잊은 채, 흥분한 목소리로 그렇게 물었다.

"없습니다."

카이는 딱 잘라 말했다. 올라스는 눈에 띌 정도로 깊게 실망한 눈치였다.

그런 사이, 카이는 사람들을 내보내고 각자 할 일을 계속하도록 일렀다. 드래곤이 없다고 인간에게 주어진 시간이 늘어나는 것은 아니었다. 또한 적들이 그사이 놀아 주는 것도 아니었고, 그들은 할 일이 많았던 것이다.

올라스는 방 안을 천천히 서성거렸다. 고민에 빠진 듯도 하고, 실망한 가운데 뭔가 다른 이유를 대 볼까 하면서 머리를 굴리는 것이 역력히 보였다.

"언제 도착하셨습니까?"

카이가 조용히 질문을 던지자, 올라스는 생각에서 갑자기 깨어나며 놀랐다.

"아, 오늘 아침에 도착했습니다. 잠시 연합령의 왕국을 돌아다니느라 오시는 길에 오지 못했더니…… 그사이…… 드래곤의 로드가 바뀌는 일이 벌어졌다니……."

올라스는 이어 눈을 빛내며 카이를 돌아보았다.

"드래곤의 로드께서 너무 급하게 신의 품으로 돌아가신 건 아닙니까? 보통 드래곤은 자신의 죽음이 언제 다가올지 알고, 드래곤 밸리로 들어간다고 기억합니다만……."

"아마도 저번 전투 때문일지도 모르겠습니다."

카이는 그때를 떠올렸다.

고르진이 아니었다면 정말 꼼짝없이 다들 죽었으리라. 자신의 온몸이 타오르고, 테엘의 진기가 다하고 역소환에 지친 이르엘 역시 목숨이 끊어졌을 터였다.

카이는 몸을 부르르 떨었다.

'정말 무서웠다, 그 술법은…….'

올라스 역시 몸을 떨고 있었다.

'정말이지, 나라면 어떻게 상대해야 했을까? 마법으로 그 술법을 막을 수는 없단 말인가?

두 사람은 잠시 침울하게 각자의 생각에 빠졌다.

이윽고 카이는 그가 서방 연합령의 사람이라는 것을 떠올렸다. 눈치 없이 문령이 어쩌고 술법이 어쩌고, 이쪽의 속내를 털어놓아도 괜찮은 상대가 아니었던 것이다.

올라스 올싱 힐은 제국에서도 누누이 탐내던 인재였다.

제국은 강하다. 제국에는 소드마스터, 마법사, 정령사가 가장 많았다. 왕국 연합 전체를 합친 수에 맞먹는 인구 수와 제국의 교육 제도 덕분이었다.

왕국 연합과 제국과의 세력 균형은 때문에 막상막하.

그 미묘한 수준에 왕국 쪽에 가장 강력한 세력이 올라스 올싱 힐이었다.

만약 제국에 올라스 올싱 힐까지 있다면, 대륙 통일까지 노려볼 수도 있었으리라.

때문에 제국에서는 올라스 올싱 힐에게 여러 차례 회유와 유혹, 협박을 해 왔다. 그러나 올라스는 제국의 편이 되지 않았다.

그는 본래 왕국 연합 중 가장 가난한 케젤 왕국의 평민이었다. 가진 것은 오로지 지식에 대한 열망뿐이던. 케젤 왕국의 왕속 마법사가 그의 재능을 알아보고 그를 키웠다.

그가 없었다면 올라스 올싱 힐은 그의 산골 마을 대부분의 사람들처럼 살았으리라. 평범하면서도, 지긋지긋한 가난에 빠져 지내는.

올라스가 제국에 오지 않는 것은 그런 개인적인 이유 때문이기도 하고, 그의 지혜 때문이기도 했다.

자신이 제국의 편에 선다면 대륙에는 틀림없이 전쟁이 반발하게 된다. 그리고 제국의 일방적인 학살이 벌어지게 될 터.

그것을 막기 위해서라도 자신은 왕국 연합 쪽에 서 있어야 했으며, 연합령의 편을 들어야 했다.

올라스는 지금 심각할 정도로 갈등했다.

'……드래곤 밸리, 드래곤의 안식처……! 우워, 들어가고 싶다! 가 보고 싶다아—!

드래곤의 보화와 약품, 마법을 배우게 해 준다고 말하면 자신은 제국 편이 될지도…….

한평생 연합 왕국의 사신으로, 대마법사로서 지니는 권위에 맞춰 살아온 그였다.

그러나 속내는 마법사, 세상의 온갖 이치를 담아내고자 하는 열망

을 가진 자 아닌가!

세상에 알려진 대부분의 마법은 물론, 사람들이 듣도 보도 못한 마법을 익힌 그였지만 드래곤의 지식이라면 다르다. 드래곤의 마법약이라면 마음이 약해지는 것이다.

'아서라, 올라스! 더 이상의 욕심을 내어 무엇 한단 말이냐! 세상 만물을 꿰뚫는 한 가지의 위대한 법칙을 깨달아 가는 중에!

올라스는 심장을 애써 가라앉혔다.

두 사람 사이의 분위기가 천천히 냉각되었다.

카이 역시 망설이고 있었다.

'이자를…… 제국의 편으로 두어야 하는가?

그렇게 된다면 제국은 안정될 것이다. 공고해질 것이며, 강해질 것이다.

카이는 전술은 몰라도 전략에는 밝았다. 목적이 너무나 분명한 삶을 살았기 때문인지도 모르지만…….

'이자를 제국의 편에 둔다면, 황제 폐하는 대륙 정벌의 기치를 내세우실지도 모른다.'

그렇게 된다면 자신의 안전은 물론, 내부의 반발을 밖으로 표출할 수도 있다.

더불어 자신의 입장은 더욱 공고해지리라.

'내 재산을 다시 동원해서 군대를 일으키고, 파이엘 백작과 연결해서 군량을 보급한다면 전권은 나에게 올 것이다.'

그러나 그것은 일이 쉬워질 경우다.

밀테이너 공작이 전쟁을 준비해 온 것은 몇 년이나 되었다. 그러나 카이가 군권을 내놓으라고 주장했을 때 밀테이너 공작이 순순히 그러십시오, 하면서 내준다는 보장이 없지 않은가?

'게다가 전쟁이 벌어진다면 아무래도 로인으로서는 아슬아슬하지.'

군대가 없는 상태에서 전쟁이 벌어진다면, 그야말로 밑 빠진 독에 물 붓기로 돈만 퍼 주고 남 좋은 일만 하게 될 수도 있다.

공작인가, 영주인가.

카이가 지금으로서 선택한 것은 영주였다.

그는 로인을 사랑했다. 그 어느 로인 공작보다 더 많이. 그는 이 죽어 가는 땅을 자신의 힘으로—적어도 자기가 끌어 모은 인원으로—되살리고 있다는 자부심으로 사랑했다.

'연합 쪽에 두는 편이 좋겠군.'

카이는 결국 그렇게 결정을 내렸다.

올라스는 카이를 보면서 혹시 자신에게 회유 제안을 해 오지는 않을까 두근거리는 마음으로 기다리고 있었다. 자신의 입장을 까맣게 잊은 건 아니었지만, 그래도 기대라는 건 늘 이성을 희롱하는 법이었다.

'아앗…… 어, 어쩌지? 몰라, 몰라!

카이는 무덤덤하게 올라스를 바라보며 입을 열었다.

"지금 로인 개발 중인 광경은 구경하셨습니까?"

"에…… 아니요. 아직 못했습니다."

"음? 그러고 보니 어떻게 오셨기에?"

"테엘 님께 드래곤 신전으로 올 수 있는 좌표를 받았습니다만."

"……."

카이의 이마에 힘줄이 가볍게 돋아났다.

'적이란 말이다, 적! 그래도 명색이! 이자가 원하면 로인으로 백만……까지는 아니더라도 100명의 기사 정도는 텔레포트 시킬 수 있는 좌표를 아무한테나 턱턱 가르쳐 준 거냐!'

카이는 애써 담담하게 웃었다.

"그렇군요……."

잠시 어색한 침묵이 흘렀다.

올라스는 눈을 동그랗게 뜨고 얼굴을 붉힌 채 권유의 말에 어떻게 거절을 해야 할지, 아니면 어떤 마법이나 제안을 내걸지는 않을지 두근거리며 기다리고 있었다, 여전히.

카이는 머리를 긁었다.

"그렇군요. 그렇다면…… 일단은……. 오신다는 것은 알고 있었지만, 워낙 이런저런 일이 많았던지라 손님 대접을 어떻게 해야 할지 준비를 전혀 하지 않았습니다."

카이는 솔직하고 담백하고도 정중하게 말했다.

"본의 아니게 실례를 저지르게 되어 죄송할 따름입니다."

"아니, 아닙니다. 무슨 그런 말씀을!"

드래곤이라는 공통의 화제를 제공하는 테엘이 없는 마당이라 대화를 이어 나가기가 쉽지 않았다.

"답답하지 않으십니까?"

"아, 예."

"잠깐 바람이나 쐬시지요."

"몸은 괜찮으십니까?"

카이는 고개를 끄덕였다. 오히려 기운이 넘쳐흘렀다.

두 사람은 용의 신전 밖으로 향했다. 카이는 신전 앞의 거대한 광장을 가리키며 말했다.

"이 공간은 로인의 영지로 허락받기 이전에, 드래곤이 본체로 회합을 갖던 장소입니다. 로인의 영지는 드래곤들의 거처로 사용되던 땅이 대부분이라서 크고, 넓고, 화려하지요."

"그렇군요……."

신전 앞 광장은 확실히 장관이었다. 완만한 언덕배기를 양옆에 끼고, 두 줄기의 강물이 천천히 광장을 가로질렀다. 그 옆으로 이제 막 피어나는 초목의 푸른색이 눈을 밝게 해 주었다.

수만 명의, 수십만의 사람들이 모여 한꺼번에 축제를 벌이고 춤을 출 수도 있으리라.

"로인 역시 가뭄에 시달린 흔적이 남아 있군요."

울라스의 예리한 관찰력에 카이는 고개를 끄덕였다.

"……200년 동안 그랬지요."

"그래도 사람들이 남아 있다니…… 굉장하군요. 역시 생명이란……."

"뭐, 그렇지요."

카이는 잠시 헛기침을 했다.

광장을 바라보는 올라스의 눈빛은 하염없이 그 위를 헤맸다. 그의 눈빛이 바람이 되고 물길이 되어 광장을 쓰다듬는 것 같았다. 지식의 전수자이기 때문에 그는 깨달은 것이었다. 지금 이 영광을 되찾기 위해 카이가 보았을 그 황량함이 어떠한 것이었을지를.

잠시 그의 마음이 숙연해졌다.

"제가 애당초의 약속을 변경하고, 왕국 연합에 다녀온 이야기가 궁금하지는 않으십니까, 로인 공작님?"

카이는 고개를 가볍게 갸웃거렸다.

"저와…… 관련된 이야기를 나누셨습니까?"

"당연히."

3년 만에 다시 사신을 파견한 이유가 달리 무엇이겠는가.

황제는 여전히 바보였고, 밀테이너 공작은 누가 보아도 알 수 있는 야망을 불태우고 있었다.

"왕국 연합에서는 로인 공작과의 연대를 원하고 있습니다."

"오호."

카이는 가벼운 감탄사만을 내뱉었다.

올라스는 자신이 유혹 어린 제안을 받지 않을까 했는데, 오히려 그를 회유하는 발언을 하게 된 것이 묘하게 느껴졌다.

"제국의 공작에게 어떤 제안을 하고 싶다는 겁니까?"

카이의 대응이었다.

"제국은 엉망입니다."

올라스는 냉정하게 입을 열었다.

카이는 그를 노려보기만 했다.

"아시겠지만, 제국은 엉망입니다. 군권은 세 조각으로 나뉘어 있으며, 로인 공작께서 끼어드신다면 네 조각이 날 겁니다. 그중 한 조각, 단 한 조각도 황제의 손에 쥐어져 있지 않습니다."

카이는 그의 말에 고개를 끄덕이고 싶은 것을 참았다.

마법사의 말은 매서울 정도로 사실이었으니까.

"유일하게 군권이 없는 공작은, 로인 공작을 제외하면 르귄 공작입니다. 하지만 르귄 공작은 내정 대부분을 차지하고 있으니까 나름대로 권력이 있지요. 전쟁을 억제하는 것이 그가 할 수 있는 전부일 겁니다. 그리고…… 다른 두 공작이 한 조각씩을 먹고 있지만, 중앙군사력과 황제의 신임을 받고 있는 밀테이너에 비한다면 역시 한두 발 밀린다고 볼 수 있겠지요."

"제국에 빈틈이 있다고 보는 것 같군요."

카이는 그쯤 해서 한 마디, 정곡을 찔러 보았다.

올라스는 정색을 한 채로 고개를 끄덕이기만 했다. 오히려 그 반응에 카이가 약간 주춤거릴 정도로 솔직한 반응이었다.

"왕국 연합 쪽에서는 그렇게 보고 있습니다."

"……그 말은……."

"지난 2년 동안 제국에 세금을 바치지 않고도 이제 와서 사신 한 명 달랑 보낸 일로 모든 일이 옳다꾸나, 잘 넘어갈 리는 없지 않습니까?"

"그렇군요."

카이는 그렇게 대꾸하면서도 자신의 무지가 이가 갈리도록 싫었다. 외성의 군사력을 차지했다지만, 그가 내정에 대해서 아는 것은 수박 겉핥기에 불과했다.

높은 자리란, 그 자리를 지키기 위해서라도 더 많은 지식과 노력을 필요로 한다.

"그것도 황제가 죽어라 싫어하는 마법사를 보내 봤자 별다른 수가 없지요. 차라리 왕국령의 소드마스터 한 사람을 보냈다면 헤첸 4세가 좋아했을 것은 누구나 예상할 수 있는 일입니다. 하지만 연합 측에는 제가 일부러 나서겠노라고 설득했습니다."

올라스는 그렇게 말하며 카이를 바라보았다.

"제가 그들을 설득한 것처럼 당신을 설득해 보겠노라고 했으니까요."

"……뭘 설득하겠다는 겁니까?"

잠시 바람이 스쳤다. 전쟁을 좋아하는 날카로운 바람이었다.

"연합 측으로 와 주신다면 공국으로 대우를 해 드리겠습니다."

"……!"

공국의 대우……!

결국 왕의 대접을 해 주겠다는 말 아닌가!

카이는 눈썹을 꿈틀거렸다.

올라스는 담담하게 말을 이었다.

"제가 제국으로 오는 것보다 로인 공작을 연합령으로 모시는 편

이 훨씬 더 간편할 것 같다는 생각이 들었습니다만…… 제 계산 오류인가요?”

“지금 본 공작에게 제국을, 모국을 배반하라는 이야기요?”

카이의 목소리가 날카로워졌다.

그렇지만 올라스는 빙그레 웃었다. 카이가 어리다거나 정치적인 수단이 부족하다는 것을 그는 깨달았다. 마법사로서, 그리고 왕국연합령을 묶어 놓는 중심인물이었던 그에게 카이의 반응은 우습기만 했다.

카이는 지금 순수하게 화를 내고 있었다. 하지만 동시에 이성을 꽉 붙들고 있기도 했다. 화는 나지만 그걸 폭발시키지 않는 스무 살이라니, 올라스는 그런 사람을 거의 본 적이 없었다.

‘대단한 인재야. 대단해.’

올라스는 순수하게 감탄하고 있었지만, 그저 싱글벙글 웃으면서 이야기를 계속 이어 나갈 뿐이었다.

“그렇다면 제가 떠나기 전, 마지막 무도회장에서 본 광경에 대한 헤첸 4세의 반응과 차후의 일은 어떻게 말씀을 드려야 할까요?”

“폐하의 반응이 어떻든 지금 이야기하고자 하는 건 본 공작의 향후 거취가 아니오?”

“그렇지요.”

올라스는 고개를 연신 끄덕였다.

여전히 빙그레 웃는 그의 얼굴을 보며, 카이는 한숨을 토해 내고 싶은 걸 참았다.

'차라리 회유해 버릴까.'

한발 늦은 생각이었다.

그렇지만 이 상대는 자신의 생각보다 그렇게 만만하지가 않았다.

"밀테이너 공작이 언제 역심을 일으키는가 하는 문제는 지난 200년 동안 연합령을 하나로 묶어 오는 계기였습니다."

카이는 올라스의 말을 들으며 그의 움직임 하나, 표정 하나까지 놓치지 않았다. 그러면서 그는 올라스의 행동과 말투를 뇌리에 똑똑히 각인시켰다.

"로인 공작 가문이 몰락했던 시기, 그리고 그것이 확실해졌을 때 왕국 연합에서 전쟁을 일으킬 분위기까지 갔지만 그렇게까지는 못했습니다. 여전히 제국의 군권은 하나였고, 황권이 오히려 강해졌기 때문입니다."

"그 말은 우리 가문이 황제 폐하께 오히려 폐가 된다고 말하는 것 같군."

카이는 불편한 심기를 감추지 않고 말했다.

올라스는 고개를 끄덕였다. 아주 지극히 당연한 말을 왜 하냐는 듯한 표정으로.

"로인이 제국에는 도움이 되지만, 황제에게는 도움이 되지 못하지요. 지금쯤 적은 그런 상황을 모두 감안하고 계획을 수립하고 있을 겁니다. 단지 작은 기폭제를 찾지 못하고 있을 뿐."

"기폭제?"

카이는 날카로운 목소리로 되물었다.

"다른 말로는…… 명분이라고 해야 할까요? 로인 공작님의 명성은 지금 외성에 자자합니다. 그 변화 역시 놀랍지요. 빈궁…… 그리고 참수, 호통으로 이어지는 당신의 별명 변화. 그 속에 사람들의 마음이 고스란히 녹아 있습니다. 안 그렇습니까?"

"……."

"빈궁에서 참수로 이어질 때에도 명분이 없었는데, 하물며 호통을 치며 황제의 발걸음을 막아선 자를 누가 좋아하지 않겠습니까?"

"그런 걸 보통 좋아한다고 하던가요?"

"그들은 당신을 좋아하기 시작했습니다. 적어도 당신을 향해 무작정 모의를 꾸밀 상대는 아니지요. 헛소문을 퍼뜨려 여론을 조작하기에도, 빈민들을 상대로 한 정책을 펼친 당신의 인상을 뒤집기에도 역부족일 테고. 뭔가 상황이 다소 늦었는데…… 그건 전적으로 당신의 전투력 때문입니다."

카이는 어깨를 으쓱였다.

"드래곤들까지 있음을 알게 되었는데도 공격했다는 건 어떻게 해석하시겠습니까?"

올라스는 그제야 진지한 학자의 표정을 짓고는 도리어 카이에게 물었다.

"문령……이라고 그날 듣기는 했지만, 자세히 듣지는 못했습니다. 로인 공작님, 그것이 뭔지 제가 알 수 있겠습니까?"

문령에 대해 말해 주어야 하나?

하지만 상대는 적국의 사람.

카이는 그런 생각에 얼굴 표정 하나 바꾸지 않은 채 올라스를 빤히 바라보기만 했다.

그 표정을 보며 올라스는 쓴웃음 지었다.

"그렇군요. 제가 연합령 쪽이기 때문……입니까, 아니면 학자이기 때문입니까?"

"둘 다입니다."

카이는 애써 솔직한 듯 침착하게 대꾸했다. 그러나 소용없었다.

올라스는 빙그레 웃었다.

"둘 다라는 말씀은, 학자이기 때문에 알아낼 수 있고, 연합령에 도움이 되도록 할 수 있다는 거로군요. 오호, 문령이라……. 대체 무엇인지 궁금하군요. 문령(文靈)…… 정령술의 일종?"

그렇게 떠보는 올라스의 말에 카이의 표정에는 일체의 미동조차 없었다.

'아닌 거야, 맞는 거야?'

긴가 민가 싶을 정도로 철면이었다.

그만큼 카이의 얼굴은 딱딱하게 굳어 있었다.

"그래서 본 공작에게 무엇을 원하는 겁니까, 올라스 님."

올라스는 문령에 대해 알고 싶었다.

'그걸 알려 주시면 제가 회유될지도 모릅니다만, 공작님…….'

물론 문령이 정령술이라면 그저 실망할 뿐 회유당하지 않을 가능성이 높지만.

올라스는 표정을 고친 채, 외교가의 말을 이어 나갔다.

"그들에게 수단이 있지만 그것을 손에 넣은 것은 최근, 혹은 그 힘이 기반을 잡은 게 최근……. 그런 와중에 로인 공작이 부활. 그렇다면 이제는 애가 탈 겁니다. 일이 막 성사되려던 와중에 로인이라는 거대한 적을 상대해야 하니……."

"연합령 쪽에 그런 말을 다 고하고 오신 건가, 올라스."

카이의 말투가 변했다. 동시에 그의 기세도 변했다.

무시무시한 살기가 평원으로 퍼져 나갔다. 그 바로 시작점에 있는 올라스를 향한 살기였다.

올라스는 태연했다.

"당연한 말씀을 하시네요. 저는 연합령의 사람입니다. 당연한 일 아닙니까?"

"큭."

"그런 상황을 종합적으로, 저희 연합령에서는 공작님과의 연합을 또한 추진하고 있는 것입니다. 비록 이 로인의 상황이 어떻다 하더라도, 공작께서 지니신 역량에 비추어 본다면 공국의 대우는 저희로서는 감당할 수 있는 수준의 대우라 판단한 것입니다."

"……본 공작은 당신의 말을 제국과 연합령과의 교역을 중단할 계기로 삼을 수도 있소."

"정치와 외교에서도 그런 위험은 항상 도사리고 있습니다. 오히려 더 음울한 형태로 존재하지요."

올라스의 말에 카이는 문득 떠올렸다.

그래서 로인 공작 가문에는 멕이라는 암살자의 도움이 필요했던

것이다. 카이가 리슨을 부리는 수단은 지극히 얌전했다.

겨우 감시나 하고, 이야기나 엿듣게 하는 정도?

카이는 그런 면에서는 참으로 순진했던 것이다. 이제 와서 후회해도 어쩔 수 없지만.

"무엇보다 공작께서 저희와 암중에 손을 잡고 계신 것이 해가 되지는 않을 텐데요?"

"……나는 제국의 사람이오만."

"제국의? 아니면 황제의? 어느 쪽을 위해 싸우실 거란 말씀입니까? 설령 헤첸 4세가 당신을 위험한 전장으로 내몰아, 당신과 당신의 모든 권속을 죽게 한다고 해도 그를 위해 죽겠다는 각오를 하신 겁니까?"

"……!"

부하를 잃기는 싫다.

영지민을 잃기도 싫다.

짜증나는 일이지만, 올라스와 서방 연합은 이미 카이의 약점이랄까, 한계점을 다 파악하고 온 듯했다.

카이는 입술을 깨물었다.

그런 작은 감정 표시 하나도 올라스에게는 이야기를 이끌어 나갈 방향을 제시해 준다는 것을 알면서도, 억제할 수가 없었던 것이다.

테엘이 아무리 돕는다고 해도, 그런 멍청한 짓을 해서는 안 된다. 드래곤이 아무리 반은 신적인 생물이라 해도, 죽을 수 있다.

게다가 적에게는 문령이 있지 않은가.

고르진이 없다는 것을, 카이는 내심 실감해야만 했다.

'적어도 나를 도울 수 있는…… 아니면 로인을 방어할 몇몇 도움을 더 얻을 수만 있다면……!'

카이는 그렇게 생각하면서도 강한 표정으로 신전의 광장을 내려다보았다.

수만, 이제 수십만까지 로인의 세력을 불리겠다.

로인의 명성은 예전보다 더욱 강건해질 것이다.

'황제 따위는 겁나지 않아.'

황제 따위는……?

카이는 그 생각에 문득 몸을 흠칫거렸다.

'제국? 아니면 황제……? 어느 쪽을 위해서……? 이제는 마음을 정해야 한다는 건가.'

카이는 헤첸 4세를 떠올렸다. 그리고 태후가 만나게 했던 황태자 역시 떠올려 보았다.

둘 다 마뜩찮기는 마찬가지. 황제를 위한다는 것은 어쩌면 가장 부질없는 짓인지도 모른다……. 마물 사냥꾼이던 제국의 초대 황제와는 달리, 지금의 황제들은 울타리 안에 갇혀 키워진, 호랑이의 핏줄이라곤 발톱에만 남아 있는 고양이에 불과했다.

'제국이라 불리는 것은 겨우 땅덩어리. 황제라 불리는 사람은 허수아비.'

그런 자를 위해서 개죽음 당한다면, 애당초 드래곤에게서 힘을 구할 이유도 없었다. 저택에서 굶어 죽었으면 되니까.

카이는 모처럼 과거, 리슨과 가난 속에 뒹굴던 때를 생각했다. 드래곤에게 용서를 구하던 때를 생각했다.

그때, 자신은 죽음을 각오했다. 이렇게 개 같은 인생을 살지 않기 위해서.

'무엇을 위해서 싸울 것인가…….'

카이는 눈을 감았다.

올라스는 그를 방해하지 않았다. 지금이 가장 중요한 순간이라는 것을 그는 알 수가 있었다.

'현명한 선택을 하시겠지만…… 저 나이 또래에서 볼 수 있는 미숙함이, 혹은 가문에 대한 그의 열정적인 반응이 어떤 결과를 나을지 모를 일이지. 황제나 제국을 선택할 것인가? 아니면 최소한 왕국 쪽에 유리한 결과를 내놓을 것인가?

카이는 계속해서 생각했다.

'누구의 손을 잡을 것인가…….'

로인 공작 가문의 세 가지 맹약.

신성한 드래곤의 이름으로 제국을 지킬 것이며, 그를 위반할 시에는 죽음을 기꺼이 받아들이겠소이다.

800년 전에는 그랬다.

"제국……이 될 것이다."

로자인은 넓은 평원을 바라보며 말했다.

"그래, 저 드래곤의 위대한 성지 로인에서부터 이곳에 이르는 넓

은 평원! 그리고 네크시아라의 땅! 그 사이에 장성이라도 쌓을까?"

"오라버니."

부드럽고 단호한 목소리가 들렸지만, 로자인 로인은 돌아보지 않았다.

"다시는 동방의 마물이 몰려들지 못하도록 해야겠지. 앞으로도 할 일이 더 많아지겠는데."

부드러운 손이 그의 어깨를 잡아 돌려세웠다. 그 손이 이끄는 대로 움직이기는 싫었지만, 이자벨의 손길은 부드러우면서도 단호했다. 그 손에 실린 힘이 얼마나 강한지 그는 이제 짐작조차 할 수 없었고…….

그만큼 두려웠다.

이자벨의 눈빛은 선량하면서도 강하고, 그러면서도 단호했다.

"오라버니."

"……이자벨."

"나 역시 로인이야."

"……."

"나는 괴물이 아냐."

"……이자벨, 난……."

동방에서 몰려든 마물과 싸우는데, 이자벨이 없다면 안 된다—. 그것은 로자인 역시 잘 알고 있었다.

그런데도 어째서일까. 자신의 여동생이고, 그 거대한 전투에서 그녀가 없으면 안 된다는 것을 알면서도, 그런데도 여동생을 보고 있

으면 어쩐지 날이 잘 선 검을 보는 것 같아서 그는 몸이 오싹 떨려 왔다.

그 역시 당대의 검술가이며, 거대한 군대를 이끌고 있었는데도 그녀 한 사람이 평원에 적으로 서 있게 된다면……?

그때 자신은, 이길 수 있을까.

여동생의 목을 베라고 명령을 내릴 수 있을까.

로자인은 고개를 떨궜다.

이자벨의 목소리가 서글퍼졌다.

"난 괴물이 아냐."

"하지만 드래곤의 기운이라니! 보통 인간은 그럴 수 없어!"

"……오빠도 알잖아!"

마나가 거의 소진되어, 드래곤 하트가 반쯤 갈라질 정도까지 돕고, 그런데도 원하는 것은 딱 한순간이라도 순수한 사랑의 눈물.

마법과 동족은 모두 내버려 둔 채 원하는 것은 그 여인의 미소, 오직 자신을 향해 마음 모두를 내던져 주는 그러한 미소.

그 미소에 답해 주기에, 자신이 원하는 것은 너무 많지 않았던가.

이자벨은 비로소 후회했다.

비로소 가슴 아파하고, 비로소 깨달았다.

그를 사랑했다.

가족이라는 굴레에 얽혀, 인간이라는 굴레에 얽혀 길고도 지독한 전투를 치러 왔다.

몬스터에게 죽기가 싫어서, 몬스터의 손에 죽는 인간이 싫어

서…… 그래서 그렇게 억지를 써 온 것일까.

"오라버니를 위해서…… 그를, 오라버니의 단 하나뿐인 여동생의 유일한 남편의 이름을 걸고 다시 맹세하오리까."

울고 싶은 것을 참는 목소리는 쉬어 버렸다. 거칠게 색색거리며 나오는 목소리에는 통탄이 담겨 있어서, 로자인은 차마 아무 말도 꺼낼 수가 없었다.

"사랑의 이름으로 모든 것을 건 그에게 더 이상의 무거운 짐을 지워 주어야 하리이까. 그렇게까지 여동생의 마음을 조롱하고도, 또 다시 또 다른 희생을 하라고 요구하시는 겁니까, 오라버니!"

"……이자벨!"

"그의 이름과 그의 목소리로, 그가 받은 신의 축복을 모두 내버리라 말을 하고도 다시금 나는 그에게 말을 해야 하는 것입니까, 오라버니! 그의 생명을 걸고 하는 맹세를……! 내가 죽으면 그 역시 죽겠노라고……!"

"맹세를…… 해 다오! 너의 그 막강한 힘으로 오직 제국을 지켜 주겠노라고!"

"……!"

이자벨은 눈을 감았다.

아버지와 어머니를 마물의 손에 잃고, 오빠의 손에 이끌려 무작정 도망쳤던 곳, 네크시아라.

그 한가운데에서 만난 드래곤……. 자신들을 구하고, 자신들을 내려다보던 그 거대한 생물.

소녀는 여인이 되었고, 드래곤은 사람이 되기를 희망했다.

"……그렇다면 맹세……하지요."

이자벨은 눈물을 흘렸다. 피눈물처럼 짙고도 묽은 눈물이 느릿하게 뺨을 흘렀다. 그것은 가족과의 이별을 고하는 신호탄이었고, 제국이라는 괴물의 탄생을 알리는 물줄기였다.

"당신이 영생을 누릴 수 없다는 것을 알면서도…… 요구하는 그 요구를 그에게 고하고 맹세를 받을 것입니다."

이자벨은 눈을 뜨지도 않은 채 몸을 돌렸다. 그녀의 눈에서 흘러내리는 눈물이 이제는 뺨을 흠뻑 적셨다.

"……안녕, 오라버니."

그녀는 입술을 깨물었다.

그리고 자신의 연인에게로 향해 걸음을 옮겼다.

죽어 가는 그를 지켜 주기 위해, 그리고 마음을 주기 위해.

이자벨과 로자인, 로인 공작과 초대 황제는 그 후 다시는 만나는 일이 없었다. 비록 황제가 그녀를 로인 공작으로 인정했다지만, 그 둘이 생전에 다시 만나는 일은 없었다.

로인 공작이 다시 라페드의 황성 란펜에 되돌아온 것은 그 아들에 이르러서였다.

그 당시의 일은 야사에도 남아 있지 않았다.

현장에 있던 것은 황제, 로자인 본인과 그의 조카뻘이자 하프 드래곤의 힘을 받았던 이자벨의 아들뿐이었기 때문이다.

숙부이자 늙은 황제를 향해 그는 검을 들이댔다. 그러나 순간, 검

에서 거칠게 튕기는 불꽃에 그의 팔이 다 타 버렸다.

금제였다. 그들 가문의 피에 남겨진…….

여동생은 약속을 지켰던 것이다.

늙은 황제는 그것을 본 순간 저도 모르게 웃음을 터뜨리고 말았다.

"크……크하하하하! 이자벨! 지켰구나, 약속을!"

황제는 자신만만하게 외쳤다.

"라페드, 나의 제국이여―! 나의 이름을 기념해야 할 위대한 제국이여, 신의 영원에 도전하거라―!"

늙은 황제의 그 외침은 아무 곳에도 기록되지 않았다. 이자벨이 언제 어떻게 죽었는지의 기록 역시 아무 곳에서도 발견되지 않았다.

단지 남겨진 것은 제국의 초대 황제와 드래곤의 연인이라는 별명을 가진 초대 공작의 이름.

그것을, 영원하다고 할 수 있을까…….

카이는 눈을 감은 채, 도통 뜨지를 않았다.

기다리던 올라스가 조금은 초조해질 무렵.

카이가 천천히 눈을 뜨고 올라스를 바라보았다.

"첫 번째 맹약."

"……엣?"

"드래곤의 힘으로 그들의 신에게 경배를 바치고 그 힘으로 황제를 지키며 우리 가문을 지킨다."

카이의 무덤덤한 목소리가 어쩐지 소름 끼칠 정도였다. 올라스는 그의 안색과 기척을 살폈다.

살기가 아니었지만, 그 무덤덤함이 오히려 더 무섭게 느껴지는 것은 어째서일까.

카이는 바위처럼 딱딱한 얼굴로 올라스를 바라보았다.

"만약에, 드래곤의 힘으로 황제를 지키지 않는다면…… 그 선은 어디까지인지 나는 모르오. 내 생명을 걸고 실험을 해 봐야 하는 문제일까? 아니면…… 단순히 내 검으로 황제를 해치지 말라는 뜻일까. 이자벨 로인 공작은 아무 기록도 남기지 않았소. 단지 세 가지 맹약이 아버지에게서 자식에게로, 입에서 입으로 전해질 뿐. 가문에서 지켜야 할 세 가지 맹세……. 이종족을 보호한다, 아리준과 멕을 지킨다, 황제를 지킨다. 그러나 막상 어떻게 행동해야 할지는 자손들에게만 떠맡긴 셈이지."

"……그래서…… 어떤 결론을 내리셨습니까?"

올라스는 대충 그의 말이 어떤 뜻인지 알아챘다. 그리고 속으로는 흥미롭다고 생각했다.

'세 가지 맹약? 그것도 용언으로 묶인 맹세가 있단 말인가? 그렇다면 로인 공작에게 주어진 힘은 그 맹세를 지키기 위한…… 또 다른 수호? 무엇을 위한 수호? 인간의 성격에서 맹세의 신성함을 지키기 위한 것일까?

카이는 주먹을 쥐었다. 손톱이 손바닥을 찔러 바닥으로 피가 뚝뚝 흘러내렸다. 그의 피가 닿은 곳에서부터 마나의 흐름이 갑자기

증폭되었다.

올라스는 그 현상을 눈치 채고는 눈을 휘둥그레 떴다. 그가 무어라 말을 하려 할 때, 카이가 먼저 입을 열었다.

"나에게는 남겨진 자손도 없으며, 로인의 이름으로 선택한 의무는 이 영지를 지키는 일. 그러나 그들이 내 과오로 하여 죽는다 해도, 그것까지 내가 모두 책임질 수 없겠지. 전쟁이 벌어졌을 때 내가 모든 사람을 구할 수 없는 것처럼."

카이는 올라스를 똑바로 바라보았다.

"서방 연합령에 전하시오. 카이젤 아민 라 로인, 제국의 수호자로서 그대들의 침입을 허용하지는 않겠다고."

"……엣?"

그 앞뒤 다른 말은 대체 무슨 뜻?

아니, 그것보다 대체 저자의 몸에 흐르는 피가 인간의 피는 맞단 말인가?

카이가 말을 덧붙였다.

"내가 선택한 것은 로인의 수호, 이 땅으로의 침입은 전혀 허용하지 않겠소. 내가 어디에 있는지를 파악한다면, 서방에서 어떤 짓을 한다 해도 나는 전혀 상관하지 않겠소."

카이는 이어 냉정한 눈으로 그를 돌아보았다.

"물론 내가 라페드의 군권을 전부 장악한다면, 그때 그대들이 닥쳐 온다면 그때는 전쟁을 각오해야 할 것이오."

"……침입을 막기에도 정신이 없을 것 같군요, 그렇게 된다면. 그

정도의 위험은 알고 있습니다. 연합에서 원하는 것은 단 하나뿐입니다.”

“이제껏처럼 제국이 동방에서의 진출을 막아 줄 것과 영원한 평화 말입니까.”

카이는 영원이라는 단어를 말하면서 저도 모르게 살기를 내뿜었다. 올라스는 고개를 끄덕였다.

“제국의 방대한 힘이 영원에 이를지는 모르겠지만…… 적어도 서로 죽이려 달려드는 상황이 멈추기를 원할 뿐입니다.”

카이의 입가에 미소가 떠올랐다.

“알고 계시겠지만 그대가 원하는 대로 되지는 않을 것입니다, 올라스 님.”

“모든 일이 제 의지대로 흘러가지는 않습니다만…… 적어도 예측한 대로 흘러간다면 다행 아니겠습니까.”

올라스는 카이의 안색을 살피며 말했다.

“유일한 예외가 갑자기 나타난 공작님이었습니다. 그렇지만 적어도 서로 공격하지 않겠다는 말을 한 것만으로도 제국의 공세를 막아낼 때 안심해도 되는 것 아니겠습니까? 더불어 제국에서는 틀림없이 연합을 공격하는 일을 주장하든 해서 공작을 자극하려 할 것 입니다.”

올라스는 지금 그를 도우려는 것이었다.

‘불가침의 대가로 지식을 구할 수 있다면, 그것 또한 좋지.’

카이는 그렇게 생각하며 그의 말에 귀를 기울였다.

"밀테이너 공작이 반역을 일으킨다면…… 공작께서 공격에 나설 이유는 없습니다. 로인에 계속 계시는 쪽이 가장 현명하다고 말하고 싶습니다만…… 문제는 공작의 의향입니다. 황도, 란펜성으로 돌아가실 생각이 있으십니까?"

"원래는 되돌아갈 생각이었습니다."

"돌아가신다면, 저번 규모의 전투가 다시 있게 될지도 모릅니다. 아니면 그야말로 누구도 눈치 채지 못하는 사이 독살을 당하신다거나…… 어떤 식으로든 공격이 본격화될 것은 분명합니다만."

"……."

테엘만으로 저번과 같은 공격을 무효화할 수 있을까?

소드마스터 열 명이라도 당해 낼 수 있으며, 백만 대군을 상대할 수 있는데 그깟 종이 한 장을 당해 내지 못한다는 것은 억울한 일이었다.

올라스의 충고가 이어졌다.

"무엇보다 사람을 구하셔야 합니다. 인재. 엘란 후작이나, 르귄 공작 외에…… 좀 더 전략과 전술에 능한 자를."

올라스는 잠시 고개를 갸웃거렸다.

"연합령에서 적당한 인재를 뽑아 보내도록 하겠습니다. 물론 제국에서 모르는 사람들이 될 겁니다. 그들의 신분에 대해서는, 적당히 꾸며 대시면 될 겁니다. 그렇지만 그들을 뽑아 보내기까지 몇 개월이 걸릴지 모르겠습니다만."

카이는 묵묵히 고개를 끄덕였다. 왕국에서 보내는 사람들을 100

퍼센트 신뢰할 수 있을까. 그런 사람들을 거느리고 어디까지 싸울 수 있단 말인가.

"그러기 위해서는 문령이 무엇인지…… 알고 싶습니다만."

올라스의 말에 카이는 고개를 흔들었다.

"그건 다른 문제입니다, 대마법사 올라스 올싱 힐 님."

"……쳇. 쩨쩨하시네요, 공작님."

대마법사는 털털하니 말하고는 웃어 버렸다. 그는 연합이 맺어졌다는 것, 그것만으로도 연합에 큰 이득이 되리라 생각했다.

'이제 돌아가서…… 연합 왕국을 다시 돌아다니면서 앞으로 제국과의 관계를 어떻게 하느냐를 조정하면 되는 건가.'

올라스는 털털한 웃음을 지었다.

'잘하면 제국이 귀퉁이부터 천천히 무너지겠군.'

SWORD OF DRAGONLOAD

제4장

급류의 시작은 작은 소용돌이

파이엘 백작이 도착했다.

로인의 먼 관문이 보일 때, 그가 가장 먼저 찾아낸 것은 작달막하고 수염이 발끝에 이를 정도인 드워프 늙은이였다.

"모드 님―!"

그는 이어 관문을 보고, 저도 모르게 상인의 눈으로 그것을 감정했다.

'문짝만 떼다가 어느 왕국에 갖다 팔아도…….'

곁에서 모드는 떨떠름한 눈으로 보면서 혀를 찼다.

"인간이란…… 언제나 과한 욕심을 부리는군."

"엣? 허허, 아, 아닙니다!"

파이엘은 애써 웃으면서 아양을 부리듯 그의 곁에 다가서서, 그의 머리에 자신의 머리가 닿을 듯 깊숙하게 허리를 숙였다.

"어서 오게나, 파이엘 백작. 로인에 온 외부인으로는 그대가…… 처음이로구만. 흘흘."

사실 처음은 아니었다.

그러나 올라스는 이곳에 오지 않은 것으로 되어 있었다. 그도 당연한 일이, 그는 제국의 사람이 아닌 것이었다.

연합이나 동맹은 아닌, 불가침 조약.

그러나 그것만으로도 적에게 명분이 되기에는 충분하다. 때문에 카이는 그 사실을 비밀로 할 것을 주변에 요구했다.

올라스는 파이엘 백작이 온 것을 보고, 마지막으로 아쉬운 듯 용신의 신전을 돌아보았다.

"이제 가 봐야겠군요."

"연합을 찾아뵐 일이 없을 것 같아 아쉽습니다."

카이의 인사에 올라스는 웃었다.

"거동이 쉽지 않으신 것은 저도 잘 알고, 저희 연합 쪽에서도 잘 알고 있습니다. 오히려 저희와의 불침을 밝히신 의사만으로도 충분히 감사할 따름입니다."

올라스의 말에 카이는 고개를 끄덕였다.

서로 만약의 경우 손해를 보지 않는 경우의 동맹이었다. 카이가 외부와 손을 잡은 최초의 조약이었고. 카이는 그 동맹이 퍽이나 마음에 들었다.

"연합령에 들렀다가…… 차후 다시 찾아뵙겠습니다. 그때는 정말 마법사의 열정만을 갖고 들르도록 하지요."

올라스는 카이에게 가볍게 고개를 숙여 보이고는 등을 돌렸다.

카이는 고개를 끄덕여 그를 배웅했다. 올라스가 마법진에서 모습

을 감춘 후, 카이는 양 어깨를 풀었다.

"좋아, 파이엘 백작을 만나 보실까."

올라스가 다음으로 이동한 곳은 네크시아라 끝, 이제는 흔적마저 사라진 마을의 입구였다.

옛날, 그러니까 네크시아라가 한창 번창하던 시절에는 네크시아라로 들어가는 입구에 마을이 크게 형성되어 있었다. 어느 정도 상권이 형성된 마을로, 네크시아라에 들어가는 사람들을 대상으로 지도며 이런저런 여행 물품을 팔았던 것이다.

지금 그 마을의 좌표는 거의 잊혔다. 그도 당연한 것이, 200년 가까이 사람 한 명 살지 않아 집터조차 사라진 곳이었던 것이다. 마법진을 이용해 이동하는 사람도 얼마 남아 있지 않았고, 마법진 좌표를 이용해서 로인과 란펜을 오간 테엘은 풍부한 마나과 지식을 바탕으로 단숨에 오간다.

인간 마법사나 사용하는 이 중간지는, 200년 만에 올라스가 처음 사용한 것이었다.

올라스는 휘청거리면서 중간지의 땅에 발을 내딛었다. 대마법사라고는 해도 인간이었다. 몇 개월 동안 계속 순간 이동으로, 대륙의 절반을 종횡무진 쏘다녔다. 마나가 꽤 소진되었고, 때문에 체력도 꽤 바닥 난 상태였다.

'테엘 님을 뵙고 왔더라면 좋았을 것을.'

그는 그렇게 생각하면서 뒤를 돌아보았다가…… 몸이 굳었다.

몇백 년 동안 텅 빈 마을이라 들었는데, 지금은 전혀 아니었다.

사람들이 버글거리면서 그를 주목하고 있었다.

"마법사 아냐?"

"마법사가 왜? 아니, 그럼 여기는 마을 외곽인 건가?"

"옛날에 마을이 있긴 있었구나……."

보통 마법사가 이용하는 좌표는 마을 구석진 곳이나, 방어가 철저한 곳에 있기 마련.

과거에 사용되던 좌표라고 방심한 것이 실수였다. 올라스는 일부러 헛기침을 하고는 그들의 시선을 피해 슬그머니 난민촌의 구석으로 향했다.

'아니, 사람들이 왜 여기 있는 거야? 벌써 마을이 재건되는 건가?'

돈이 움직이면 사람도 움직인다.

파이엘 백작의 상단을 따라 빈민만이 아니라, 평민 중에서도 상단을 꾸리는 자들이 움직였다. 이럴 때에는 재산이 많고 적음보다는 먼저 움직이는 자가 승리하는 법!

벌써 마을이 형성되면서 목재상과 이런저런 공구를 파는 가게가 들어섰다. 마을이 지어지고 있는 것이었다.

'너무 성급한 건 아닌가……?'

정국을 아는 자들은 신중할 수밖에 없다. 로인 공작이 아무리 황제 앞에서 떵떵거려도, 그 대가로 어떤 상황을 치러야 하는지도 불분명했다. 전쟁이 될지, 아니면 역적모의에 이끌리게 될지…….

'게다가 공국으로 인정을 한다면 이 앞에서 더 큰 전쟁이 벌어질지도 모르는 일인데…….'

조금은 걱정스러운 눈길을 보내는 올라스였다.

그러나 그는 자신을 바라보는 눈길이 있다는 걸 알아채지 못했다.

"에이고, 다시 옮겨 가 보실까……. 사람 좀 없는 곳으로 가야지, 이거……."

순간 이동으로 옮기는 거야 서방으로 가는 건지 제국으로 가는 건지, 심지어 동방으로 가는 건지 알 수 없지만 그래도 드나드는 걸 보이는 건 좋지 않았다.

'도착할 때도 주의를 할 걸 그랬나. 이런 외진 곳에 벌써 마을이 생길 것도 예상 못하면서 어찌 현자니 하는 이름을 듣누…….'

올라스는 혀를 찼다. 그러면서 그는 사람들의 시선이 닿지 않는, 먼 곳으로 향했다. 출발의 좌표를 재계산해야 하는 번거로움 정도는 각오해야 했다.

'아는 좌표 이용하려고 버둥거린 게 바보 같군.'

사람들은 멀어지는 그를 멀뚱히 보기만 했다.

"제국으로 가는 건가?"

"뭐, 그렇겠지. 남쪽으로 가면……."

올라스는 이내 사람들의 관심에서 잊혀졌다.

그러나 한 사람만은 올라스의 뒤를 따라 역시 모습을 감췄다. 본체는 보이지 않는 발자국이 건조한 땅 위를 가로질러 올라스의 뒤를

쫓았다.

올라스는 30분 정도를 걷다가, 이어 방향을 서쪽으로 틀었다.

그리고 다시 30분을 틀고 난 후에야, 사람들의 시선과 흔적에서 완전히 멀어졌다.

로인이 쇠퇴한 이후 제국과는 물론, 서방 왕국 연합과도 거리가 멀어졌다. 이쪽에도 몇백 년, 사람이 다니지 않아 황폐하기 이를 데 없었다.

그곳에서 주섬주섬 이동 마법진을 그리기 시작하던 올라스는 갑자기 움직임을 뚝 멈췄다.

마법진을 그리느라 잠시 마나를 끌어올렸을 때, 기묘한 감이 그의 주변에 와 닿았던 것이다.

'몬스터인가?'

신경에 거슬리는 그 시선은 분명 사람의 것이었다.

그의 심장이 어째선지 조금 내려앉았다. 주변의 공기가 서늘해진 듯한 기분이었다.

'시간이 좀 필요하다.'

올라스는 일부러 태연하게 뒤돌아섰다.

"게 손님이 계신 것 같은데, 물이나 좀 얻어 마십시다."

그의 말에, 풀숲 건너편에서 뭔가 부스럭거렸다.

허리를 넘을 정도로 높게 자라난 수풀 사이에서 한 사람이 허리를 천천히 펴고 일어났다. 겉으로 딱 봐도 무인 계열이 아닌 문인.

"마법사인가? 내 사인이라도 필요한 건가?"

올라스는 일부러 허허 웃으며 말했다. 사내는 고개를 흔들었다.

"로인으로 향하던 길인데, 이런 분을 뵙게 될 줄은 몰랐습니다. 올라스 올싱 힐 님……. 아마도 틀림없이, 로인 공작 저택에서 봄의 축제 때에 찾아간 적이 있었는데, 이번에는 로인 외곽에서 나왔다. 그것도 가는 길은 남서쪽……."

사내는 생긋 웃었다. 올라스는 그 미소를 보는 순간 온몸이 오싹거렸다.

'이자……! 뭔가 이상하다!'

그는 급히 왼손으로 수인을 맺으며 상대의 마나를 측정해 보는 간단한 마법어를 입속으로 굴렸다. 다음 순간 그는 퍼뜩 놀랐다.

'마나는…… 거의 없잖아! 마법사가 아닌가? 암살자? 독약 전문가인가?'

사내는 올라스의 긴 소맷자락 안에 숨겨진 손을 보면서 고개를 흔들었다.

"저를 향해 마법을 쓰실 생각이라면 그만두시는 게 좋습니다."

"……무슨 소리인지……?"

"뭐, 하나만 묻죠. 로인 공작과 무슨 이야기를 나눈 겁니까?"

"……누구냐, 넌?"

올라스는 일부러 태연하게 되물었다. 약간 분노하고 귀찮아하는 듯 태연을 가장했지만 엄청나게 심장이 떨렸다.

"내가 누구라 생각하고 그렇게 함부로 묻는 것이냐?"

"……글쎄요. 어쨌건 올라스 경께서는 이야기를 하고 싶어 하지 않으시는 것 같군요. 그래도 상관없습니다."

사내가 종이 한 장을 꺼냈다.

거의 반사적으로, 올라스는 화염 마법을 그를 향해 발사했다. 사내가 싱긋 웃었다.

"그 수법에 너무 많이 당해서 말이지요."

올라스의 눈이 커진 순간, 그의 앞에 기묘한 물체가 나타났다. 황금빛 마법진 같은 것!

'제길, 한패가 있었던 건가!

눈앞의 사내에 너무 집중했던 것이 문제였다.

그러나 대마법사라는 지위는 괜히 얻은 게 아니었다. 그는 그 짧은 순간, 주머니 속의 스크립트를 꺼내 발동했다.

"슬라이드!"

그가 마법진 옆으로 막 미끄러지려는 찰나.

사내의 입가에 미소가 스쳤다.

"마법에는 마법. 그 재빠른 대응과 마나의 운용에는 정말 감탄하지 않을 수가 없군요."

올라스는 다음 순간 눈을 크게 떴다. 자신은 분명 공격 범위 밖으로 이동했는데도, 마법진은 처음부터 자신만을 노리고 있었던 것처럼 따라잡았던 것이다!

'마법이 아니다!

그 흐름에서 기묘한 감각을 느끼고 올라스는 후회했다.

'차라리 어디로든 순간이동을……!

그러나 이번에는 늦었다!

마법진이 화려한 빛을 떨치며 그를 덮치고 봉인술이 되어, 그의 몸 안에 스며들었다. 다음 순간 전신을 억누르는 통증에 올라스는 입을 벌렸다. 하지만 비명조차 제대로 흘러나오지 않았다.

사내가 그의 앞에 조용히 다리를 쪼그리고 앉았다.

"자, 올라스 경. 천천히 이야기를 나눠 보실까요……?"

"넌…… 대체 누구냐……."

그렇게 신음 속에 묻다가, 올라스는 자신 앞에 나타난 두 번째 사내를 보고는 눈을 크게 떴다.

"당신은 분명……!"

라페드 제국의 황궁, 황제의 바로 뒤에 서 있던 사내!

밀테이너 공작과 친밀한 것 같아서 그도 주목해 봤던 사내 아닌가.

'이프로스 백작……! 제국의 손이 벌써 여기에 이른 건가!

빈민을 가장하고 로인에 들어간다면 누구도 의심하지 않을 터.

'……로인 공작……!

올라스는 자신의 온몸에 흐르는 고통이 무엇인지 이제 알 것 같았다.

'이게…… 문령……?

올라스는 고문에 얼마 버티지 못한 채 의식을 잃었다.

"늙은 몸이니, 그냥 의식을 잃는 게 좋기는 좋지. 좋아, 너는 이대

로 황궁으로 돌아가라."

"옛? 하지만 스승님, 이자가 로인 공작과 어떤 이야기를 나눴는지에 지시를 해 주시는 편이 좋지 않겠습니까? 밀테이너 공작은 너무 조급하고, 황제 역시 믿을 바가 못 됩니다."

"그 점은 차후에 연락을 하겠다만…… 이자는 틀림없이 로인 공작과 서방 연합과의 동맹을 추구했을 것이다. 마법을 연구한다면, 지금 와서 번거롭게 왔다 갔다 할 필요가 없겠지. 그것도 혼자 움직였다는 건 남들이 알아서는 안 될 이야기를 나눴다는 증거."

"드래곤과의 접선이나 다른 가능성은 확실히 낮아 보이는, 수상쩍은 행동이기는 합니다만……."

"폐하께 그대로 고해도 상관없을 것이다. 이자를 끌고 황궁으로 가라. 밀테이너에게는 나중에 불러서 설명을 해."

사내는 거만하게 말했다.

그의 말투에 이프로스는 순순히 고개를 끄덕였지만, 조금은 묘한 일이었다. 두 사람은 제국의 황제나 밀테이너 공작이 아랫사람이라는 듯 이야기를 했던 것이다.

제국에서 최고의 권력을 누리는 두 사람을 마치 아랫사람처럼 거명하는 둘…….

두 사람은 각자의 품에서 종이를 꺼냈다. 이프로스는 사내를 향해 정중하게 허리를 숙였다.

"근일 내로 돌아오실 건지요?"

"그건 좀 더 그쪽 상황에 맞춰 보고. 황제를 잘 구슬리고, 밀테이

너를 잘 억제해 놓도록. 시기가 이른 건 늦는 것보다 나쁘니까."

"알겠습니다. 몸조심하십시오, 스승님."

사내가 종이를 찢었다. 그는 이내 사라졌다.

이프로스는 올라스의 머리채를 붙들고 종이를 찢었다. 그 둘 역시, 처음부터 그곳에 없었던 것처럼 곧 모습을 감췄다.

올라스는 정신을 차렸다.

그는 멍하니 방 안을 둘러보았다. 좁지만 화려한 방. 침대는 나쁘지 않았고 바닥에는 양탄자, 창문에는 커튼.

각 왕국을 돌아다니면서 귀한 대접을 받는 올라스는 명품 구분에 꽤 능했다. 그는 그것들이 결코 싸구려가 아님을 알아보았다.

"……?"

그는 잠시 정신을 차릴 수가 없었다. 그리고 일어나 앉을 수도 없었다.

온몸에서 힘이 쭉 빠졌고, 더불어 마나조차 순환시킬 수가 없었다!

그는 잠시 오싹한 기분에 무슨 일이 있었는지를 차근차근 생각해보았다.

'……문령술사!

그렇게 판단을 내릴 수는 있었다. 그렇지만 그 이상은 어떻게 해야 할지, 그는 알 수가 없었다.

마나가 몽땅 어디론가 계속 흡수되는 것 같았다. 그런데도 말라

죽지는 못하는 곳…….

'이것도 문령인가?

그때였다.

문이 열리고 한 시녀가 들어왔다. 그는 그 복장으로, 자신이 어디에 끌려왔는지를 깨달았다. 그의 안색이 순간 파랗게 변했지만, 다행히 시녀는 그것보다 그가 정신을 차린 데에만 주목했다.

"아, 일어나셨군요! 곧 폐하께 전하도록 하겠습니다!"

"……자, 잠깐……."

그러나 그 목소리에도 힘이 없었다.

올라스는 힘없이 침대 위에 축 늘어진 채, 무기력하게 죽음이 다가오는 것을 실감하고 있었다.

다시 많은 사람들이 들어오고, 이어 분노가 찬 헤첸 4세가 들어섰다.

"……올라스 올싱 힐!"

올라스는 일어나 앉으려 했지만 쉽지 않았다. 눈만 데굴거릴 뿐.

그는 황제의 뒤에 선 밀테이너 공작과 이프로스 백작을 알아보고는 더욱 신음 소리를 흘리면서 자리를 피하려고, 마나를 끌어 모으려고 애썼다.

헤첸 4세는 이 희생양이 반갑다는 듯 히죽거리면서 그의 침대 옆에 걸터앉았다.

황제의 잘 다듬어진 길고 날카로운 손톱이 올라스의 뺨을 살짝 긁어 내려갔다.

"어디를 도망치려 하는 건가? 아니면 아직 상황이 어떻게 돌아가는 건지 전혀 모르는 건가?"

"……!"

'폐하, 지금 상황이 어떻게 진행되는 건지 모를 뿐만 아니라 제가 왜 이런 대접을 받아야 하는지도 모르겠습니다……!'

올라스는 그렇게 잡아떼고 싶었다.

말을 하고 움직일 수만 있다면 그 정도는 일도 아니다.

황제가 아무리 미쳤어도 연합 왕국과 전쟁을 벌이기 위해서는 다른 내신들의 찬성이 있어야 한다.

자기 몸 하나 빠져나간다면, 두 세력 간에 당장 위급한 전쟁이 벌어지지는 않을 것이다. 헤첸 4세가 상상하는 것보다 제국의 상황은 형편없이 나빴기 때문이다.

'제길!'

그러나 올라스는 입을 아무리 벌려도 아무 말도 할 수가 없었다.

이프로스 백작의 미소가 짙어졌다.

그러나 순간.

헤첸 4세가 갑자기 손톱을 올라스의 뺨 속에 밀어 넣었다. 극심한 고통조차도 올라스는 느끼지 못했다.

오히려 보던 사람들이 놀라 고개를 돌릴 지경이었다.

밀테이너와 이프로스 역시 순간 깜짝 놀랐다.

헤첸 4세는 그의 뺨에 손톱을 박아 넣은 채, 다른 손으로 머리채를 붙들어 그의 몸을 들어 올렸다. 설마 사람 상체가 그렇게 쉽게 들

릴까 했는데, 올라스의 몸은 힘없이 그 손에 딸려 올라갔다.

올라스는 그제야 자신의 몸이 어떤 상태인지 알 수 있었다. 근육이 모두 절단 당하고, 신경이 모두 끊겼다. 단지 남아 있는 것은 숨쉬는 것과 심장이 뛰는 것뿐.

올라스는 어째서 자신의 몸이 이렇게까지 파괴되었는지 이해할 수가 없었다.

'……!'

그 충격에 그의 눈이 부릅떠지자 헤첸 4세는 실로 유쾌한 것을 보았다는 듯 크게 웃기 시작했다.

"크하하하하하하! 이거 보았나? 응? 어이, 이프로스 백작! 이 녀석의 머리만을 이대로 움직이게 할 수는 없겠는가, 응?"

"……머리만 말씀이십니까?"

"그래! 꼭 왜 거, 물통 광대놀음 같이! 테이블 위에 어항 올려놓고, 목만 내놓고 물 채워서 뻐끔거리는 거 있지 않은가!"

"……잘 알지요, 폐하."

이프로스는 억지로 웃었다.

물속에서 숨을 뻐끔거리면서 머리카락이 흔들리는 광대의 얼굴놀이는 헤첸 4세가 가장 좋아하는 광대놀음 중 하나였다.

그렇다고 해도 상대는 올라스인 것이다!

황제는 역사상 가장 강하고 위대한 마법사라는 올라스 올싱 힐의 머리만을 살려 둘 수 있냐고 묻고 있었다!

"……스승님께 연락을 취해 보도록……."

"그렇게 못할 거라면 이따위 쓰레기는 필요 없느니라."

"옛……?"

이프로스가 그렇게 되물었을 때.

헤첸 4세는 웃던 표정 그대로 품속에서 단도를 꺼내 올라스의 목에 댔다.

"짐은 이딴 쓰레기는 필요 없다고 했다."

그리고 그 칼이 단숨에 올라스의 목에 반쯤 파묻혔다.

"폐, 폐하!"

"폐하!"

밀테이너와 이프로스가 깜짝 놀라 자리에서 일어났다.

이프로스는 이를 악물고는, 품속에서 몇 장의 종이를 꺼냈다.

"하겠습니다, 폐하! 검을 뽑지 마세요!"

"지금 짐에게 명령을 하는 건가?"

쇽. 검을 뽑는 소리가 섬뜩하게 들렸다. 헤첸 4세는 여전히 웃고 있었다. 그의 옷이 피에 젖기 시작했다.

올라스는 어떻게 손을 써 볼 틈도 없이 경동맥에서 피를 콸콸 쏟아 내고 있었다.

이프로스의 손이 보이지 않을 정도로 빠르게 종이 위에 뭔가를 써 내려갔다. 몇 가지 문자가 그 위에 쓰였다. 사람들은 그게 문자인지 지렁이인지 그림인지도 알아볼 수가 없었다.

이프로스는 주문을 외우며 그 종이를 재빨리 뜯었다. 허공에서 찢어진 종이는 바로 번쩍이며 사라지고, 이어 올라스의 쏟아지던 피

가 우선 멈췄다.

헤첸 4세가 이프로스를 바라보았다.

“여기서 끝은 아니겠지?”

이프로스는 그 시선에 오싹해 하며 재빨리 품속에서 종이 몇 장을 더 꺼냈다. 뭔가 하는 시늉이라도 보이기 위해서였다.

‘스승님……! 이자는 정말로 미쳤습니다!’

그런 생각은 밀테이너 역시 마찬가지였다.

‘미쳤다……. 황제는 미쳤어!’

밀테이너는 이프로스를 바라보았다. 그의 은밀한 눈빛에 담긴 뜻이 무엇인지 이프로스는 잘 알고 있었지만 다른 수가 없었다.

마치 이 사태를 예상이라도 한 듯이, 그의 스승은 말하지 않았던가? 시기가 이른 건 늦는 것보다 나쁘다고.

‘아직은 때가 아닙니다. 너무 일러요.’

그렇게 생각하면서 이프로스는, 대체 저 머리만 남기고 몸통을 어떻게 정리해야 황제가 일단 광기를 진정시킬지, 아니면 그 광기를 저 올라스에게만 집중시킬지를 고민하기 시작했다.

*　　　*　　　*

테엘이 돌아왔다. 표정이 밝지 않았다.

카이는 파이엘 백작에게 빈민들의 수용 시설에 대한 처리와, 필요한 물품 계산하는 것을 맡긴 채 자리에서 일어났다.

"일이 잘 안 된 거야?"

카이의 질문에 테엘은 얼굴을 찡그렸다. 그리고는 고개를 천천히 흔들었다. 그는 자신이 없는 사이에 꽤 진행된 관문과 건설된 도시를 바라보았다.

란펜의 빈민 선발대가 들어왔지만, 기존에 있던 사람들이나 그들이나 주머니가 빈 건 마찬가지였다.

그 의외의 단점 덕분에 그 두 무리 사이에 서로 다툴 것이라곤 하나 없었다. 이 땅은 내 땅이니, 나중에 들어온 녀석이 뭔 땅을 더 갖느니 하는.

테엘은 도시가 건설되는 것을 보며 고개를 끄덕였다. 그리곤 굉장히 퉁명스러운 어조로 대답했다.

"뭐, 잘못 된 것까지는 아니지만…… 그냥, 늙은이들 등살에 시달려서 그래."

"용언을 사용하게 되었는데도?"

카이의 말에 테엘은 푸념을 늘어놓았다.

"어차피 너무 오래 걸렸다, 이거지. 게다가 솔직히 로드…… 아니, 고르진 님께서 너무 일찍 승천하신 이유가 전부 다 내 용언이 미숙하기 때문이라고 선배들께서 얼마나 난리를 하셨는지……. 뭐, 어차피 돌아가신 게 아니라 승천하신 거라서 별 난리는 없었지만 잘못했다간 몇백 년 감금당할 뻔했어."

테엘이 감금당하면 카이가 난리 난다.

"그나마 어르신들께서 너 때문이라고, 축제 때 잘 봤다면서 그냥

넘어가 주신다고 꼭 말하라고 명령을 하시더군. 어이구, 이거 참 감사합니다, 로인 공작님!"

테엘은 그렇게 말하면서 허리를 깊숙이 숙였다.

카이는 순간 당황해 주변을 둘러보았다. 다행히 파이엘 백작은 심각한 표정으로 테이블 위에 몸을 기울인 채 계산 등에 몰두하고 있었다.

테엘은 허리를 펴고는 잠시 더 뭐라 투덜거리고는, 심각한 표정으로 말했다.

"그런데 이번에 바엘라 녀석이 오지 않아서 말야."

"……음."

"뭐, 녀석도 꽤 상심이 클 테니까. 하지만 로드를 선출하는 자리에 안 온 건 헤츨링 녀석들뿐이야. 그 녀석, 정신 연령이 어려도 한참 어려. 나 없는 새 별일은 없었지? 그 녀석 여기로는 안 왔던?"

카이는 고개를 흔들었다.

"올라스가 왔다가, 위대한 일족에게 안부를 전해 달라 하고는 갔어. 그리고 연합과 동맹을 맺었다."

"별일 있었네."

"그렇지."

"서방과 동맹이라……. 거참, 인간 세계의 세력권은 조금 복잡해서……. 올라스가 그렇게 하라고 추천하던?"

"나쁜 거래는 아니었다고 봐."

"동맹 관계라는 서류는?"

카이는 고개를 흔들었다.

"그런 것 없는데."

"응? 없다니?"

"서로의 명성과 이름을 걸고 나눈 동맹이다."

"……잘한다. 무슨 명성과 이름이야, 인간 주제에. 그냥 종이에 써. 그러고도 배반 확확 때리는 주제에……."

테엘은 툴툴거렸다.

"그 이야기는 누구누구한테 했냐?"

"이르엘, 운다흐, 두 녀석, 모드 님. 그리고 너로군."

"뭐…… 알겠다. 나도 입 다물고 있으면 되는 거로군."

"서로 만약의 경우에 침범하지 않겠다는 가벼운…… 동맹이랄까, 소극적인 동맹이니까."

"그 정도는 마음에 드는데."

그렇게 테엘이 고개를 끄덕였을 때.

파이엘이 갑자기 자리에서 벌떡 일어났다. 안색이 새파래진 채였고, 그는 안절부절못하는 눈치로 카이와 테엘을 바라보았다.

카이는 그가 왜 그러나 싶어 쳐다보았고, 테엘은 카이의 뒤에서 한발 물러나 주었다.

'뭐야, 또?'

파이엘 백작은 부들부들 떨리는 손으로 둘에게 가까이 오라고 흔들었다. 입을 빼끔거리는 것이, 뭔가 중대한 일이 터진 건가 싶었다.

"……뭔가?"

카이가 다가오고 이어 테엘이 다가서자, 파이엘 백작은 책상 위에 꺼내 둔 통신구슬을 그들에게 확 내밀었다. 무슨 무기 내밀 듯 거친 행동에 그가 얼마나 당황했는지 알 수 있었다.

"이, 이걸 어떻게 좀 사용을……!"

통신구슬은, 상대방이 무작정 외쳐 대는 바람에 소리와 언뜻언뜻 얼굴만 스칠 뿐이었다.

엘란 후작이 당황해서 뭔가를 외쳐 대고 있었다.

—……반란…… 역적……! 얼른 누가……!

테엘이 그 위에 손을 얹고는 간단히 마법을 구동했다.

구슬 속의 영상과 소리가 좀 더 분명해졌다. 엘란은 그런데도 소리를 질러 대고 있었다.

—로인 공작님! 공작님이십니까!

"……무슨 일인가, 엘란 후작! 보기 안 좋다."

—올라스 님이 포로로 잡혔습니다!

"……!"

두 사람의 얼굴은 순식간에 대경실색, 굳어 버렸다.

"그게 무슨 소리냐!"

카이가 분노해 외쳤지만, 상대는 멀고 먼 땅의 구슬 너머에 있었다. 엘란 후작 역시 정신이 없는 상태로 중얼거렸다.

—자세한 상황은 밝혀지지 않았습니다. 단지…… 밝혀진 건 그것뿐입니다. 올라스 님을 본 사람도 없지만, 황제 폐하께서 친히 발표하신 상황입니다! 올라스 님이 반역을 꾀했다는!

"……."

카이와 테엘이 서로를 바라보았다.

카이가 내처 엘란에게 물었다.

"그것뿐인가, 발표는?"

—그렇습니다! 대체 이게 어떻게 돌아가는 상황인지……!

"……올라스 님은 제국 사람이 아니다. 어떻게 반역을 꾀했다는 거지? 반역이라고 발표가 난 건가? 황제 암살이나 다른 죄목이 아니라?"

—반역이라고 발표가 났습니다!

"……그렇군. 알겠다."

—예……?

"다른 사항은?"

—내성, 외성 전체에 통금령이 내렸습니다. 해가 지면 거리로 나올 수가 없습니다. 물론 외성 밖으로 절대 나갈 수 없고, 들어오는 사람도 없습니다. 거리에는 밀테이너 공작과 그 군사들이 가득 깔렸습니다.

카이는 상황이 어떻게 돌아가는 건지 전혀 이해할 수가 없었다.

카이는 우선 파이엘 백작에게 물었다.

"일단, 도성을 떠나지 못한 빈민들이 얼마나 남아 있지?"

"꽤 많이 남아 있을 겁니다만, 전의 50퍼센트 정도일 거라 생각합니다. 나이 들고 연약한 무리들만 있거나, 가장을 이곳으로 보내고 일단 자리를 잡으라고 한 사람들이나……."

"50퍼센트라. 대충 백만 명 내외로 남아 있다고 생각하면 되는 건가?"

"그 정도는 되겠지요."

카이는 도성의 상황을 좀 더 듣기 위해 엘란을 향해 고개를 돌렸다.

"해가 떴을 때도 도성에 가둬 두는 건가?"

—그렇습니다. 대체 무슨 일이 어떻게 돌아가는 건지…….

"엘란 후작, 차후로도…… 아니, 아닐세."

—예?

"……마법은 흔적이 남아. 연락을 하면 자네가 위험해질지도 모른단 말일세."

—그 정도는 감당할 수 있습니다!

엘란이 호기롭게 외쳤지만, 카이는 고개를 흔들었다.

테엘은 카이의 표정을 보고는 통신구슬을 미련 없이 꺼 버렸다.

세 사람은 잠시 아무 말도 못했다. 서로를 보지도 못한 채, 멀고 먼 란펜에서 무슨 일이 벌어지는지 제각기 생각을 굴리기에 바빴다.

파이엘보다는 카이와 테엘이 좀 더 진실에 가까운 생각을 하고 있었다.

한참 후에야 카이가 파이엘을 돌아보며 말했다.

"파이엘 백작, 도성의 좀 더 자세한 상황을 파악해서 돌아가야 할지, 얼른 이곳의 일을 대충이라도 정리해 놓도록."

"아, 알겠습니다."

파이엘은 둘이 뭔가 중대한 이야기를 하려는 것을 눈치 챘다. 일단 카이의 말대로 일을 정리해 두는 것이 중요하기도 했다.

파이엘이 자리를 뜨자마자, 테엘은 피식 웃어 버렸다.

"너를 부르는 건가?"

"그런 의미겠지, 역시?"

"그렇다면 내가 궁금한 건…… 어째서 빙 돌아가는 거지?"

"그건 모르겠다. 올라스 님이 잡힌 건 확실한 것 같지만……."

카이는 이마를 찡그렸다.

서방 연합 쪽도 이 사실을 전해 들었으리라. 설마 그들이 제국 도성에 스파이 하나 심어 두지 않았을 리는 없다.

그렇다면 서방 쪽이 예에, 하면서 올라스를 죽게 내버려 둘까?

황제가 원하는 건 서방과의 전쟁일까? 전쟁에 자신을 불러들이려는 걸까?

아니면 직접 이곳으로 쳐들어오지는 못하겠으니 올라스라도 죽이겠다는 걸까?

게다가 올라스는 어디에서 잡힌 걸까? 대마법사가 잡힐 정도라면…….

그렇게 카이가 자신의 의문을 테엘에게 이야기하던 중.

언덕을 내려가던 파이엘이 허겁지겁 다시 올라오고 있었다. 그의 뒤에는 그다지 낯익지 않은 사내 한 명이 있었다.

카이와 테엘은 이야기를 멈춘 채로 둘을 바라보았다.

파이엘은 숨을 헐떡이면서, 뒤에 선 사내를 앞으로 잡아당겼다.

"공작님, 이 사람은……."

"……사벤 알 미네드 자작?"

카이는 그의 얼굴을 어렴풋하게 기억해 내고는 놀랐다.

"이 자리에 웬일이시오?"

사벤 알 미네드는 창백한 얼굴로 웃어 보였다.

"오랜만에 뵙습니다, 로인 공작님. 파이엘 백작님께 부탁해서 같은 길을 올 생각이었는데, 제가 조금 늦는 바람에 급하게 찾아뵙게 되었습니다. 실례를 용서해 주시길 바랄 뿐입니다."

"……실례는 아니오, 자작. 이 땅에 손님이 찾아오시는 건 언제든 대환영이지요. 하지만 지금은 잠시 사정이 있는지라……. 손님을 대접할 저택도 없는 와중이라, 곤란하군요."

카이는 정말 곤란했다.

상대는 일단 체스터 백작과 친했다. 하지만 파이엘 백작과도 친했다. 밀테이너 공작의 보조를 꽤 많이 받는 중도파의 인물이었다.

사벤 알 미네드 자작은 제국이 자랑하는 또 하나의 명물이었다. 그는 제국은 물론, 왕국과 모든 전설에 이르는 모든 역사를 알고 있었다.

천재 역사학자라는 말로는 부족했다. 역사책 그 자체라는 말이 더 정확했다.

어느 상황에서도 즐거운 일화를 떠올릴 수 있으며, 어떤 일화라도 사람들이 필요로 하는 이야기를 기억해 낸다. 일전 파이엘이 사벤을 찾아간 것도 그 때문이었다.

200년 전의 실전된 역사라 해도 기억하는, 유일한 사람.

사벤 알 미네드 자작이었다.

다른 때라면 카이도 오히려 기뻤으리라. 가문의 숨겨진 이야기를 들을 수는 있지 않을까, 혹은 자신만 아는 이야기를 해 줄 수 있지는 않을까 하면서.

그렇지만 지금은 상황이 그다지 좋지 못했다.

이보다 더 나쁠 수가 없는 상황이었던 것이다.

사벤은 일행의 분위기가 어색한 것을 보고는 일단 웃었다.

“제가 좋지 못한 상황에 불쑥 나타나는 재주가 좀 있는 모양입니다. 용신의 신전을 참배하고 싶은데, 괜찮겠는지요.”

카이와 테엘은 잠깐 서로를 바라보았다.

“집사에게 안내하도록 하겠소.”

“감사합니다, 공작님. 그럼 …….”

사벤은 넉살 좋게 인사를 하고는 재빨리 자리를 떴다. 카이는 리슨에게 간단한 손짓으로 미네드 자작을 가리키고는 테엘을 향해 돌아섰다.

“팔자 좋은 녀석이로군.”

테엘은 즉시 투덜거렸다.

“남은 한창 정신이 없는 와중에 뭐? 신전 참배? 저 녀석이 사제하면 되겠네, 나는 전쟁이나 하고.”

“왜 애먼 사람에게 불평을 해? 어떻게 해야 할지 머리를 짜내는 게 우선 아닌가?”

카이는 이마를 찌푸렸다.

“폐하가 올라스 님을 잡았다는 건 확실한 이야기고…….”

카이가 그렇게 말을 하며 입을 다물자, 테엘은 덜컥 겁이 났다.

‘이 녀석, 또 무슨 말을 할지…….’

카이가 고개를 들어 테엘을 똑바로 바라보았다. 그의 진지한 눈빛이 어떤 말을 하려는지 너무 똑똑히 알 수가 있어서 테엘은 차라리 겁이 났다.

“안 돼.”

카이가 막 입을 달싹거리려던 순간, 테엘이 선수를 쳤다.

“뭐가?”

“뭐든, 무조건 안 돼. 좀 더 정보를 끌어온 후에 움직인다.”

“무슨 정보? 올라스 님의 목이 떨어졌다는 정보?”

“뭐, 내가 기다리는 정보는 정확히 그거긴 한데.”

“…….”

카이는 어처구니가 없다는 눈으로 테엘을 바라보았다.

테엘이 꽥 소리 질렀다.

“너, 절대로 못 움직인다. 알았어? 로인 밖으로 한 발이라도 나갔다간, 정말 사제의 이름으로 로인의 공작 가문과 안녕, 힘을 몽땅 빼앗고는 신전 안에 처박아 둘 거야!”

“그렇게까지 말할 건 없잖아!”

“이번에는 진심이란 말이다, 이 녀석아!”

둘은 치열하게 말다툼을 하면서 언덕을 내려갔다. 말만 시끄럽게

떠들지 둘 다 지금 상황에 어떻게 대응해야 할지 정확한 행동 지침을 정할 수가 없었던 것이다.

그래서 차라리 싸우는 것일지도…….

그날 저녁, 카이는 리슨과 벨하임을 불러들였다. 그리고 올라스가 잡힌 것과 역적모의 혐의가 걸린 것 같다는 말을 솔직히 털어놓았다.

"……그런고로 너희 둘에게 어떤 좋은 수가 있다면 솔직히 털어놓기를 바란다."

"아, 아하하하……."

벨하임은 우선 힘없이 웃기부터 했다.

"……역적으로 몰렸는데 뭘 어쩌란 말입니까!"

이내 버럭 소리를 지르긴 했지만 카이는 애당초 그에게는 별 기대를 하지 않던 터라 깨끗이 그의 말을 무시했다.

"뭐야, 그럼. 작위 주겠다던 말도 이제는 안녕인 거잖아. 쳇, 그럼 그렇지, 작위는 무슨 작위……. 아하하하……."

벨하임이 구석에서 힘없이 눈물을 떨구며 중얼거리는 사이.

리슨이 침착하게 입을 열었다.

"저도 테엘 님의 말씀에는 찬성입니다. 황제 폐하께서 올라스 님께 어떤 처형을 내리든 주공께서 그 일에 책임을 질 이유가 없다고 생각합니다. 무엇보다 주공을 노리고 덤벼드는 그곳에 스스로 뛰어드시는 것은…… 위험합니다. 너무나도."

"그렇지만 올라스 님은 서방 연합과의 연결고리기도 하다. 그리

고 이건 옳지 못한 일이다. 황제 폐하가 이대로 광기에 젖는 것을 두고 볼 수는 없다."

"쉿—!"

갑자기 리슨이 벌떡 일어나며 문밖을 노려보았다.

동시에 벨하임이 벌떡 일어나 검을 뽑으며 문 앞으로 달려갔다.

"누구냐—!"

로인에 들어선 사람들 중 그들이 모르는 사람은 없다.

더불어 카이의 방 앞을 수상쩍게 얼쩡거릴 사람도 없었다.

"당장 정체를 밝혀라!"

"한밤중에 실례를 했습니다—."

점잖은 목소리가 들렸다.

리슨이 카이를 돌아보았다.

"주공, 이 목소리는……."

"검 따위는 들어 본 적도 없고, 별다른 뜻을 갖고 이 앞에서 서성거린 것은 아닙니다."

사내는 방에서 흘러나오는 빛 가운데로 모습을 드러냈다. 카이는 약간은 미심쩍은 생각을 지우지 못한 채 그를 바라보았다.

"밤이 깊었고 오래 걸어 피곤하실 텐데도 이렇게 잠을 청하지 못하시는 걸 보니 본 공작의 대접이 허술하긴 한 모양이로군. 죄송하게 되었소이다."

카이의 정중한 말에 미네드 자작은 고개를 흔들었다.

"사실은 로인에 왔다는 흥분 때문에 쉽게 잠들지 못하고 있던 것

뿐입니다. 낮의 태양은 현재를 드러내지만 밤의 달빛 아래에서는 과거의 전설을 볼 수 있지는 않을까, 그런 생각에 잠시 한밤중에 실례를 하게 되었던 것뿐입니다."

사벤의 안색이 잠시 흐려졌다.

"……그리고 제가 떠난 이후 도성에서 대체 무슨 난리가 있었던 것인지 그만 듣고는 실례를 하게 되었습니다."

"상황이 복잡하외다, 미네드 자작."

"자세한 상황은 모르겠습니다만……."

미네드는 침착하게 말을 이었다.

"헤첸 4세께서 두려워하시는 것은 하나뿐입니다. 로인 공작님, 바로 공작님의 모습이지요."

리슨과 벨하임은 저도 모르게 자부심에 찬 표정으로 가슴을 쭉 폈다.

"제국의 앞날을 공작께서 걱정하시는 것은 들어 잘 알 수 있었습니다. 그렇지만 지금 란펜으로 가시는 것은 호랑이가 입을 벌리고 있는데 그 안으로 걸어 들어가시는 것과 다를 바가 없지 않습니까? 제가 듣기로는 이미 9대 로인 공작께서도 비슷한 일을 하셨다고 들었습니다."

"……!"

카이는 흠칫했다.

사벤은 일어나서 다시 방 안을 서성거리면서 이야기를 이어 나갔다.

"제가 기억하기로 당시 9대 로인 공작께서는 상당히 모험심이 강한 분이셨습니다. 드래곤의 검술을 택하신 그분께서는 직접 동방 제국으로 마물의 흔적을 찾아 들어가시기로 하고, 아마도 당시 네크시아라의 경계 지역으로 향했다지요? 동방 제국과 네크시아라 사이에는 본래 거대한 사막이 있습니다. 그곳은 엘프의 피와 마물의 피가 섞여 저주받은 사막의 숲을 이루고 있다고 들었습니다. 비록 지난 200년 사이, 네크시아라의 사막화 때문에 저주받은 숲의 경계가 어디까지인지는 이제 불분명해졌지만요."

"저주받은 숲이라?"

카이는 저도 모르게 자신이 그의 이야기에 쏙 빠졌다는 것을 깨닫고는 깜짝 놀랐다.

사벤의 목소리에는 저도 모르게 귀를 기울이게 하는 힘이 있었다. 한순간이지만 온갖 걱정이며 시름을 잊을 정도였다.

"미네드 자작, 죄송하지만 지금은 그런 옛날이야기를 들을 때가 아니외다."

"아, 뭐, 본론은 이런 이야기입니다. 9대 로인 공작께서는 그 사막에서 결국 마물의 입구로 떨어지셨고, 10대 로인 공작께서는 갑작스럽게 공작 가문을 물려 받으셨으며 그때부터 공작 가문의 혼란이 시작되었다고 들었습니다. 하물며 지금 공작께서는 자제 분이 있는 것도 아닙니다. 가장 가까운 가계요, 로인 공작 가문을 이을 수 있는 친인척을 꼽으라면……."

"음?"

카이는 그의 말에 깜짝 놀랐다.

사벤은 잠시 이마를 툭툭 건드리고는 손가락을 딱 튕겼다.

"아, 그렇네요. 로인 공작 가문에서 현재 가문을 이을 수 있는 가장 가까운 핏줄로는 황숙 되시는 테데일 후작님의 장자이실 겁니다."

"테데일 후작? 난 그런 작자와 연결점이 없소!"

카이는 저도 모르게 소리를 지르고 말았다.

테데일은 그가 가장 혐오하는 귀족 중 단연 선두였다. 허리는 남들 다섯 배는 족히 넘었으며, 얼굴은 얼마나 번지르르한지 아침마다 기름으로 세수를 하는 게 아닌가 싶었다.

가장 최악은 그가 밀테이너의 셋째 딸과 혼인을 맺었다는 점이었다. 밀테이너 공작의 일곱 번째 손자가 어째서 자신과 가장 가까운 친척이란 말인가!

"하지만 그분의 할머님께서 50년 전 공작 가문의 마지막 따님이셨습니다. 친가로는 마지막 후계자가 공작님밖에 남아 계시지 않으니 천상 가장 가까운 방계를 찾아야 하는데, 그 방계 역시 대부분은 피가 섞였고, 따지자면 그분이 가장 가까운 ……."

그 이야기는 정말 강력했다.

그 어떤 말보다 카이의 마음을 흔들리게 했다.

카이는 입술을 깨물었다.

'개죽음만 안 당하면 된다……. 남길 유산 따위는 없으면 된다! 어차피 가문의 비밀을 그들이 알 리가 없어! 드래곤의 마법진에 들

어가 외친다고 해도 테엘이 그런 녀석을 허락할 리가 없다! 이미 200년 전에 그런 실수로 인해서 가문의 핏줄이 흐려지지 않았던가!

"죽지 않으면 된다느니, 하는 생각보다는 더 안전한 생각이 있습니다만."

사벤은 침착하게 말했다.

카이는 그를 빤히 바라보았다.

"어차피 제국의 다른 귀족들도, 물론 저를 포함해서입니다, 서방에서도 지금은 전쟁을 치르고 싶어 하지 않습니다. 절대로 전쟁이 일어나서는 안 된다는 것은 심지어 밀테이너 공작님이라도 알고 계실 겁니다."

카이는 눈썹만 치켜 올렸다. 그의 이름만 들어도 불쾌하다는 기색을 역력히 드러내자, 사벤은 어린아이를 보듯 빙그레 웃었다.

"지금 란펜은 광기에 휩쓸렸습니다. 그렇지만 폐하께서는 늘 외국의 소드마스터들과 자신의 소드마스터, 자신의 검술을 겨루는 일을 소망하셨지요. 그리고 로인 공작님께는 약간 죄송합니다만……."

"음."

카이는 그가 무슨 말을 하려는 건지 짐작이 갔다. 말없이 고개를 끄덕이자, 사벤은 안심이 된다는 듯 말을 이었다.

"황제 폐하께서 열중하셨던 일은 많았지만, 하나같이 1년을 넘지 못하셨습니다. 그 일례에 비추어 볼 때, 공작님께서는 차라리 몇 년 동안 황궁과의 연락을 끊으시는 편이 좋습니다. 그리고 서방 연합에 사람을 보내 자세한 이야기를 전한다면, 필시 그들은 올라스 님을

구하기 위해 폐하의 구미에 맞는 사신단을 꾸려 보낼 것입니다."

"관심을 다른 데 돌릴 수 있다는 말이로군. 하지만 그사이 올라스 님께 별일이라도 생긴다면……."

"만약 폐하께서 그를 죽이려 하셨다면, 벌써 손을 쓰셨을 겁니다. 하지만 아직까지 확실한 발표가 없다는 점이나, 참수의 벽에 내걸리지 않았다는 이야기는……."

사벤은 자신의 이야기에 열중하다가, 무심코 말을 하고는 화들짝 놀랐다.

"아, 뭐, 설마, 폐하께서 대마법사를 한 번에 죽이도록 밀테이너 공작님이나 다른 분들이 그렇게 내버려 두지는 않았을 거라 믿습니다. 제국의 위신과도 관계가 있는 문제니까요."

카이의 안색이 약간 어두워졌지만, 아까보다 지금 그의 말이 훨씬 더 신뢰가 갔다.

'그래. 서방 연합과 동맹을 하기로 했지만, 비밀리에 연락을 해서 현재의 상황을 알리면 된다.'

카이는 사벤을 눈여겨보았다.

'파이엘 백작에게 도움을 줬다고 했을 때, 진작 그를 불러볼 걸 그랬군.'

카이는 고개를 끄덕였다.

"그렇다면, 그쪽과 연결해 볼 방법을 구해 보도록 하겠소."

일이 다 잘될 것 같았다.

'이럴 때 이 사람이 여기 있어서 정말 다행이로군.'

카이는 그렇게 생각했다.

테엘 역시 즉각 찬성했다.

카이가 로인에 오래 머문다면 오히려 좋지 아니한가?

게다가 사벤 알 미네드라는 예쁜 녀석은 스스로 서방 연합으로 가겠다고 자청했다.

"그쪽에 몇몇 아는 사람들도 있고 하니, 소개장을 써 주신다면 귀하게 받겠습니다."

"위험하지 않겠소, 미네드 자작?"

카이는 진심으로 그렇게 물었다.

사벤은 고개를 끄덕였다.

"제 가장 큰 문제는 마땅한 이동 방법이 없는 것이라서…… 그 점은 어쩔 수 없이 테엘 님께 신세를 지게 될 것 같습니다만."

"오. 그래. 얼마든지 해 주지, 뭐."

"일단 올라스 님의 모국인 케젤 왕국의 왕성으로 보내 주시면 될 것입니다. 그곳 마법사의 탑에 보내 주시면, 그 다음 일은 제가 알아서 하겠습니다."

"그래, 그래."

그리하여 사벤은 서방 연합으로 보내졌다.

SWORD OF DRAGON LOAD

제5장

광기와 피의 협주곡

란펜은 외부인에 의해 굳게 닫혀 있었다.

심지어 지방에 있던 두 공작이 달려와 성문을 열어 달라고 외쳤는데도 그 문은 열리지 않았다.

란펜의 광기, 그 중심에는 황제가 있었다.

밀테이너는 망설였다.

'지금 황제를 벌한다고 일어난다면 그 누구라도 찬성할 것이다.'

그렇게 된다면 카이를 제외하고는 문제를 일으킬 사람은 하나도 없다.

'……시작하면 되지 않는가!'

그는 답답한 마음에 외쳤다.

"이프로스 백작을 불러라!"

이프로스는 하인을 돌아보았다.

"밀테이너 공작이 부른다고?"

"예, 주인님."

"……흠. 귀찮은데, 역시……. 알았다, 곧 일어나는 대로 가겠노라고 전하도록."

"곧바로 오라고 채근하는 눈치입니다만."

"그렇다고 내가 한 번에 달려가지 않는다는 건 그 작자도 알고 있어! 기다리라고 해!"

"……알겠습니다."

하인이 나간 후 이프로스 백작은 신경질적으로 책상 위에 있는 책을 구석에 집어던졌다.

"제길, 이놈의 나라꼴 하고는……. 불러다가 채근하는 것으로 패권을 잡는다면 벌써 황제가 되고도 남았을 거다. 성질만 급하고, 자존심만 높으며 도도한 것으로 황제 자리나 탐하는……!"

그의 입에서는 계속해서 밀테이너 공작에 대한 욕이 쏟아져 나왔다.

그러면서 이프로스 백작은 구석에 집어던졌던 책을 집어 들어 깨끗하게 먼지를 털어 내고 구겨진 책장을 잘 펼쳤다.

"좋아. 가 보실까."

그리고 이프로스 백작은 현관 쪽으로 나갔다. 마차가 벌써 준비되어 있었다. 그는 신경질적으로 곱상한 얼굴을 찡그렸다.

"누가 마차를 준비하라 했더냐?"

"……죄, 죄송합니다!"

"……됐다."

그는 하인을 노려보고 마차 위에 올랐다.

"공작 댁으로 간다. 속도를 낼 것까지는 없다. 두통이 있으니 천천히 가도록."

한참이나 진을 빼고 도착했을 때, 밀테이너는 제 성격을 억누르지 못해 폭발하기 직전이었다.

그래도 그나마 그는 이프로스를 보자 활짝 웃어 보였다. 자제력은 밀테이너 가문의 미덕이었다.

"늦어 죄송합니다."

이프로스는 하나도 미안하지 않고, 오히려 귀찮아 죽겠다는 표정으로 느릿하니 말했다.

밀테이너는 고개를 흔들었다.

"아니, 아니오. 오히려 급하게 불러 미안하군."

그렇게 말하는 그들의 뒤로 문이 닫혔다. 이어 밀테이너는 방 안 곳곳의 상태를 점검했다. 밀실이었고, 아무도 엿듣지 않는다는 것을 확인하는 것을 지켜보며 이프로스는 나른하니 물었다.

"뭐, 그건 그렇고, 왜 불렀습니까?"

"……연락은, 없소?"

밀테이너가 조바심을 드러내며 물었다.

이프로스는 그를 빤히 바라보았다.

"왜요? 달리 보고라도 할 일이 있습니까?"

"……그게, 말을 했단 말이오!"

"당연하지요."

"당연하다니!"

밀테이너는 펄쩍 뛰었다.

제아무리 검술과 정치, 냉정을 요구하는 두 가지에 얽혀 평생을 살아온 그라 해도, 당금 황궁에서 벌어지는 미치광이 짓거리는 두 눈 뜨고 볼 것이 못 되었다.

그라 해도 심장이 떨리고, 불안하기만 했던 것이다.

사실 이프로스도 그 광경이 꽤나 못마땅한 한편 꽤나 자랑스러웠던 것이다.

"이대로 두고 볼 수는 없지 않겠소? 황제는 그것과 대화하고, 웃고, 떠들고, 밥까지 먹소!"

"……."

이프로스는 고개를 흔들었다.

"어차피 이 판국에 뭔들 정상적으로 보이겠습니까?"

"……연락은 아무것도 없소?"

"어차피……!"

이프로스는 그의 채근을 더는 듣고 싶지 않았다.

"사부님께서 하시는 일에 하나의 그릇됨도 없다는 것을 다시 말하지요! 일을 망치고 싶소? 그럼 마음대로 하시오."

"……이프로스 백작!"

"할 얘기가 더 없다면 ……."

그때 방 안에 은은하게 울리는 소리가 있었다. 두 사람은 즉시 입을 다물었다. 그리고는 아무 일도 없다는 듯, 찻잔을 들고 자리에 앉았다.

한가로운 오후 한때를 보내는 귀족 두 사람처럼.

조심스러운 노크 소리가 들리면서, 집사가 들어섰다.

"주인님, 성밖에 연합령의 사신이 도착해 있습니다."

"……뭣이?"

밀테이너 공작이 깜짝 놀라 그를 바라보았다.

"뭐라고 했는가, 지금?"

"성밖에 서방 연합 동맹국의 호돈 왕국에 속한 소드마스터 세이글러 백작께서 도착하셔서, 양국의 화평을 위해 폐하를 뵙고 싶다고 청해 왔습니다."

"……!"

시간이 얼마 지나지도 않았다. 그런데 벌써 도착?

밀테이너는 이프로스 백작을 바라보았다. 이프로스는 나른하니 어깨를 으쓱해 보일 뿐이었다.

"일단 만나 보시지요. 그를 마냥 세워 둘 수는 없지 않습니까?"

"같이 가 주겠나?"

"그러지요……."

이프로스는 말하면서 느릿하니 자리에서 일어났다.

서방 연합의 사신단은 겨우 스무 명 내외의 숫자였다. 마법사 여섯 명이 포함되어 있었으며 고급 신관이 두 명 있었다.

나머지는 몽땅 무인들이었다. 하나같이 기세가 등등한 것이, 보통 사람 같지 않았다.

최저 소드익스퍼트 상급에 속하는 녀석들로만 끌고 왔으리라. 헤

첸 4세의 취향을 고려한 것이었다.

그리고 그들 사이에는 낯익은 사람이 서 있었다.

"……미네드 자작!"

"아, 아하하하. 공작님, 오랜만에 인사드립니다."

밀테이너는 이 뜻밖의 전개에 잠시 놀란 상태였다.

미네드가 자신의 옆에 서 있던 사내를 밀테이너에게 소개했다.

"바로 이분이 세이글러 백작님이십니다. 서방 연합의 든든한 주춧돌 중 한 분이시지요."

밀테이너는 얼떨떨하니 세이글러를 향해 인사를 건넸다.

"정말 반갑고도, 또한 영광이오. 제국은……."

순간 그는 벼락을 맞은 듯 몸을 부르르 떨었다.

세이글러는 초조한 표정으로 밀테이너를 향해 다가오다가 걸음을 멈췄다. 긴장한 무인답게, 절로 반응한 것이었다.

"……밀테이너 공작님?"

"공작님, 어디 편찮으신 겁니까?"

밀테이너는 아무 말도 못한 채 잠시 비틀거렸다.

이프로스가 재빨리 그를 부축했다.

사벤은 상냥한 표정으로, 그러나 미안하다는 듯 세이글러를 돌아보았다.

"그간 밀테이너 공작님께서는 연합령과의 충돌을 막기 위해, 폐하 곁에서 전력을 다해 노력을 하셨습니다. 그 결과 갑작스러운 사신단의 방문으로 안도하셨는지 피곤하신 모양입니다. 잠시만 성밖

에서 대접을 해 드려도 될는지……?”

“……그렇게 하지요. 하지만 저희 쪽에서는…….”

세이글러는 이 상냥하고 재치 있는 학자를 보고 말을 잇기가 뭐했는지 잠시 주춤거렸다.

사벤 미네드는 그가 무슨 말을 하려고 했는지 눈치 챘다.

“아, 네. 물론입니다.”

세이글러는 일행을 돌아보았다.

“란펜에서 떨어진 곳에서 오늘 밤을 지내겠다. 만반의 채비를 다 갖추도록!”

만반의 채비.

혹시 제국군이 그들을 공격하지는 않는지, 아니면 어떤 반응을 보이든지 경계하라는 것.

비록 올라스를 구하고자 달려왔지만, 아니, 달려왔기에 경계를 늦추지 않는 것.

사벤 미네드는 그들의 생각에 고개를 끄덕이고, 아무 말도 하지 않았다.

세이글러는 경계심을 늦추지 않은 채 생각했다.

‘하긴, 제국으로서도 충돌은 피하고 싶겠지. 하지만 두고 봐라……! 올라스 님만 구해 낸다면……!’

그렇게 서방 연합국의 사신들이 어느 정도 거리를 둔 곳에서 야영을 준비했다.

그러는 사이, 성밖에 나온 이 세 사람 역시 이야기를 나누어야만

했다.

밀테이너가 사벤 미네드를 돌아보았다.

"대체 어떻게 된 일입니까!"

"전에도 말했지만……."

사벤은 부드럽게 미소 지었다.

그러나 이프로스는 그 미소의 의미를 아주 잘 알고 있었다. 그는 스승의 얼굴을 차마 보지 못한 채 그의 뒤에서 고개를 공손하게 수그렸다.

"소드마스터도 사람입니다. 물론 버리기 아까운 패라는 건 인정하지만, 그 정도의 패를 버리지 않고서는 잡을 수 없는 게 로인에 대한 이쪽의 명분이라는 것도 기억해 주시면 좋겠군요. 그래서 이렇게 좋은 희생양을 준비해 온 게 아니오?"

"하지만, 하지만……! 그렇게 된다면 더 피할 것도 없이 전쟁이 벌어질 겁니다!"

"황제는 로인에 쳐들어갈 것이요, 서방은 황제에게 갈 것이오. 무엇이 문제지?"

사벤이 물었다.

일이 잘된다면 로인에게 이득이다.

그러나 일이 잘못된다면 밀테이너의 이득이었다.

모든 것은 사벤의 손아귀에서 놀아날 뿐이었다.

잊힌 문령의 전수자이며, 역사상 그 어느 문령술사보다 문자에 얽힌 언령의 모든 것을 이해하고 있는 천재!

"하, 하지만……!"

"내가 누누이 강조했지만, 현재 제국의 군권은 세 조각으로 나뉘어 있소."

사벤이 밀테이너를 다그치듯 강하게 말했다.

"기껏 그 점까지 정리할 기회를 만들었는데, 뭐가 문제요?"

세이글러는 이야기를 나누는 제국의 세 귀족을 바라보았다.

그는 제국을 완전히 믿지는 않았다. 하지만 그가 제국에서 믿고 의지할 사람들은 바로 제국의 귀족들이었다.

설마 그들이라 해서 전쟁을 좋아할까?

신관 중 한 사람이 다가왔다. 올라스의 치료와 외교를 위해 데리고 온 자였다.

"저들의 대화가 묘한 것 같군요."

"……예?"

"뭐랄까, 신성력 비슷한 감정이 느껴진다고 해야 하나……. 세이글러 경, 혹 저들의 대화를 들을 수는 없겠소?"

세이글러는 청력을 돋우어 그들의 대화를 들으려 노력해 보았다. 그의 안색이 변했다.

"……아무…… 소리도 들리지 않습니다만."

"허어? 거리가 너무 먼 것이오?"

"아닙니다, 뭔가 마법 같은 것에 의해 막혀 있는 것 같은데요."

그때였다. 세이글러와 공작 사이에 체스터 백작이 턱하니 팔짱을

낀 채 섰다.

세이글러의 표정이 살짝 변했다.

"저자가 오러를 돌워서 대화가 들리지 않도록 막고 있나 봅니다."

"그런가?"

신관은 고개를 갸웃거렸다.

세 사람에게서 느껴지는, 이상하고도 수상쩍은 기운.

신성력 같기도 하고, 고대 마법의 잔재 같기도 한…….

'일이 더 복잡해지면 곤란한데…….'

세이글러와 신관은 서로를 바라보았다.

"일이 잘되기를 기도해 주십시오, 신관님."

"……알겠소. 괜한 분쟁을 일으킨다면 상황이 더 좋아지긴커녕 나빠지기만 할 테니……. 기도밖에 할 게 없겠군."

신관은 쓴웃음을 내뱉었다.

사벤은 웃으며 밀테이너의 앞으로 한발 다가섰다.

"내 제자 녀석이 뭔 일을 어떻게 벌였고, 황제가 어떻게 미쳤든 상관없소. 그렇지만 내가 상관하는 건 다음과 같지. 황제가 적당히 잘 미쳤는가? 뭐, 미치지 않았어도 일을 벌이는 데는 충분하오. 제물이 왔고, 서로 미쳐 물어뜯을 개도 준비되었고. 내가 시기를 기다리라고 누누이 일렀고, 그대는 기다렸지. 이제 시기가 되었다고 말해 주는 데 무엇이 그렇게 싫다는 거지?"

"……싫다기보다는……."

밀테이너는 주저했다.

사벤이 그의 앞에 한발 더 다가섰다. 그리고 그들 사이에서 무인다운 자세로 버티고 선 체스터를 향해 턱짓을 해 보였다.

"굳이 어려운 길을 가겠다는 건가? 아니면 로인이 살아 있기를 바라는 건가? 무엇을 더 욕심내는 게 있어서 그러는 건가?"

"……아니."

밀테이너는 체스터를 보고, 이어 성문이 내려다보이는 언덕 위에 자리 잡은 연합 측의 진지를 바라보았다.

세이글러와 체스터는 눈싸움이라도 하듯이 서로를 노려본 채로, 석상처럼 서 있었다. 그들 사이의 거리가 백 미터를 훌쩍 넘는데도 서로 눈을 감는지 안 감는지 훤히 보인다는 듯이.

그쪽은 정정당당한 대결을 원하고 있을 터였다.

밀테이너 공작은 순진한 사람이 절대 아니었다. 남의 힘을 빌려서라도, 이제는 옥좌를 차지하고 싶었다. 정당한 방법만을 찾아 헤매는 순진한 사람이 절대 아니었던 것이다.

"나만 입을 다물면 되는 거로군."

"그렇지."

사벤은 씩 웃었다.

"……지금 폐하께 가서 사신단이 왔노라 고하면 되는 건가?"

"아니. 그걸로는 부족하오."

밀테이너는 그 말을 이해할 수가 없었다.

"그렇다면……?"

"일단 폐하께로 갑시다."

사벤의 입가에 미소가 스쳤다. 그는 자신의 제자를 돌아보았다.

"네가 어떤 일을 해 놨는지 구경도 할 겸."

"제, 제자는…… 사부님의 이름을 더럽히지는 않았습니다."

"그거야 두고 볼 일이지."

그리하여 세 사람이 퇴장하고, 성밖에서는 비장한 분위기의 두 소드마스터가 여전히 서로를 노려보고 있었다.

그들 마음속에서는 수도 없이 검이 오갔으며, 서로의 눈빛이 바로 눈앞에 있는 듯 펼쳐졌다. 진정한 무인 두 사람이 눈빛과 마음으로 벌이는 결투!

그렇게 천지를 격동하고도 남을 상상 속의 전투가 바람 속에 덧없이 휘날려 사라지는 달밤.

세상은 평화를 기다리는 것인지, 폭풍전야를 알리는 것인지 고요하기만 했다.

그날 밤 늦게, 황궁의 가장 깊숙한 곳에서는 광기와 환희에 찬 헤첸 4세의 웃음소리가 울려 퍼졌다.

"천만 리의 평원과 천만의 몬스터에게 안녕을 고하고도 오직 친우의 안녕을 고하고자 동맹의 이름으로, 호돈 왕국의 세이글러 백작께오서 폐하를 뵙고자 들고 계십니다—!"

긴 목소리가 장엄하게 알리는 동시에, 접견실의 문이 활짝 열렸다.

시종들의 얼굴에도 하나같이 감추지 못한 두려움이 깔려 있었다.

헤첸 4세는 지난 며칠 동안 시종 수십 명을 죽여 버렸다. 불쾌하다는 이유로, 혹은 광기에 사로잡혀서.

오늘의 자리라고 두려움이 덜어지지 않았다.

세이글러 백작은 당당하게 황궁의 안으로 들어섰다.

'제국을 향한 우정의 자리? 웃기고 있네!'

그는 접견실의 자리가 의외로 텅 빈 것을 보고는, 애써 성질을 억눌렀다. 조금은 불안해졌다. 이 제국의 귀족들도 이제는 전쟁을 하자는 쪽으로 기운 것은 아닐까?

그러나 적어도 후작이며 공작 둘의 얼굴, 백작 이상의 고위 귀족들이 모여 있는 것을 발견하고 그는 조금은 안심했다.

세이글러는 씩씩하게 헤첸 4세의 앞으로 다가갔다.

"폐하, 호돈이 바치는 경배로 인사를 올립니다. 태양신 가제르아나의 가호가 폐하의 곁에 내내……."

그렇게 길고 예정된 인사를 하던 중간이었다.

그들 모두가 황제의 얼굴을 아직 보지 못했다. 황제의 얼굴을 보기 위해서는 그의 허락이 있어야 했으니까.

진지한 인사를 나누던 분위기 속에 터진 목소리는 그들을 경악시키고, 분노케 하기에 충분했다.

"크헤헤헤헤!!! 태양신 가제르아나의 빛이여, 세상을 불태우고 달을 떨어뜨리고, 제국을 몽땅 태워 버릴지도 몰라! 태양신은 원래 그랬지, 세상을 전부 불태우려고 했는데 말야!"

"그런가? 크하하하하하핫!"

하물며 황제는 그 건방진 목소리의 주인공과 대화를 나누고 있었다. 마치 친밀하고 흉금을 털어놓는 친구를 대하는 듯, 자연스러운 응대였다.

그러나 그 목소리의 주인공을 찾아 저도 모르게 고개를 들었던 왕국의 사내들은 모두 눈을 부릅뜨고, 채 깨닫지 못한 눈물을 흘려야만 했다.

제국의 신하들은 모두 황제에게서 등을 반쯤 돌리고 시선을 피한 채 냉담하고도 두려움에 찬 표정을 짓고 있었다.

그 가운데 정면을 바라보는 사람은 단 하나, 밀테이너 공작뿐.

그의 침착하고도 세심한 배려의 표정을 보는 자는 얼마 없었지만, 본 자들은 하나같이 이 끔찍하고도 엽기적인 광경 속에 그가 얼마나 빛났는지를 기억했다.

대체 그 누가 제정신으로 그 광경을 볼 수 있단 말인가?

아아, 올라스 올싱 힐!

인간의 역사 중 가장 강한 마법사로 이름이 기록되었던 자!

그러나 이제는 인간의 역사 중 가장 추악하고도 미친 광경을 장식한 자로 이름이 남게 되리라!

그는 테이블 위에 놓여 있었다.

단정하면서도 지적이고 호기심 넘치는 총명한 얼굴은 이제 미치광이의 눈빛으로 번득이고, 쉴 새 없이 경박하게 혀를 날름거리면서 그는 사방을 두리번거리고 있었다.

그러나 가장 끔찍한 것은 그의 목 아래였다.

테이블 위 은쟁반에 놓인 그의 목 아래로는 마치 말라비틀어진 미라 같은 것이 꿈틀거리고 있었다.

몸뚱어리가 몽땅 말라비틀어진 것이다. 그 몸뚱어리는 큰 못 같은 것으로 테이블 위에 고정된 상태였다.

"……! ……! ……!"

신관들과 마법사들이 놀라 자리에서 벌떡 일어났다.

무인들은 당장에 주먹을 불끈 쥐고는 그 안의 사람들을 노려보았다.

접견실 안이 고요해졌다.

그 안에서 쉴 새 없이 독설과 미친 소리를 내뱉는 올라스와, 그 대화에 오히려 맞장구를 치는 황제의 목소리만이 울려 퍼졌다.

이윽고 세이글러는 주먹을 불끈 쥐었다.

그의 망토가 천천히 바람결에 나부끼듯이 흔들렸다.

"……네 이놈……."

너무나 나지막한 목소리였지만, 그 속에 담긴 분노에 모두들 그를 돌아보았다.

세이글러는 체스터와는 달리 검술이 활발했다. 움직임에 군더더기는 없지만, 단정하고 절제된 체스터와는 달리 춤을 추려다가 검술을 하는 듯한 활기가 넘치는 것이 그 특징.

그런 자의 검이 이제는 무거울 정도로 분노를 드러내고 있었다.

세이글러는 검 손잡이를 잡았다. 체스터가 무의식중에 한발 앞으로 내딛었다. 무인으로서의 본능이었다.

순간 밀테이너가 그의 가슴을 한 손으로 막았다.

"……!"

체스터는 그 손에도 아랑곳 않고 한발 앞으로 내딛었다.

다음 순간 밀테이너는 다시 강하게, 한 손으로 체스터의 가슴을 막았다.

체스터는 믿을 수 없다는 눈으로 밀테이너를 바라보았다. 밀테이너는 그 눈을 바라보면서 고개를 흔들었다.

'……!'

체스터는 일이 어떻게 돌아가는 것인지, 불안해졌다.

그러나 황제 역시 겁을 먹지 않았다.

전 같았으면 원숭이 모양 구경하다가, 겁에 질려 꺽꺽거릴 황제였다. 그렇지만 지금은 달랐다.

여유롭고, 마치 오란 듯이 그렇게 세이글러를 바라보고 있었던 것이다.

그 순간을 깬 것은 올라스의 외마디 비명이었다.

"누가 내 손가락을 훔쳐갔다아—!!!!"

"올라스니임—!!!!!"

세이글러가 외친 순간.

거친 바람이 접견실을 휘감았다. 뒤이어 마법사들이 뒤쪽에 늘어서고, 익스퍼트들 모두가 검을 뽑았다.

체스터가 다시 몸을 흠칫거렸지만, 밀테이너 공작은 강하게 고개를 흔들었다.

"……공작님!"

그 긴장된 순간, 황제가 웃기 시작했다.

"아하하하하하하……."

아무도 그가 왜 웃는지, 어째서 웃을 수 있는지 이해할 수가 없었다.

마음속으로 그의 죽음을 비는 자들도, 마음속으로 그를 경멸하기 시작한 자들도, 그리고 두려워하는 자들 모두가.

그 안의 사람들은 모두 황제, 헤첸 4세를 바라보았다.

헤첸 4세는 우아한 황제의 망토를 등 뒤에 늘어뜨린 채로, 한 손을 내밀었다.

이프로스 백작이 앞으로 한 걸음 나서서 그의 손에 검을 쥐어 주었다.

제국의 귀족들이 서로서로 재빠르게 눈짓을 주고받았다.

'황제를 역으로 죽이려는 건가?'

'그렇게 된다면 올라스에 대한 책임을 지지 않아도 괜찮지.'

'그 다음은?'

'일이 어떻게 되어 가는 거지?'

그러나 모두들 한 가지는 확신했다.

미친 황제는 이제 죽을 것이다……라고.

황제의 검술은 그야말로 형편없었다.

그렇지만 황제의 얼굴에는 두려움이 전혀 없었다. 오히려 그는 한발 한발 앞으로 나서고 있었다.

세이글러는 미친 올라스의 잔혹한 모습을 보고, 이어 다시 황제를 보았다. 그는 결의에 찬 목소리로 일행을 향해 소리쳤다.

"모두 이 자리에서 죽는 거다! 이 미친 제국의 황제를 죽이고!"

"……좋소이다, 백작!"

"왕국의 보물에 대한 제국의 취급은 천만 년 동안 저주를 받아 마땅하오!"

"내가 죽어도 이 방 안의 모든 자들 역시 죽이고 말겠다!"

모두들 그렇게 악에 받쳐 소리 질렀다.

체스터 백작은 참다 못해 공작을 바라보았다.

"공작님! 지금이라도……."

"가만히 있게, 체스터 경."

밀테이너 공작이 홀린 듯 중얼거렸다.

"……오늘 우리는 광기의 기적을 목도하게 될 것이다……."

"하지만……!"

체스터가 그렇게 나서려던 찰나.

세이글러가 황제를 향해 검을 휘둘렀다.

"크아아아아앗!"

그의 걸음이 단숨에 그들 사이의 거리를 좁혔다. 한발 내딛는가 싶더니 미끄러지듯 앞으로 내달렸다. 둘 사이에 존재하던 10미터가량의 거리는 그것으로 없어졌다.

이어 세이글러는 검을 어깨 아래로 집어넣는 듯 옆으로 좁게 피했다가 이어 재빠르게 앞으로 휘둘렀다. 검이 옆에서 불쑥 앞으로

튕기는 듯했다.

매우 빨랐다. 검을 휘두르는 길이를 줄이는 대신 속도에 치중한 그의 공격은, 그러나 동시에 몹시 처절했다. 자신의 몸을 보호한다거나 평상시 지니던 검술에 대한 예, 자신이 펼치고 싶은 검의 실제 모습, 궁극의 검술, 활력 따위는 찾아볼 수 없었다.

단지 지금 펼쳐지는 것은 황제를 죽이기 위한 검.

암살자가 펼치는 검과도 같으나, 그 위력은 그 무엇과도 비교될 수 없을 정도로 매서웠다.

그러나 황제는 웃었다.

그는 다시 웃었고, 검이 막 그의 목 끝에 들어왔는데도 웃었다.

모두가 세이글러의 검이 황제의 목젖을 가르고 그 웃음소리를 멈추게 하길 기다렸다.

그러나 황제는 웃고, 웃고, 또 웃었으며, 그 웃음소리에 올라스의 미친 웃음소리까지 섞였다.

모두 귀를 막았지만, 눈을 돌릴 수는 없었다.

세이글러는 믿을 수 없다는 듯 황제를 바라보았다.

헤첸 4세는 웃으면서, 자신의 허약한 검을 들었다.

검술을 제대로 배운 어린아이라 해도 피하고 공격할 수 있을 정도로 허약한 검이었다. 검기도, 검강도 없는.

그러나 황제의 그 검을 세이글러는 막지 못했다.

그 검이 너무나 느릿하게 자신의 심장에 박히는 것을 세이글러는 느낄 수 있었다. 예리해진 온몸의 감각은 그러한 것 하나까지도 놓

치지 않았다.

그러나 검이 심장을 가르고 희롱하듯 혀를 날름거리는 뱀처럼 그의 심장을 픽픽 찔러 대는데도 그는 꼼짝할 수가 없었다.

황제의 웃음소리가 다시 터져 나왔다.

"으, 으하하하하하! 내가 소드마스터를 죽였다!"

"……."

모두들 그 사실을 인정할 수가 없었다.

체스터 백작은 눈을 부릅떴다.

자신과 그는 어젯밤 상상의 결투를 펼쳤다. 몇 번이나, 서로의 예기를 주고받으며—.

그 예기는 너무나 멋있었으며, 너무나 아름답고, 너무나 건장했다. 자신의 검이 얼음과도 같다면 그의 검은 올바른 청년의 검이 아니었던가.

그런데 황제의 저 모습을 보라!

소드마스터의 심장을 그예 칼로 헤집어 꺼내고, 그것을 올라스의 앞에 보란 듯이 들어 올리는 저 광경을!

죽은 자에 대한 존경도, 소드마스터에 대한 존경도 없이, 이제는 미쳐 버린 모습을!

체스터가 다시 앞으로 나서려 했다. 자신도 모르게, 황제를 죽이기 위해 무의식중에 앞으로 나서려 했다.

그러나 다음 순간 그는 자신의 앞에 있는 무언가 투명한 벽에 부딪혔다.

그는 손을 더듬거려 벽을 짚었다.

이어 황제가 다시 움직이기 시작했다.

미친 올라스의 머리가 떠들어 댔다.

"심장을 파내라! 염소 백 마리의 피를 한 방울로 압축하는 거다! 까마귀 백 마리의 뇌를 그러모아 한 군데 끓여라! 독거미의 거미줄마다 독구슬을 맺히게 해라! 저주다, 영원한 저주를 뿌리는 거다! 크하하하하하핫!"

그를 구하러 온 소드마스터의 심장이 혀끝에 닿자, 올라스는 미친 듯 심장을 파먹었다.

그리고 의지를 잃고, 문령에 막혀 공격 수단도 잃은 왕국의 사신들이 하나 둘 미친 황제의 검무 끝에 쓰러지기 시작했다.

제국의 신하들은 모두 그 광경에서 고개를 피했다.

이 광경을 계속해서 보고 있으면 자신들도 미칠 것 같아서였다.

그리고 믿을 수 없기에, 차라리 악몽이기를 바라는 심정이었다.

영원히 끝나지 않고 밤마다 찾아와도 차라리 반가울 악몽이었다.

적어도 아침과 낮에는 깨어나 있을 것이고, 적어도 현실은 아닐 것이므로…….

그리하여 전쟁이 시작되었다.

SWORD OF DRAGONLOAD

제6장

불길이 타오르다

전쟁이다!

결코 있어서는 안 되는 전쟁이 선포된 것은 황궁의 접견실이 피로 뒤범벅이 된 직후였다.

스물의 사나이들이 비장한 개죽음을 당했다.

겨우 스물……?

아니었다.

그곳에 모인 사람들 중, 이성이 있고 머리가 좀 돌아간다는 사람이라면 누구든 알 수 있었다. 지금 그 자리에 쓰러져 있는 시체는 스물이 아니라 이백, 이천, 이만, 이십만을 뜻하는 시체였다.

'전쟁……! 전쟁이다……!'

밀테이너조차 제대로 그 시체들을 바라보지 못하고 눈을 돌렸다.

심장을 질겅질겅 씹어대는 올라스의 머리만이, 그 광기 어린 광경을 심심하다는 듯 지켜보고 있었다.

'뭐야, 고작 이거야?'

라는 듯이.

체스터 백작은 이제 앞으로 나서지 않았다. 그는 대신 침울한 눈으로 세이글러의 시체를 바라보고 있었다.

마침내 마지막 시체를 조롱하던 짓거리를 끝낸 황제는 거친 숨을 다듬으려 애썼다.

광기에 미쳐 휘두른 검은 다른 그 어떤 것보다 무거웠을 터…….

황제는 숨을 가쁘게 내쉬면서 자신의 신하들을 둘러보았다.

"군사를 일으켜라, 짐의 군사들을……! 이제 평원에 군대를 이끌고 한 발씩 그에게로 나가겠노라."

모두 '그'라는 게 누군지 말하지 않아도 알 수 있었다.

'황제는 아직도 그날을 잊지 못했단 말인가……?

봄의 축제 마지막 날.

한 발씩 들어오던 카이의 모습을 모두가 동시에 떠올렸다.

옆에 있던 여인에게 약간 기대어 선 모습이었지만, 모두들 그의 모습에서 강인함을 느낄 수 있었다.

한 발, 그리고 또 한 발…….

황제가 물러나도 그는 멈추지 않았다.

오히려 다가왔고, 당당하지 않았던가.

'……지금 이 자리에 그가 있었다면……!

거의 대부분의 사람들이 간절하게 생각했다.

황제는 눈을 번득이며 그들을 돌아보았다.

"무엇 하는가, 밀테이너 공작! 군대에 알려라! 모든 군대를 모아 로인을 치겠다!"

"폐하……."

누군가가 앞으로 나섰지만 소용없었다. 그 순간 올라스의 미친 대가리가 또다시 나불거리기 시작한 것이었다.

"크헤헤헤! 군대를 모아라! 모든 자에게 마법을 걸어 그들의 심장을 폭주하게 만들어! 아니구나, 그들에게 먹일 좋은 약이 있지! 새의 깃털을 뽑아 낸 후 그 깃털을 소의 심장과 뼛가루 속에 섞어서 사자의 살점과 함께 푹 끓여 낸 후 먹이는 거다!"

"그러면 어떻게 되지?"

"당연히 그들의 심장이 미쳐 버리지! 거기에 독을, 어떤 독이든 섞어 버려! 그들은 미쳐 버릴 거다! 적을 봐도 개미처럼 짓밟고 지나가려 할 걸? 으하하하하!"

"……!"

귀족들은 서로를 조심스럽게 쳐다보았다.

'이대로는…… 안 되오!

'로인 공작을 공격한다니! 그런 일을…….'

'무엇보다 폐하를 말려야 하오!

그러나 황제는 이미 결정했다.

"군사를 모아라! 성 내외의 모든 기사단과 모든 군사들을 모아 로인에 있는 모든 생물체를 갈가리 찢어 사막에 다시 흩뿌리기 전까지는 내 살아 돌아오지 않으리니!"

'……필히 살아 돌아오지는 못하게 될 겁니다.'

밀테이너 공작의 눈이 약간은 음울하게 빛났다.

그 순간이었다.

접견실의 문이 활짝 열렸다.

헤첸 4세는 순간 펄쩍 자리에서 뛰면서, 옥좌를 향해 후다닥 물러났다.

두려움에 질린 그의 얼굴만 보면, 카이는 백 번 죽여도 마땅한 죄인처럼 생각되었다.

그러나 그의 온몸에는 피가 묻어 있었고, 그의 옆에는 미친 대가리가 나불거리고 있었다.

그 안에 들어선 사람은 뜻밖에도 태후였다.

아무도 방 안에서 나가지 않았고, 시종장이나 하인들이 들어오지도 않았다.

그런데 어떻게 해서 그녀가 이곳에 도착한 것일까?

태후가 어두운 얼굴로 접견실 안을 둘러보았다.

"……폐하, 이게 대체 무슨 일입니까."

노쇠한 몸에서는 뜻밖에도 강한 목소리가 흘러나왔다.

귀족들은 서로 눈치를 살피면서 태후를 바라보았다.

몇 년 전만 해도 권세의 한가운데 있던 여인이었다. 별궁에서 접견실까지 나온 게 7년 만의 일이긴 했다. 그렇다고는 해도 방금 전까지 그녀의 자리였던 것처럼 당당했다.

그것이 오히려 황제의 광증을 부추기는 역할을 할 줄은 아무도 몰랐다.

황제가 그녀를 보면서 실실 웃기 시작했다.

"크, 크흐흐흐흐……."

"대체 뭣들 하고 있는 거냐!"

태후가 쩌릉거리는 목소리로 외쳤다.

밖에서 기다리고 있었던 듯, 그것도 마치 이 안의 상황을 모두 알고 있었다는 듯 들것과 청소도구 등을 들고 들어왔다.

시종들이 황제의 주변을 눈치껏 비켜선 채 묵묵히 그 자리를 치우기 시작했다. 아무 일도 없었다는 듯, 시체들을 인형인 듯 너무도 담담하게 치우는 모습이 이런 일이 매일 벌어지던 건 아닌지 착각할 정도였다.

황제는 태후의 앞으로 천천히 다가섰다. 그리고 태후를 노려보았다.

"왜, 또 옥좌에 앉아 보고 싶어지신 겁니까?"

"폐하, 일단 이 자리를 치운 후에 이야기합시다."

태후의 얼굴이 창백해졌다.

"저것도…… 치우시오, 르귄 공작."

"……."

갑자기 지목받은 르귄은 깜짝 놀랐다.

태후가 가리킨 것은 올라스였다. 미쳐서 낄낄거리는 그것이, 아무리 모략에 능숙한 황후라 해도 무시할 수 없을 만큼 끔찍했던 것이다.

르귄이 망설이는 사이, 황제가 태후의 앞을 가로막으며 물었다.

"이 자리에서 다시 옥좌에 앉으실 겁니까?"

"왜 그럴 거라 생각하는 것이냐?"

황제가 잽싸게 태후의 손을 낚아챘다.

그리고 천천히 태후의 장갑을 벗겼다. 그 아래에서 귀부인의 고운 피부가 드러났다.

"독을 그렇게 많이 드셨는데도 죽지 않고, 이제는 아예 낫기까지 했군요. 로인이 뭔가 수를 썼습니까?"

"무슨 소리를 하는 거냐?"

태후는 잠시 당황했다.

"게다가 너…… 방금 무어라 했더냐?"

"전쟁을 막아 보시겠다고요?"

황제는 그녀의 말을 무시한 채로, 팔을 확 잡아끌었다가 그녀를 뒤쪽으로 확 떠밀었다.

"엇!"

몇몇 귀족들이 재빠르게 앞으로 나서, 태후를 부축했다.

황제는 그런 자들의 얼굴을 하나하나 노려보았다.

"당장 저 여자를 별궁에 감금하라!"

"폐하!"

"폐하, 이분께서는……!"

"짐의 명령이 아닌 저 여자의 말을 듣는 것이냐!"

황제의 노한 음성이 터져 나왔다.

귀족들은 주춤거리며 태후를 부축한 채 망설였다. 결국 황제의 얼굴에 다시 분노가 떠오를 때쯤.

태후가 황제를 향해 힘 있게 외쳤다.

"전쟁을 해서는 안 됩니다, 폐하! 게다가 로인이라니……. 바로 폐하의 입으로 그자를 황궁의 단 하나뿐인 친구요, 충신이라 선언했던 일을 잊으셨습니까!"

황제를 꾸짖을 수 있는 유일한 사람의 목소리가 접견실에 울려 퍼졌다. 나이가 들었지만 그녀의 기백은 여전했다. 아니, 더 강해진 것 같았다.

분노하지만 분노를 드러내는 것이 아니라, 당당하게 설득하는 모습이며……. 역시 여자 혼자의 몸으로 오랜 시간 정권을 휘둘러 온 사람다운 모습이었다.

모두들 그녀의 말에 숙연하니 고개를 숙였지만, 황제만은 달랐다.

황제는 몸을 바들바들 떨면서 태후를 노려보고 있었다.

"태후마마, 그만 들어가시지요."

엘란 후작이 황급히 태후에게 속삭였다.

"죽을 장소를 골라 양탄자까지 깔고 침대까지 마련해 드릴까, 엘란 후작?"

태후가 나지막하면서도 화가 역력히 어린 목소리로 말했다.

"부끄러운 줄 아시오! 옳지 못한 일을 보고도 나서는 사람이라곤 로인 한 사람뿐이라니……!"

"……태, 태후마마."

그런 말까지 듣고도 더 나설 수 있는 사람은 없었다.

태후는 거대한 접견실 안의 귀족들을 하나하나 노려보았다.

"황제라 해도 잘못된 길로 접어들 수 있소! 그대들이 평민과 다르게 행동해야 하는 점이 있다면, 그런 황제의 곁에서 그의 길을 감시하고, 올바른 길을 제시하고 그 길을 앞서 나가며 황제를 위하는 것! 그것이야말로 이 제국을 진실로 위한 귀족 중의 귀족이라 할 수 있을 거요! 하지만 그런 자가 당대 단 한 사람뿐이라니……!"

태후의 엄한 꾸중에 그들은 하나 둘 고개를 수그렸다.

"그대들이 진정 귀족의 위록(位祿)을 누릴 자격이 있단 말인가!"

"그만 하세요!"

황제가 버럭 소리 질렀다.

"이 나라의 황제는 나란 말입니다, 이제! 어머니라는 이름으로 더 이상 당신이 나설 자리 따위는 없단 말이오! 꺼지라는 말로 부족한가!"

황제는 몸을 바들바들 떨며 외쳤다.

"그렇게 잘난 귀족 녀석이 마음에 든다면 그 녀석을 황제의 지위에 올리기라도 하실 거요? 아니면 또 다른 아들이라도 낳으셨던가! 더 이상 잔소리를 늘어놓는다면 혀를 자르고 머리를 잘라 올라스의 옆에 장식해 버리겠어!"

"……황제에게 가장 중요한 덕목이 무엇이라 생각하시오?"

태후는 그 협박에 굴하지 않았다. 그녀는 고개를 빳빳이 세운 채 황제에게 물었다.

황제는 숨을 씨근거리면서, 마침내 칼자루를 뽑았다.

"바로 그 누구보다 인간이어야 하고, 그 누구보다 석상과 같아야

한다는 점이다! 황제로 태어난 이상 그 지위에 어울리는 사람이 되어야 할진대……! 당장 옥좌를 내놓거라!"

태후의 말에 황제가 검을 들어 올렸다.

"으아아아아아아아아!"

태후는 물러나지 않았다.

"신전으로 물러나 네 잘못이 무엇인지 생각하고, 반성하거라!"

"……닥쳐! 이젠 닥치란 말야!"

"크하하하! 여인의 주둥아리를 닥치게 해 보라고, 이 멍청아!"

올라스의 주둥이까지 가세했다.

순간 황제가 몸을 확 돌려 올라스의 앞으로 다가갔다.

"닥쳐! 닥쳐! 이젠 닥치란 말야! 닥쳐! 으아아아아아!"

"폐, 폐하!"

신하들이 말릴 틈도 없었다.

황제는 검을 들고는 마구 올라스의 머리를 휘어잡아 잘라 대기 시작했다. 그의 검이 닿는 곳마다 피가 퍽퍽 튀었다.

몽둥이를 들고 머리를 내리쳐도 그렇게 험악하게 일그러질 수는 없을 터였다. 그런데도 올라스는 계속해서 웃고 또 웃었다.

"닥쳐! 닥쳐! 이젠 닥치란 말야! 닥쳐! 으아아아아아!"

마침내 올라스의 미친 웃음소리가 멈추면서, 그의 눈알이 튀어 바닥에 떨어졌다.

광기가 채 사라지지 않은 눈알이 데구르르 굴러 마침 사벤 알 미네드의 발 앞에 떨어졌다.

사벤은 슬쩍 주변을 둘러보았다.

당연한 이야기지만, 아무도 그를 눈여겨보지 않았다.

사벤은 그 눈을 주워 조심스럽게 품 안에 넣었다. 마치 귀한 보석을 주워 든 사내, 아니 소름끼치는 일이지만 왕사탕이라도 받아 든 아이와 같이 순진한 표정이었다.

'이것이 역사상 가장 현명한 자의 눈알이란 말이지?'

그의 눈이 반짝거렸다.

황제는 올라스의 몸과 머리를 연신 칼로 다져 버렸다. 그것을 본 태후의 얼굴이 천천히 창백해졌다.

"……황제……는 미쳤다."

그 누구도 그 사실을 말할 수 없었던 것을, 태후는 천천히 중얼거렸다.

그때였다. 황제는 흥분에 못 이겨, 외마디 소리를 지르고는 그 자리에서 쓰러져 버렸다.

태후는 눈을 지그시 감았다.

옥좌에 앉아 단 한 번도 눈물을 흘리지 않았다던 그녀가, 지금은 눈물을 주르륵 흘렸다.

황제이기 이전에 자신의 아들 아닌가.

그러나 그녀에게는 지금, 아들의 병세와 광기를 걱정하는 것이 아니라 이 제국의 앞날을 걱정해야 하는 의무가 남아 있었다. 그것이 황제를 낳은, 제국의 태후로서 지닌 의무였다.

"……황제를…… 침실로 모셔라. 그리고 마법사를 불러오고, 체

스터 경과 르귄 공작…… 그리고 밀테이너 공작은 이 자리에 남도록. 다른 분들은 돌아가도 좋소."

귀족들은 기다렸다는 듯 썰물처럼 접견실을 빠져나갔다.

태후의 눈에서는 눈물이 쉴 새 없이 흘러내렸다.

그것은 어머니로서 드러낼 수 있는 유일한 감정이었다. 그녀의 눈빛이나 목소리는 이제 아주 냉정했다.

'일이 어떻게 되려나……'

밀테이너는 오히려 침착하게 대응할 수 있었다.

미친놈의 목을 자르는 건 무섭지만, 이런 당당한 황제의 목을 치는 것이라면 차라리 웃으면서 할 수 있었다. 광기가 옮을까, 광기에 오히려 당하지는 않을까 두려워하지 않아도 되니까.

세 사람을 남긴 황후는 잠시 밀테이너 공작을 노려보았다.

지난 7년 동안 자신을 암살하려 했던 범인으로 짐작되는 자, 그리고 황제의 버릇을 망쳐 놓은 당사자.

두 사람의 눈빛이 잠시 매섭게 허공에서 마주쳤다.

"황제의 용태가 어떻게 될지 모르겠지만, 일이 이 지경에 이르도록 무엇을 했는지, 책임은 물을 생각이 없소."

태후는 쌀쌀맞게 말했다.

르귄 공작은 고개를 수그렸다.

"……황송합니다, 태후마마."

"아니. 지금 중요한 것은 이 사태를 해결하는 일이오. 연방에서는 틀림없이 올라스 경과 다른 분들에 대한 책임을 물어 올 것이오."

"그 일에 대해서 황제 폐하를 폐위하자고 물으시는 겁니까?"

밀테이너는 반대하겠다는 듯한 어조로 이야기를 시작했다.

태후가 그를 노려보았다.

"폐하의 용태가 저렇듯 심각하시니, 당분간 대리청정을 해도 좋겠지요."

이번에는 밀테이너가 그녀를 노려보았다.

'독한 녀석!'

'독한 놈……!'

두 사람은 서로를 똑같이 노려보았다.

"대리 청정이라면 또다시 태후마마께서요? 그것도 좋겠지요."

밀테이너가 싸늘하게 말했다.

"아무래도 제국의 어르신 되시니……."

태후가 그의 말을 막았다.

"아니."

"……?"

밀테이너는 불길한 느낌에 실눈을 뜨고 그녀를 노려보았다.

태후는 부드러운 미소를 지었다. 밀테이너 공작은 그 미소를 보고는 저도 모르게 몸을 부르르 떨었다. 태후가 웃을 때, 그에게 좋은 일이 일어난 적은 단 한 번도 없었다.

"적당한 사람이 있지요."

"……안 됩니다."

밀테이너는 저도 모르게 중얼거렸다.

"카이젤 아민 라 로인. 본인은 그를 불러 어린 황태자를 감독해 제국을 지킬 것을 명령하려고 합니다."

"……태, 태후마마."

르권 역시 표정이 좋지는 못했다. 그에게 손해 될 일은 아니었지만, 카이는 너무 젊지 않은가.

그러나 태후의 의지는 확고했다.

"황제가 길을 잘못 택했을 때 그 앞을 막아서고, 올바른 소리를 한 것은 오직 그뿐. 그라면 황태자 앞에서도 올바른 소리를 할 수 있을 거요. 그의 잘못이라면 그대들이 맡으면 될 것이요, 나 역시 이제는 건강을 회복해 그자가 전횡을 피울 시에는 막을 생각이오. 공들은 그리 알고 일을 진행하시오."

르권은 고개를 끄덕였다.

그러나 밀테이너는 끄덕도 하지 않았다.

"그렇게 할 수는 없습니다."

"……밀테이너 공작!"

"그자는 어립니다. 또한 폐하께서는 이미 로인 정벌을 말씀하셨습니다."

밀테이너의 태연한 대꾸에 태후는 자리에서 벌떡 일어났다.

"지금 그 말을 듣겠다는 것이오?"

"공작님."

좀처럼 공작의 뜻을 거스르지 않는 체스터 백작조차 입을 열었다. 그러나 밀테이너는 이미 마음을 굳혔다.

'이미 10년이 흘렀다. 태후, 아직도 내가 당신의 뜻대로 순순히 움직이는 얼간이로 보이는 것이외까?

10년 전 태후는 모든 군권을 장악했고, 황제의 옥새를 갖고 있었으며, 황제의 목숨까지 쥐고 있었다.

그러나 10년이 흘렀다.

지금 그녀에게 있는 것은 자신의 몸 하나밖에 없었다.

당당하게 서 있지만, 밀테이너는 지난 10년 동안 아주 중요한 세상의 이치 하나를 깨달았다. 힘이 없는 건, 아무것도 아니라는 것을.

밀테이너가 검을 뽑았다.

제국의 5대 공작은 황궁에 들어설 때에 그 어떤 제약을 받지 않는다. 신체검사와 무기의 압수까지도.

당연히 르귄 공작 역시 검을 갖고 있었다. 그렇지만 그는 검과는 정말 거리가 먼 문인이었다.

밀테이너는 비록 소드마스터는 아니지만 그래도 검을 익혔다. 다음 순간 그가 휘두른 검을, 르귄 공작은 차마 보지 못했다.

그의 목을 정통으로 스쳐 지나간 검은, 이어 사방으로 피를 내뿜었다.

체스터 백작은 입술을 악물었다.

'……공작님.'

그는 밀테이너 공작을 택했다.

밀테이너 공작은 반란을 일으킨다.

그렇다면 자신은 어떻게 행동해야 하는 것일까.

검은 그 답을 가르쳐 주지 않는다.

밀테이너의 반란은 이제 시작된 것이었다. 검은 휘둘러졌고, 르귄 공작은 덧없이 쓰러져갔다. 밀테이너는 피를 내뿜으며 죽음을 마주 보는 르귄을 발로 차서 멀찍이 굴렸다.

"한 명이로군, 이제."

태후는 의외로 담담한 표정이었다.

제국을 수호하는 일에 목숨을 내건 지 오래……. 이제 그 시작이 닥쳐왔다는 것에, 가늘게 손을 떨 뿐이었다.

밀테이너는 일부러 그녀의 얼굴에 대고 검에 묻은 피를 털어 냈다.

"당신을 당장 죽이지는 않겠어."

밀테이너가 싸늘한 목소리로 말했다.

"하지만 이제 와서 기껏 공을 들여 왕을 그 지경으로 타락시켰고, 그가 알아서 미쳐 주었더니만 당신이 일을 망치려 드는 건 용납할 수 없어."

"제국의 앞날을 망친 걸 알고 있는 건가?"

"제국의 앞날을 망치는 것인지, 아니면 부흥시키는 건지는 알 수 없는 일 아닌가?"

밀테이너가 냉정하게 말했다.

"단지 확실한 건 내 자신의 능력이다……! 지금의 황제는 바뀌어야 한다는 것만은 분명하지 않은가? 자신의 자식이 황위를 이어야 한다면, 그 이유가 무엇이지? 그렇게 해 왔기 때문에?"

"……."

태후는 입을 다물었다. 밀테이너가 체스터를 돌아보며 명령했다.

"당장 태후를 별궁으로 모셔라. 그리고 기사단을 준비시키고."

"……공작님."

"명을 거역하겠는가?"

체스터는 망설였다.

망설이고 또 망설이면서 그는 버릇처럼 옆구리에 찬 검을 바라보았다.

"저는……."

"생각할 것도 없다. 제국의 주인이 누구라 해도, 자네는 나를 주인으로 택하지 않았는가. 아니라면 검을 꺾어라."

"……!"

"어리석은 황제를 섬기며 자신을 광대로 만들어도 좋단 말인가?"

밀테이너가 재차 묻자, 체스터는 고개를 흔들었다. 그의 안색이 계속 어두웠지만, 밀테이너는 그를 더 몰아붙이지 않았다.

"좋다. 가도록."

"……가시지요, 태후마마."

"……."

체스터는 공손했다.

"내가 움직이지 않겠다면 어떻게 할 건가."

태후의 목소리는 어두웠다. 이 접견실에서 죽는다 해도, 그녀로서는 할 일을 다 한 셈이니까.

그러나 밀테이너는 머뭇거리지 않고 대답했다.

"황제와 황태자가 살아 있는 건 아직 써먹을 데가 있기 때문이다. 예를 들면 지금 같은 경우……. 별궁으로 가지 않는다면 먼저 황태자를 끌고 와서 그의 팔다리를 잘라 주겠다."

태후는 고개를 떨궜다.

"어차피 죽일 거라고 믿는 건가? 미친 황제와 황태자는 언제까지고 황위에 자리 잡을 수 있다는 걸 알아 두도록. 내가 원하는 건 실제적인 권력이니까. 그러니 안심하고…… 내 말에 따르도록."

밀테이너의 그 말에 태후는 완전히 깨달았다.

자신은 이미 10년 전처럼 권력을 손에 쥔 몸이 아니었고, 더 나쁜 건 밀테이너가 권력을 손에 들고 있었던 것이다.

당장 자신의 죽음은 별것이 아니지만, 황태자를 잃는다는 것은 그나마의 미래마저 잃게 되는 것.

그녀는 체스터를 향해 몸을 돌렸다.

"앞장서시오, 체스터 경."

"죄송합니다, 태후마마. 신이 그럼 앞장을 서겠습니다."

체스터는 입술을 깨물었다.

밀테이너는 나가는 둘을 바라보면서, 억눌렀던 웃음을 터뜨렸다.

"크하하하……!"

그의 아버지는 죽으면서 가문이 그동안 애써 온 이야기를 남겨주었다. 그들 가문이 얼마나 황제의 자리를 차지하기 위해 애써 왔는지……!

로인에게는 조상이 힘을 물려준다?

그들 공작 가문에는 원한이 흐르는 셈이었다.

이제 시작이었다.

밀테이너는 절대 여기에서 멈출 생각이 없었다.

그는 이윽고 웃음을 멈췄다. 해가 저문 것은 아니었지만 밀테이너는 어두운 접견실 안을 둘러보다가, 천천히 옥좌를 향해 걸어갔다. 그리고 손가락으로 천천히 옥좌의 장식을 쓰다듬었다.

당장이라도 바람이 불면 날아가지는 않을까, 천만금을 주고 사들인 장식품을 만지듯 조심스러운 손길이었다.

그는 이어 환한 미소를 지었다.

"200년이나 걸렸네, 이 자리에 오는 데까지……."

"그거 축하할 만한 일이로군요."

문을 열고 들어서던 사벤이 냉정하게 대답했다. 그러나 밀테이너는 별 신경을 기울이지 않았다.

"처음에는 로인 공작을 축출하는 일이었지. 그렇지만 그 가문은 끈덕질 정도로 살아남아서…… 오늘에까지 이르렀네. 다른 가문들을 견제하고, 그들을 지방으로 보내고 중앙 권력을 차지하고…….
그리고 이곳에 이르렀지."

"왜 그 위에 앉지 않는 겁니까?"

사벤이 물었다.

밀테이너는 잠시 멍하니 그 자리를 바라보기만 했다. 그리고는 이윽고 고개를 흔들었다.

"……먼저 앉아 봐서는 안 된다. 200년이나 걸렸지만, 그래, 모든 게 확실해진 다음에……."

밀테이너가 사벤을 돌아보았다.

"로인의 목을 베고 황제의 목을 베어 이 앞에 얹어 둔 후에, 그 위에 발을 하나씩 얹어 두겠다. 그러기 전까지는 절대로……! 그들의 피로 축배를 들 그때까지 이 자리는 나의 것이 아니다."

사벤은 조용히 박수를 치기 시작했다.

"적어도 그 의지만은 황제의 지위에 부끄럽지 않군요……. 좋아요, 그럼 가 보실까요, 로인으로."

"……로인으로."

밀테이너는 굳은 목소리로 중얼거렸다.

*　　　*　　　*

카이는 홀로 서 있었다.

어둠 속에서 그가 볼 수 있는 것은 아무것도 없었다. 별조차 그림자에 가려진 밤이었다.

'황궁, 대체 무슨 일이 벌어지고 있는 거냐…….'

그렇게 묻는다 한들 황궁이 대답할 리가 없다.

그저 멀고 먼 란펜을 바라볼 수밖에.

'올라스 님은 구해 냈을까.'

그때 뒤쪽에서 파이엘 백작이 다가왔다.

카이와 눈이 마주치자, 그는 멋쩍게 웃어 보였다. 그러나 그 얼굴에는 수심이 가득했다. 그 역시 도성에서 벌어지는 일이 신경 쓰여 잠들지 못하고 나온 것이었다.

"도성의 가족들에게서는 연락이 있소?"

"아니오……."

파이엘은 머뭇거리며 덧붙였다.

"아침에만 해도 돌아오지 말고 상황을 지켜보라고 짧게 연락이 왔습니다만, 방금 전 다시 연락을 해 보니 아무도 응답하지 않습니다. 테엘 님 말씀으로는 그쪽에서 마법이 차단된 것 같다고……. 도통 무슨 일인지 알 수가 없습니다."

"음……."

그렇게 되면 무슨 일인지 뻔하다. 적어도 올라스와 서방에서의 사람들, 그리고 사벤의 생사는 장담할 수가 없을 터.

'황제는 미쳤다.'

카이는 이마를 찡그렸다.

'그렇다면 역시 황궁에서 사신단이며 사벤, 올라스까지 묶어서 죽었다고 보는 편이 좋을까.'

카이는 검 손잡이를 만지작거렸다.

새로운 드래곤 로드는 카이와 인사하는 것까지 거부할 만큼, 인간과 거리를 두었다. 신전에 들여놓은 사람도 서둘러 내보내란다.

그런 만큼 그에게 도움을 요청할 수도 없다. 테엘을 로인 밖으로 내둘리는 일도 쉽지 않을 터.

카이는 고개를 흔들었다.

로인의 모든 사람들이 모드의 지휘 하에 움직인 결과, 관문의 설치는 거의 끝나고 있었다.

그것으로 로인의 보호막은 1차적으로 완성되었다. 거기에 더불어 테엘이 마법진을 설치하는 중.

엘프들의 지역인 네크시아라가 다시금 핏빛으로 물들 것 같아서, 카이는 그것이 못내 아쉬웠다.

그렇게 두 사람이 란펜을 하염없이 바라보던 중, 리슨이 달려 나왔다.

"주공!"

카이는 뒤돌아섰다.

"엘란 후작에게서 연락이 왔습니다!"

파이엘 백작이 막 몸을 돌렸을 때, 카이는 이미 신전 안으로 뛰어 들어가고 있었다. 파이엘이 전력으로 달려 카이의 뒤를 따랐다.

파이엘이 막 방에 도착했을 때, 카이는 벌써 통신용 수정구를 노려보고 있었다.

대화는 끝난 것인지, 방 안은 고요했다. 수정구 안에서 거친 숨소리만 들려왔다.

—조심해—!

그 정적을 깨려는 듯, 엘란의 목소리가 멀찍이서 들려왔다.

그리고 희미하게 들려오는 챙챙거리는 소리.

—조심해—!

다시 들려온 소리. 이어 수정구슬이 땅바닥에 떨어져 데구르르 굴러 이상한 광경을 비추었다.

란펜의 거리로 보였다. 외성인 모양으로, 초라한 거리에 기묘할 정도로 인기척이 없었다. 그런 가운데, 멀어지는 말 몇 마리의 말발굽이 보였다.

그리고 이내 통신용 구슬의 영상이 희미해졌다.

"마법사가 죽었군."

테엘은 딱딱한 목소리로 말했다.

"몇몇 녀석을 데리고 도망을 치고 있는 모양인데."

"……."

파이엘은 어찌 된 이야기인지, 그저 불길함에 몸을 떨며 그들을 둘러보았다.

카이가 천천히 그를 돌아보았다.

"르귄 공작이 죽었소."

"……!"

"어찌 된 영문인지 모르겠지만, 가 봐야 할 것 같소."

"……어이."

테엘이 심기 불편한 목소리로 입을 열었다.

"내가 분명히 경고했지. 가면 모든 힘을 빼앗겠다고."

"새장 속에 새를 가두는 어리석음은 인간만이 지닌 줄 알았는데."

둘은 또다시 티격태격하기 시작했다. 그러나 지금은 장난으로 싸

우는 것이 아니었다.

테엘뿐만 아니라 리슨과 벨하임도 긴장한 얼굴로 테엘의 뒤쪽에 섰다.

카이는 얼굴을 찌푸렸다.

"뭐야, 너희도냐?"

"주공, 엘란 후작의 일은 아쉽지만…… 그렇다고 지금 도성에 가서 어떤 수를 쓰시겠다는 겁니까?"

"설마 미련하게 성문 박살 내고 들어갈 거냐? 대놓고 밀테이너에게 나 바보입니다, 라고 외칠 생각이야?"

"누가 그렇게 바보처럼 군대? 엘란 녀석만 건져 낼 생각이다. 더불어 어차피 제대로 전달받지 못한 나머지 이야기도 들어야 하지 않느냔 말이다."

"절대 기각. 지금 이 자리에 있는 사람 중 그 누구도 도성에서 안전할 사람이 없단 말이다."

그러나 정보의 중요성은 누구라도 실감하고 있었다.

카이는 테엘의 말에서 묘한 어감을 느끼고는 그를 빤히 바라보았다.

"사람 중에는…… 말인가?"

"……제길! 그러니까 너, 얌전히 기다리고 있어! 절대 이 밖으로 나오지 않겠다고 약속을 하란 말이다!"

"알았다."

카이가 굳게 다짐한 순간.

테엘은 손을 뻗어 이공간을 간단하게 열었다. 망토와 이런저런 물건을 몇 개 찾아 꺼내고는, 뭐라 구시렁거리면서 땅바닥에 뭔가를 던졌다. 휙, 하는 바람이 불었나 싶더니 그의 모습은 이내 사라졌다.

엘란은 마법사가 쓰러지는 것을 보고는 입술을 악물었다.

"제길! 연락을 더 할 수가 없겠군."

내심 연락보다는, 구원의 손길을 기다리기도 했다. 테엘이라면 즉시 달려와서 구해 줄 수 있지 않을까 했다.

'제길……! 상황이 어떻게 돌아가는 건지라도 전해야 하는데!'

엘란은 입술을 깨물었다.

엘란이 르귄 공작을 찾아 접견실로 돌아간 것은 꽤 시간이 흐른 후였다.

대부분의 귀족들이 저택으로 되돌아갔다.

그들은 모두 광기에 휩쓸린 황궁 근처로는 다시는 오고 싶지 않다고 생각했다.

그들 중 일부 현명한 자들은, 저택으로 돌아가자마자 모든 재산과 세력을 동원해 황궁 밖으로 빠져나가는 길을 택했다.

비록 내일모레면 성문이 열릴지도 모르지만, 그때는 목숨을 대가로 전쟁에 참여해야 한다는 것을 아는 자들이었다. 지금 나가면 돈은 들지언정, 목숨은 건질 수 있다.

물론 일부는 밀테이너와 체스터를 기다렸다.

엘란 등 몇몇은 르귄을 기다렸다. 카이가 없는 지금, 성안에서 그들이 의지할 사람은 르귄뿐이었던 것이다. 물론 르귄이라고 해서 딱히 황제를 막을 수 있는 건 아니지만, 적어도 그는 밀테이너를 막을 수는 있다.

그렇지만 해가 저물고, 시간이 한참 지나서도 르귄 공작은 나오지 않았다.

체스터 백작이 먼저 황궁을 빠져나갈 때쯤 해서, 엘란은 서서히 불안해졌다. 그는 조심스럽게 체스터 백작의 검과 옷을 살폈다.

그의 옷에는 핏방울 하나 없었다. 그것을 확인하고서야 엘란은 어느 정도 안심했다.

엘란의 눈빛을 눈치 챈 것일까. 체스터 백작은 딱딱한 얼굴로 엘란을 바라보았다.

"……."

인사를 하는 것도 아니고, 옷을 다 살피는 것을 기다려 주겠다는 듯 그는 오히려 멈춰 섰다.

말 위에서 체스터 백작은 몇 번이나 머뭇거렸다.

'로인 공작과 연락이 닿는가. 벨하임 녀석을 아는가. 그 녀석과 혹시 대화하도록 연결을 …….'

그렇게 묻고 싶었지만, 그럴 수가 없었다.

제자에게 어떤 말을 하겠다는 것인가? 그 녀석도 지금 주인을 모신다고 정신이 없을 텐데.

체스터가 그렇게 어색하게 지나간 후.

이어 한참 후, 마차 한 대가 나왔다. 이제야 르귄이 나왔는가 싶어 바라보았지만 밀테이너의 것.

엘란은 다시 한숨을 내쉬었다.

마차의 창에는 커튼이 있어서, 안쪽을 들여다볼 수 없었다. 누가 타고 있는지…….

엘란을 지나치는 그 마차 안에는 세 사람이 앉아 있었다. 이프로스와 사벤, 그리고 밀테이너였다.

이프로스는 커튼을 살짝 들어 창밖을 내다보았다.

"르귄을 기다리는 사람들이 있군요."

이프로스가 사벤을 존경스러운 눈초리로 바라보며 물었다.

"지금 해치울까요?"

"됐다."

사벤은 귀찮다는 듯 고개를 흔들었다. 그는 계속해서 눈을 감은 상태였고, 이프로스가 그렇게 말을 걸어 오자 불쾌하다는 듯 이마를 찡그렸다.

그 기분 표시에 이프로스 백작은 안절부절못하며 불안해 했다.

"어차피 알아서들 빠져나가든가 하겠지. 대신 저들이 연락을 못 보내도록 철저히 감시하도록."

"……알겠습니다, 스승님."

이프로스가 재빠르게 말했다. 그런 후에야 마차 안은 고요해졌고, 사벤은 다시 명상에 빠져 들었다.

엘란은 그 후에도 좀 더 기다리다가, 어쩔 수 없다는 듯 일행을

돌아보았다.

"……가서 마법사를 은밀히 불러오도록. 어디로든 연락을 보낼 수 있도록 준비해 놓고. 그리고 의원을 불러 놓아라."

올라스의 일 때문인지, 엘란은 나쁜 생각부터 덜컥 들었다.

'설마……. 설마…….'

그러나 그 설마라는 건 언제나 뒤통수를 친다.

엘란은 황궁 안으로 다시 들어섰다. 광기에 하루 종일 휩쓸린 황궁에 다시 발을 들여놓는 건 쉽지 않았다.

그렇지만 그는 애써 담담한 척, 접견실로 향했다.

평상시에는 밝기도 밝거니와, 시종들의 그림자로 항상 인기척을 느낄 수 있던 황궁이었다. 그러나 오늘만큼은 어린아이의 동화책 속에서 빠져나온 것 같았다.

'어디 마왕의 황궁이라 해도 믿을 만하군.'

어디서 뭐가 튀어나오면 스켈레톤 병사라든가, 아니면 마족일 것 같았다.

마침내 접견실에 도착했다. 걸음을 내딛을 때마다 올라스의 웃음소리가 다시 터져 나와 깜짝 놀래킬 것 같아서 심장이 쪼그라드는 기분이었다.

시종들이 청소를 했고, 마치 버려진 궁처럼 사방의 문이 활짝 열려 있는데도 짙은 피 냄새가 흘러나왔다.

엘란은 두근거리는 심장을 진정시키며 안으로 들어섰다.

"……르귄 공작님?"

그는 조용히 불렀다.

그 안에는 움직이는 것이라곤 하나도 없었다.

엘란은 긴장해서 혀로 입술을 축이고는 다시 목소리를 높였다.

"르귄 공작님! 안 계십니까!"

혹 어디 부상당해서 소리도 못 내는 건 아닐까. 아니, 그것보다는 어디에 감금이라도 당한 건……?

그는 황급히 몸을 돌리다가, 시종장과 마주쳤다.

"아, 혹시 르귄 공작님을 못 보았나!"

"……죄송합니다, 후작님."

시종장의 목소리가 가늘게 떨렸다. 그는 자신이 들고 온 양초 등불을 그에게 떠맡기고는 다시 어디론가 사라져 버렸다.

엘란은 그것을 든 채 잠시 멍하니 서 있었다.

"뭘 어쩌자는 거야……?"

그러나 그때 이미 그는 깨닫고 있었다. 아무래도 공작은 살지 못한 것 같다, 라고.

그는 천천히 뒤로 돌아섰다. 일렁거리는 양초의 불빛이 접견실 안을 묘하게 비추는 가운데, 이윽고 찾던 르귄이 보였다.

엘란은 그의 시체 곁으로 천천히 다가섰다. 눈물도, 목소리도 나오지 않았다.

대신 그는 손을 뻗어 르귄 공작의 목덜미를 짚어 보고, 이어 부릅떠진 눈을 감겼다. 얼마나 부지불식간에 당했는지 알 것 같았다.

그 역시 검을 다루는 무인. 상처 자국이 그렇게 매끄럽지 않은 것

으로, 체스터 백작이 아닌 밀테이너의 소행이라는 것을 의심할 수가 있었다.

'……일을 벌이려는 겁니까.'

엘란은 어떻게 해야 할지, 한참을 더 망설였다. 그러나 이윽고 그는 멀리 황제의 침소가 있는 쪽에서 들려오는 광기에 찬 웃음소리를 들으면서 문득 자리에서 일어섰다.

"……알려야 한다."

카이는 이곳의 사정을 정확히 알지 못하고 있을 터였다.

"어서……!"

황궁 밖으로 어떻게 달려 나왔는지, 그는 미처 깨닫지 못했다. 버려진 르귄 공작의 시신을 수습해야 한다는 생각도 못했다.

단지 그의 뇌리에 꽉 찬 생각은 하나.

'어서 카이에게 알려야 한다……!'

그는 그것만이 일을 바로잡을 수 있는 유일한 방법임을 깨달았다.

황궁 밖에는 르귄 공작을 추종하던 무리들이 조심스럽게 모여 있었다. 그들의 얼굴을 일일이 확인하는 엘란의 표정은 어두웠다.

사람들이 엘란의 곁으로 우르르 다가왔다.

"공작님은 어디에 계십니까?"

"왜 같이 안 나오시고요?"

그렇게 쏟아지는 질문 가운데, 엘란은 고개를 흔들었다. 그러면서 일행에게 말했다.

"지금 내성 밖으로 나갈 통로를 찾아야 하오. 그리고 외성 밖으로도 나갈 수 있으면 좋겠는데……. 우선은 르귄 공작 저택으로 향합시다."

"무슨 일이……?"

그렇게 묻던 사람들은 갑자기 하나 둘 입을 다물었다. 그들 역시 나쁜 일이 있음을 충분히 짐작했던 것이다.

엘란은 그러던 중, 마법사를 발견하고는 그의 곁에 다가섰다.

"통신구슬을 가져왔는가?"

"예, 여기에……. 미리 준비는 하고 있습니다만, 어느 쪽으로 연결을 할까요?"

"여기……."

엘란은 전에 받아 놓은 통신용 구술 설정 좌표를 그에게 건넸다.

테엘이 마침 기다리고 있었다는 듯 응답했다.

―뭐냐, 애송이. 내가 연락하지 말랬지. 위험하니까…….

"공작님을 어서 불러 주십시오. 급합니다."

―어쭈, 명령질이냐?

테엘이 대꾸는 그렇게 했지만, 그 뒤쪽으로 리슨이 달려 나가는 걸 볼 수 있어서 엘란은 안심했다.

그러는 사이, 일행 중 몇은 먼저 르귄 저택으로 향했다. 엘란은 마법사와 함께 마차에 올랐다.

"마차 주변에 사일런스를."

그 요구에 마법사는 고개를 끄덕였다. 마법사는 르귄 공작 가문

에 속한 마법사였다. 그 역시, 자신의 마법 연구비와 생활비를 보조해 주던 은인에게 큰일이 일어났다는 것을 알고 있기에 꽤 진지했다.

곧 카이와 리슨이 나타났다. 카이의 표정을 보는 순간, 엘란은 자신이 얼마나 그를 필요로 하는지 깨달았다.

르귄을 잃었다는 것이 그제야 실감났다. 그리고 카이가 무척이나 먼 곳에 있다는 것도.

"……공작님……!"

—어떤 일이 있었는가? 서방 연합은? 올라스는?

카이의 질문은 제법 중점을 짚고 있었다.

"올라스 님은 돌아가셨습니다."

엘란은 일단 대답했다. 그리고는 갑자기 속에서 울컥 치솟는 것을 억지로 참으면서 대답했다.

"……르귄 공작님도 돌아가셨습니다."

—……! 살해당한 건가? 어느 쪽에!

"……아마도…… 황제는 아니었어요. 밀테이너 같습니다."

엘란은 더듬더듬 대답했다.

건너편에서는 잠시 아무 말도 없었다.

카이는 입술을 꾹 깨문 채 바위처럼 서 있었다.

엘란은 그의 침묵이 무서웠다. 어떻게 하라느니, 아니면 어떻게 하겠다느니 하는 말 하나 없다니……. 절망이 파도처럼 밀려들었다.

"어떻게……."

—일단 자네는 통신을 끊어. 나머지 일은…….

카이의 말에 엘란은 고개를 흔들었다.

"더 해야 할 말이 있습니다. 오늘 황제는……."

그렇게 자세한 이야기를 하려는 순간.

거친 말발굽 소리가 들리더니, 마차가 끽 멈춰 섰다. 그 거친 움직임에 엘란은 황급히 마차 창문 밖으로 몸을 내밀었다.

"당장 내리시오, 엘란 후작!"

마차 밖에는 군대가 있었다.

엘란 후작은 얼굴을 찌푸렸다.

"……벌써 움직인 건가!"

"지금 황궁 내외에 마법의 사용이 금지되고 있다는 것을 모르시오? 당장 말에서 내려 순순히 체포당할 것을 충고하는 바요!"

그러나 순순히 체포당해 봤자, 순순히 죽기밖에 더 하겠는가?

르권이 죽었다. 공작 작위에 있는 사람도 죽는 마당에 후작이라 해서 안심할 수 있을까?

황제가 미쳤다. 사신도 죽였고, 올라스도 죽였다.

정의를 기대하는 건 미친 짓.

엘란은 그런 생각을 했다. 30초가량이 흘렀다.

"엘란 후작!"

상대가 다시 외쳤다. 그것으로 엘란은 더 이상 차분한 생각 따위는 할 수가 없었다.

"……제길! 이대로 죽을 수는 없단 말이다!"

이어 엘란은 마법사를 군사들과 반대 방향에 있는 문으로 밀어 밖으로 나가게 했다.

"말 위에 올라! 제길! 피해라!"

"죽여라!"

당연히 서로 반대되는 말이 튀어나왔다.

엘란 후작은 칼을 뽑았다. 말과 마차를 연결한 가죽끈을 칼로 내리 끊어 재빠르게 마법사를 밀어 올리고, 자신 역시 말 위에 올라타는 데는 겨우 20초밖에 걸리지 않았다.

"어서 출발해!!"

마법사가 올라탄 말의 엉덩이를 차며, 엘란은 외쳤다.

그의 앞뒤로 지나가던 르귄 공작의 옹호자들에게 알리기 위한 것이었다.

"밀테이너가 파벌 공격을 시작했다!"

엘란의 목소리가 고요한 내성 안에 퍼져 나가며, 엄청난 파장을 일으키기 시작했다.

그 소리를 들은 저택에서부터 차례차례 사람들이 튀어나왔다.

"반역이다! 밀테이너 공작이 반역을 일으켰다!"

엘란 후작이 외치자, 당황한 것은 군사들이었다.

그들은 황궁에 들어가지 않은 이들이었다. 명령에 따라 내성 내에서 마법을 쓰는 자를 잡으려던 것뿐.

그랬던 것이, 순식간에 그들의 마음을 흔드는 한 마디가 튀어나온 것이다.

"반란군이다, 너희는!"

엘란 후작은 그들을 향해 외치면서, 마법사를 앞서 보냈다.

"나를 쫓아오면, 너희들은 9대까지 거슬러 모든 친척들이 사형에 처하게 될 것이다!"

그렇게 외치자, 병사들이 웅성거렸다.

그러나 그 순간 밀테이너가 달려 나왔다.

"저들을 잡아라! 저들이야말로 반역자다!"

'옥좌는 내 손 아래 있다!'

밀테이너는 머뭇거리지 않고 덧붙였다.

"저들의 목을 베는 자에게는 작위와 영지를 하사할 것이다! 폐하의 명에 따라 엘란 후작 휘하, 르귄 공작 파벌을 체포한다! 우선 엘란 후작을 사로잡아라!"

"밀테이너 공작……!"

엘란은 입술을 깨물었다.

그러나 머뭇거릴 틈이 없었다. 군사들이 밀테이너 공작의 말을 더 믿고는, 냉큼 그를 향해 달려들기 시작한 것이었다.

겨우 오십 명 정도였지만, 엘란에게는 힘이 없었다.

'아아! 공작님!'

카이가 있다면, 지금 이 상황쯤은 잠잠히 가라앉았을 텐데!

엘란은 말고삐를 꽉 잡았다.

'빠져나가야 한다……. 어디로, 어디로 가야 하지?'

그는 일순간 로인 공작의 저택을 생각했다.

엘란은 서둘러 방향을 돌렸다.

"로인 공작님의 저택으로 가시오! 르귄 공작과 관련된 사람들은……!"

그렇게 외친 순간이었다.

앞장서 달려가던 마법사의 앞쪽 길로도 병사들이 나타났다.

'군사를 다 불러온 건가!'

게다가 앞장선 자는 소드마스터, 체스터 백작이었다.

엘란의 안색이 변했다.

"조심해!"

마법사를 향해 외쳤지만, 이미 그 역시 포위망에 갇힐 지경이었다. 앞장서 달려드는 병사들을 검으로 막아 내면서, 그는 마법사를 힐끗 쳐다보았다.

'제길!'

수가 없었다. 그가 곧 화살에 가슴을 꿰뚫려 말 아래로 떨어지는 것이 눈에 들어왔다.

체스터 백작이 무거운 표정으로 그 옆을 스쳐, 엘란을 향해 다가왔다.

"……."

엘란은 검을 가볍게 휘둘렀다가, 이내 긴장된 미소를 지었다.

"백작의 손에 죽는다면 영광이겠소. 무인으로 최고의 지위에 오른 분이여!"

"시간이 있었다면 자네에게도 기회가 있었겠지."

체스터는 가볍게 맞받아 주고는 검을 뽑았다.

실제 앞에서 대하자 그 위압감을 비로소 알 것 같았다. 온몸이 저릿할 정도의 위압감이 느껴졌다.

'이것이…… 소드마스터인가!'

검을 들고 있는 자신의 팔과 손은 그냥 성냥개비 같았다. 그것도 불을 피우지도 못한 채 휙 부러지고 말 힘없는 성냥개비.

그 앞에서 검을 들고 있는 게 얼마나 어리석은 짓인지 알 것 같아서, 엘란은 저도 모르게 자꾸만 검을 버리고 싶어졌다.

체스터가 냉정한 눈으로 그를 바라보며 물었다.

"싸울 건가?"

"……싸우지 않으면 어쩔 거요? 나는 그래도 무인이 되고 싶어서 발악하던 녀석이라서……. 백작의 손에 죽는다면, 뭐, 그것도 나름대로 영광일 테니까."

엘란은 애써 웃어 보였다. 그리고 이번에는 좀 더 호흡을 늘어놓고는 체스터를 바라보았다.

군사들은 체스터를 피해 옆쪽으로, 르귄 공작이며 다른 파벌의 저택을 향해 짓쳐 들어가고 있었다.

어디선가 귀족의 저택에서 여인의 비명 소리가 들려왔다.

'시작인가.'

여자를 겁탈하고, 적의 물건은 빼앗아 주머니를 채우고, 반항하는 적의 혀는 잘라 버린다.

내전, 반란, 아니 혼란의 시작.

엘란은 그 가운데 천천히 죽음을 맞이할 각오를 끝냈다.

"시작할까요."

엘란은 백작을 향해 정중히 검을 겨누었다.

체스터는 검을 살짝 뉘었다. 그리고는 고개를 끄덕였다. 먼저 덤벼도 괜찮다는 표시였다.

'일검이 아닌, 천 번의 검을 양보해도…… 내가 이길 수는 없을 텐데!

결국 죽으러 달려들어야 한다. 엘란은 그렇게 생각하면서도 말고삐를 놓고, 양손으로 검을 잡고는 앞으로 달려 나갔다.

"으아아아아아아아아!"

그 눈빛에는 단호한 결심이 있었지만, 목소리에는 두려움이 배어 나왔다.

그렇게 마구 달려 나가던 중간.

쿠황—!

갑자기 그 둘 사이의 정확한 공간에, 회오리바람이 일어나더니 흙먼지가 일어났다. 무거운 것이 멀리에서부터 확 던져진 듯했다.

흙먼지 한가운데 한 사내가 붉은 머리카락을 휘날리며 모습을 드러냈다. 말을 몰아 마구 달려가던 엘란은 갑자기 나타난 사내의 품 안으로 뛰어드는 자신의 모습을 깨닫고는 화들짝 놀랐다.

그리고 이어 사내가 누군지 깨닫고는 소리쳤다.

"테엘 님!"

"가자!"

엘란은 주체하지 않고, 달리던 말에서 뛰어내려 테엘의 옷자락을 붙들었다.

테엘은 사방을 슥 한 번 둘러보았을 뿐이었다. 그의 입가에 비아냥거리는 미소가 스쳤다. 그의 시선이 또한 체스터를 한 번 스쳤다.

체스터가 움찔거리면서도 검을 고쳐 잡았을 때.

테엘은 그러나 머뭇거리지 않았다.

"이동."

체스터는 다시 거칠게 일어난 바람을 피해 눈을 감았다.

눈을 떴을 때, 두 사람은 그곳에 없었다.

'……다행이로군.'

체스터는 그렇게 생각하고는 몸을 돌렸다.

이제 막 시작된 혼란 한가운데에, 군사들을 지휘하는 밀테이너 공작이 있었다.

체스터 백작의 눈에 씁쓸함이 스쳤다.

SWORD OF DRAGON LOAD

제7장

미친 광대의 병사놀이(1)

엘란이 도착했다.

엘란은 도착하자마자, 카이를 보고 눈물을 주르륵 흘렸다. 그는 단번에, 그간 도성에서 있었던 이야기를 꺼냈다.

그 이야기에 귀를 기울인 사람들은 모두 찜찜한 기분을 어쩌지 못했다. 도성에서 무슨 일이 벌어지는지 알게 되었지만, 더욱 다급할 뿐이었다.

'르귄이 죽었는가.'

카이는 다른 사람들보다 훨씬 충격을 받았다.

비록 르귄에게는 많은 자손들이 있으며, 세력이 무너지지는 않았다.

그렇지만 어째서일까. 그토록 밀테이너가 공격하던 자신은 살아남고, 르귄이 죽었다는 것…….

카이는 눈을 떴다.

사람들은 모두 그를 바라보고 있었다. 어떤 결단을 내릴 것인지 기대하는 눈치였다.

"네크시아라에서 싸우자."

카이는 그렇게 결정했다.

"네크시아라?"

"싸움?"

테엘의 말과 동시에 벨하임이 눈을 동그랗게 뜨고 물었다.

"전쟁을 하겠다는 겁니까!"

엘란은 그렇게 외쳤다.

카이는 당연하다는 듯 고개를 끄덕였다.

"전쟁을 피할 이유가 있는가?"

"하, 하지만 그렇게 되었다간 밀테이너 공작의 뜻대로 되는 셈이 잖습니까! 결국 공작님을 반역자로 몰 생각일 텐데……!"

"그래서 끌려가서 순순히 죽자?"

"그건 아니지만……!"

"어차피 상대는 말로 들어 먹을 상태가 아니잖은가."

카이는 생각에 잠긴 채 말했다.

"이쪽의 전력이 형편없다고는 해도…… 어디 가서 죽을 사람들은 얼마 없다."

파이엘 백작은 숫자를 냉큼 내놓았다.

"그렇다고는 해도…… 밀테이너 공작이 란펜의 전 병력을 이끌고 오면 십만 명입니다! 자신의 영지에 있는 군사까지 동원한다면 십팔만 명! 이곳 사람들은 그냥 짓밟고 지나갈 텐데요!"

"그들은 싸우지 않는다."

벨하임과 리슨의 얼굴이 창백해졌다. 카이는 엘란을 바라보았다.

“엘란 후작, 자네 역시 전력이 되어 줘야겠네.”

“……저 말입니까?”

“지금 실력으로는 형편없으니까. 죽기 딱 좋지.”

카이는 냉정하게 평가했다.

“그리고…… 엘프들의 협조를 구한다면, 이쪽에는 헤르크 녀석을 써먹을 때가 된 것 같군. 겨우 일천이 약간 안 되는 숫자에 대부분은 급조한 군대지만, 적어도 관문 안쪽을 막아 내기에는 괜찮을 거다.”

“우리 드워프의 도끼 역시 그대들과 함께한다는 걸 잊지 말게나, 로인.”

모드가 점잖게 수염을 쓰다듬으며 말했다.

카이가 그를 향해 고개 숙여 인사했다.

“동맹의 귀한 병력 제공에 감사드립니다, 모드 님. 그렇다면 저로서는 정말 큰 은혜를 입는 셈입니다.”

“허허허, 뭘…….”

모드의 눈길이 예리하게 빛났다. 이어 그 늙은 현명한 드워프는 테엘에게 눈을 돌렸다. 그러나 차마 그에게는 직접 말을 건네지는 못하고, 대신 카이에게 슬쩍 물었다.

“드래곤들 역시 몇은 도우러 와 주지 않겠나? 여기는 로인, 감히 인간이 침입하기에는 너무 중요한 곳인 것 같은데.”

테엘은 이마를 찡그렸다.

“고르진 님이라면 도우시겠지만……. 뭐, 이제 막 신이 되셨을 고

르진 님께 제발 신의 가호를 내려 달라고 비는 정도라면 얼마든지 해 주마. 이 녀석 때문에 바엘라는 수면기에 접어들었는지 도통 보이지 않고, 거기에 새로운 드래곤 로드께서는 인간과의 얽힘을 최대한 끊으라고 압력을 넣으시니……."

"로인이 인간들의 발아래 짓밟혀도 말입니까?"

"뭐, 인간들이야 워낙 심심찮게 우리 레어도 짓밟고 다니니까. 솔직히 신전이야, 괜한 인간들이 와서 훼손하면 내 선에서도 끝낼 수 있는 문제고. 하지만 제국 내전이라면 이야기가 다르다. 이제는 새로운 지침이 내려왔다고."

테엘은 머리를 벅벅 긁었다.

카이는 분위기가 침울해지는 것을 깨닫고는 손을 가볍게 쳤다.

"뭐, 어차피 드래곤들이 있으면 우리가 싸울 자리만 없어진다. 지금 중요한 건…… 적어도 올해 초와는 달리, 로인에서도 어느 정도는 버틸 수 있다는 것이다. 관문이 있으니 적은 로인에 단 한 발자국도 들어오지 못할 것이다. 어차피 밀테이너가 황제를 모시고 있다고는 해도, 십만 대군을 이끌고 오지는 못할 것이고……. 그렇게 본다면, 적은 최대한 오만에서 최소한 일만은 되겠지. 괜찮은 숫자로군."

카이가 내린 그와 같은 결론에 오히려 분위기가 가라앉았다.

'어디가…….'

'괜찮은 숫자라는 겁니까…….'

카이의 기준은 도통 인간적인 데가 없다고, 그 안에 있던 인간들

은 생각했다.

"정 뭣하면 엘프들에게 부탁해서 숲을 잠깐 말려 버리든가, 모래를 텅 비게 한다든가."

"응? 알았어."

이르엘은 곧 순순히 대답했다. 둘은 서로를 쳐다보면서 방긋 웃었다.

테엘은 그 꼴이 영 마음에 안 들어 시비를 걸었다.

"어이, 하이 엘프. 엘프들의 시체는 숲에 묻히면 안 되고, 인간들의 시체는 얼마든지 괜찮다는 거냐?"

"그럼요. 인간들의 시체가 숲에 얼마나 좋은데요. 영양분이 풍부한걸요."

"……."

과거 은빛의 요녀, 그 본래 성격이 어디 가겠는가.

카이만 빼고는 모두들 그 말에 잠시 정신을 차리지 못했다.

그러던 중, 테엘은 다른 존재를 생각했다.

"좋아. 어차피 카이 너 혼자만으로도 일반 병사 만 명 정도는 감당할 수 있다고 치자."

'분명히 그러실 수 있긴 하지.'

리슨과 벨하임, 엘란은 카이를 힐끔 쳐다보며 고개를 끄덕였다.

"그렇다면 문령술사는 나랑 싸우고, 다크 엘프는 이르엘과 싸우고? 그렇게 균형을 맞추자는 거냐?"

"……적이 그렇게 나와 준다면, 그렇게 하면 되겠지."

"아앗, 그럼 저는요!"

벨하임이 앞으로 나서 물었다.

"체스터 백작."

카이는 그렇게 말하면서 벨하임을 가만히 바라보았다.

벨하임은 앞으로 나선 걸 그 즉시 후회했다.

"맞다, 그 늙은이가 있었지……."

"이번에는 이길 수 있겠냐?"

카이는 물었다.

"……에이, 그럼요."

카이가 재차 물었다.

"이번에는 죽일 수 있겠는가?"

벨하임은 히죽 웃었다.

"에이, 못하죠, 그런 거."

"……내가 명령을 내린다 해도……?"

"네."

벨하임은 의외로 시원시원하게 대답했다.

다른 때라면 펄펄 뛰었을 리슨도 웬일인지 그의 말에 어깨를 으쓱이기만 했다.

"뭐, 싸우다가 그렇게 되면 그냥 멈추지는 않을게요. 그렇게만 봐주십쇼, 주공."

"……그래?"

카이는 싱긋 웃었다. 납득했나 보다, 하고 다들 넘어가려던 때.

"내가 명령한다고 해도 듣지 않겠다면서 뭘 봐달라는 거냐!"

카이가 벌떡 일어나서 벨하임을 한 손으로 들어 올렸다.

"이 녀석이 보자 보자 하니까……! 호위기사라고 하나 있는 녀석이 그렇게 물렁해서 어쩌자는 거냐! 무릇 아리준 가문이 그동안 지켜 온 로인을 대하면서, 너는 싸움을 하고자 하는 의지는커녕 사고만 치고도 남을 녀석이야!"

카이가 벨하임을 흔들어 대면서 밖으로 나가 버리는 것을, 일행들은 잠자코 지켜보았다.

"……허, 저 녀석이 폭발할 때도 있군."

모드는 별 광경 다 본다는 듯 혀를 차며 중얼거렸다.

농담 반, 진담 반으로 이야기들을 나누었지만 각자의 품속에는 칼을 품고 있는 로인의 사람들이었다.

적이 출발했다는 것은 이미 알고 있다. 마법사를 동원하고, 문령술사를 동원한다면 그들은 한 달 내로 로인까지 당도하리라……라고 모두들 생각하고 일주일쯤 흘렀을 때였다.

사막, 아니 이제는 초원이 된 네크시아라의 지평선 근처에 바람이 거칠게 불었다.

하나, 둘 ……. 말에 올라탄 기사들이 처음이었다.

그 다음으로 천천히 흙먼지를 뚫고 보병들이 나타났다.

나무 한 그루 없이, 풀만 높게 치솟았던 초원에는 이내 보병들의 창이 그보다 더 높게 하늘을 찔렀다.

카이는 관문 위에 설치한 진영에서 그것을 보면서 손가락으로 가리켰다.

"봐라! 드디어 어리석은 자들이 도착했다! 미친 황제의 군대가 드디어 죽음을 맞이하기 위해, 자연으로 돌아가기 위해 우리의 땅을 짓밟았으니…… 신이여, 진정 저들의 어리석음을 피로 깨닫게 하소서……. 저들의 눈물에 혹하지 않고 저들이 지금 우리에게 달려드는 어리석은 기세만을 기억하여, 우리의 칼에 용서가 없도록 하소서!!"

카이가 힘차게 외치는 그 소리에 따라 관문의 한쪽이 천천히 열렸다.

엘프들이 앞으로 나섰다.

그들은 하늘 높이 활을 치켜들었다.

적들은 사막 저 건너편에 있어서, 이쪽에서 문이 열리고 누가 나왔는지, 심지어 자신들을 카이 쪽이 눈치 챘으리라곤 생각도 못한 상태였다.

그 먼 거리에서 엘프들이 화살을 힘차게 허공으로 쏘아 올렸다.

쉬잇— 슉—!

바람의 정령을 타고, 더욱더 힘차게 날아가는 화살이 전쟁의 시작을 알렸다.

체스터 백작은 가장 앞서 나와 적이 나타나지 않는지를 살피고 있었다. 잔뜩 경계한 그의 귓가에, 곧 엄청난 속도로 다가오는 뭔가

의 소리가 잡혔다.

"공격이다, 선봉은 경계를!"

체스터 백작의 묵직하고 침착한 목소리가 군사들을 일깨웠다.

그러나 그들은 아직까지 전쟁이라는 것을 실감하지 못했다.

그도 그럴 것이, 한 시간 정도 전에 그들은 겨우 란펜 앞에서 늘어선 채로 로인으로 간다느니, 마법진이니 하는 이야기를 듣고 있었던 것이다.

'여기로 가라' 라는 말을 듣고 무작정 마법진 안으로 걸어 들어왔는데 당장 로인이라니, 그런데 당장 전쟁이 시작된다는 것을 누가 믿을 수 있겠는가!

체스터 백작 역시 그들이 자리를 잡길 기다리지만은 않았다.

그는 검을 빼 들고 매섭게 하늘을 향해 휘둘렀다.

"크학―!"

"으악, 공격이다!"

웅성거리던 병사들 중 일부가 비명을 내지르며 쓰러졌다.

체스터 백작은 자신의 근처에 조각 난 화살을 보면서 다시 외쳤다.

"엘프의 화살이다! 모두들 서둘러 방패를 들어!"

병사들은 우왕좌왕, 그러면서도 방패를 들었다.

두 번째 화살이 바로 그 순간을 놓치지 않고 덤벼들었다. 매서울 정도로 빠르고, 지독할 정도로 힘이 넘쳐흘렀다.

강맹한 화살이 방패를 박살 내면서, 이어 화살 끝에서 불꽃이 화

르르 타오르기 시작했다.

"……?"

체스터 백작이 잠시 당황한 사이!

화살 끝의 불꽃이 초원으로 옮겨 주었다. 그리고 바람의 정령과 불의 정령이 어우러져 병사들의 주변으로 넓게 퍼지기 시작했다.

"으, 으아아아! 살려 줘!"

"뜨거워!"

마법진에서 막 나온 병사들은 영문도 모른 채, 불꽃이 옮겨 붙는 바람에 마구 소리를 지르면서 뛰어다녔다. 그럴수록 그들의 몸에서 불길이 사방으로 더 퍼져 나갔다.

체스터 백작은 평원 저 건너편, 로인을 바라보았다.

'……!'

엘프들의 공격은 이어지지 않았다. 그들은 로인의 관문 안으로 들어가고 있었다.

소드마스터라 남들보다 배는 더 시력이 좋은 그가 간신히 볼 수 있을 정도였다.

"……이 먼…… 거리를……!"

체스터 백작이 잠시 멍하니 그곳을 바라보는 사이.

마법진 안에서 마법사들이 우르르 몰려 나왔다. 그들은 제각기 수게 마법으로 불을 끄고, 다친 병사들을 향해 뛰어갔다.

마법진 바로 앞에서 벌어진 이 일대 공격으로 그들은 첫날부터 휴식과 진지 건설 등은 엄두도 내지 못했다.

초원에 번지는 불은 다 껐나 싶으면 계속 살아나서 그들을 괴롭혔고, 그 결과 로인 앞쪽 상당한 구역은 다시 사막이 된 듯, 매캐한 냄새를 뿜어 대는 지역으로 변했다.

진영을 건설하기 위한 나무 한 그루 없었고, 물의 정령들도 하이엘프의 부탁에 따라 잠시 로인 내부로만 힘을 흐르게 했기 때문에, 네크시아라는 다시 황량한 곳으로 되돌아온 듯싶었다.

그러나 병사들을 가장 크게 괴롭히는 것은 황제, 헤첸 4세였다.

"목이 마르다!"

"어서 짐의 잠자리를 마련하도록!"

"먼지가 날려 오지 않느냐—!"

"탄내가 난다. 향을 뿌려라!"

황궁에서 그런 요구를 한다면 그러려니 한다.

그러나 여기는 전장 한복판.

이제 막 습격을 받고, 자신들의 몸은 막상 쉬일 곳도 찾지 못한 군사들의 한가운데에서 그깟 소리나 해 댄다.

황제를 향한 몇몇의 눈길이 험악해졌다.

그런 가운데 밀테이너는 대조적이었다. 그는 직접 진지 이곳저곳을 돌아다니면서, 병사들의 잔손을 도우면서 작업 지시를 내리고 있었다. 공격이 또 이어지지는 않는지 감시하는 눈길로 사방을 둘러보며 다녔다.

그런 공작의 뒤로는 소드마스터가 착 달라붙어 엄호를 하고 있었다. 아까 공격을 알린 것도 그가 아니었던가!

밀테이너와 소드마스터의 모습은 사람들의 뇌리에 깊은 인상을 남겼다.

그날 밤 늦게야, 그들은 그럭저럭 준비를 마쳤다.

밀테이너는 자신의 몫으로 마련된 천막을 보고는 얼굴을 찌푸렸다.

"……하필이면 여기냐."

바로 황제의 옆자리.

"황제가 명령을 내리셨습니다. 멀리 두지 말라고."

"공격이 있을 때 고위 장교들과 귀족들을 몽땅 한 번에 죽이자는 거냐. 아주 멋진 생각이로군."

밀테이너는 하루 종일 이어진, 격전 못지않은 군사 배치로 완전히 지친 상태였다. 그는 이 상태에서 자야 하나, 한참을 고민했다.

"……이 정도는 안전할 겁니다. 문제는 이 거리인데……."

사벤이 뒤에서 주변을 둘러보며 중얼거렸다.

"너무 멀잖습니까!"

"……황제가 여기서 잔다는데 어떻게 할 건가."

어디까지나 대장은 황제였다.

아무리 경험 없고, 전쟁을 구경삼아 놀러 왔고, 과정이야 어쨌든 결과는 그동안 자신이 벌인 전투에서처럼 승리할 것을 믿어 의심치 않는 한심한 대장이 황제였다.

그리고 가장 최악의 대장을 가진 전투였다.

밀테이너는 머리를 흔들었다. 사벤은 그를 진심으로 위로했다.

"걱정 마시길. 공작의 천막 주변으로는 여러 경계를 세워 두었으니까요. 드래곤이라 해도 몰래 잠입할 수는 없을 겁니다."

"……고맙군."

"그나저나, 저 관문은…… 소문 이상이로군요."

사벤은 로인을 바라보며 중얼거렸다.

"높이도 생각보다 훨씬 높고, 석조를 깎아서 그대로 매단 문이라니……!"

"불화살로도 통하지 않겠어. 로인 내부로 진입하는 계획은 불가능할 것 같군. 다크 엘프들과는 연락이 닿았나?"

"동쪽 사막에서 곧 도착할 겁니다."

사벤은 히죽 웃었다.

동쪽, 저주받은 마물의 숲.

연어가 태어난 강으로 거슬러 올라가듯이, 다크 엘프는 동쪽 마물의 숲으로 찾아가는 것이었다.

그곳에서 그들은 전사를 낳을 것이며, 새로운 전사들과 다크 엘프의 힘을 찾아 돌아오리라.

태양이 떠오르면, 또 다른 아침이 시작된다.

로인은 그 태양처럼 불변하며 영원할 듯 보였다. 높은 관문은 사람의 손으로는 열리지 않을 듯싶었다.

물론 관문 전체가 열리는 일은 좀처럼 없을 터.

관문 아래쪽으로는, 사람과 마차 한두 대가 드나들 정도의 작은

문이 있어서 따로 열 수 있었다.

아침이 밝자마자, 그 문이 열렸다.

다섯 사람이 말을 타고 나왔다. 중심의 카이, 좌우의 테엘과 이르엘, 그 뒤에 따라선 리슨과 벨하임.

황제의 진영에서는 그들이 나타난 것을 한동안 눈치 채지 못했다.

거리를 반쯤 줄인 후에야, 카이는 말을 멈춰 세웠다.

"아직 잠이 든 모양이로군."

테엘은 씩 웃었다.

"게으름뱅이는 깨워야지."

카이는 가슴 깊숙한 곳까지 있는 힘껏 숨을 들이마셨다가 일시에 내뱉으며 외쳤다.

"노진 라렉 헤첸 라 펜!"

뱃속 깊숙한 곳에 숨어 있던 증오가 일시에 폭발하며, 그 소리가 초원 건너 사방으로 퍼져 나갔다.

"……뭐야?"

"……누굴 찾는 거지?"

"누구냐—!"

체스터 백작이 완전무장을 갖춘 채 천막 밖으로 뛰쳐나왔다. 그는 무기를 든 채로, 초원 건너편을 바라보았다.

"노진 라렉 헤첸 라 펜!"

카이가 다시 외쳤다.

황제는 아직도 나오지 않았다.

밀테이너가 얼굴을 수건으로 문지르면서 천막 밖으로 뛰어나왔다.

"로인 공작인가."

체스터는 고개를 끄덕였다.

"아침 일찍부터 들이닥쳤군."

"이상합니다. 만약 지금 이대로 덤벼들었다면…… 몇백 명 정도는 쉽게 죽일 수 있었을 텐데."

그러면서 체스터는 긴장한 채로 주변을 둘러보았다. 전날 엘프들의 공격처럼 다른 공격이 있지는 않을까, 대비하는 것이었다. 그는 온몸에 마나를 끌어올렸다.

'와라……!'

카이는 세 번째로 외쳤다.

"노진 라렉 헤첸 라 펜!"

"……대놓고 부르는군. 이쪽에서 말로 자극할 필요는 전혀 없다는 건가."

밀테이너가 질린 목소리로 외쳤을 때, 드디어 황제의 장막이 걷혔다.

헤첸 4세의 모습은 엉망이었다. 머리는 부스스했고, 세수는 아직 못한 데다가 잠에서 막 깨어나 옷은 구겨진 곳투성이였다.

그러나 그의 눈만은 활활 타오르고 있었다.

당장 주변을 사막으로 만들어 버릴 듯, 광기와 증오가 멋있게 뒤

섞여 있었다.

"로인—!"

"노진 라렉 헤첸 라 펜, 드디어 나오셨군! 어떤 이유로 감히 나의 영지에 침입한 것인가!"

카이는 이제 가릴 것이 없었다.

황제는 두 팔을 벌린 채 성큼성큼 앞으로 달려 나왔다.

체스터가 저도 모르게 손을 내밀어 그를 붙들었다. 그는 그 자세 그대로 카이를 향해 달려갈 기세였던 것이다.

"죽이겠어! 죽여 버리겠다고! 너희와 관련된 모든 녀석을 죽여 버리겠다고! 알아듣겠냐?"

"노진 라렉 헤첸 라 펜! 그대는 초대 황제의 약속에 따라 이 땅에서는 황제의 지위를 지니지 못한다!"

"개뿔이나 씹어! 죽어 버리라고!"

카이는 냉정하게 외쳤다.

"그 언약에 따라 정중히 경고한다! 그 앞으로 나서는 모든 군사들의 목을 자를 것이다."

"너나 죽을 것이다! 체스터! 저자의 목을 베어 와라!"

"……!"

밀테이너는 황제의 느닷없는 명령에 경악했다.

'내 부하를 죽이려는 거냐!'

하지만 체스터는 벌써 말 위에 뛰어올라, 달려 나가고 있었다.

카이는 달려오는 상대를 힐끗 바라보았다. 그의 손이 검 손잡이

를 향해 움직였을 때, 벨하임이 나섰다.

"주공."

"할 수 있겠느냐."

"저 영감도 전력을 다하면 무섭다고요. 해 봐야 알죠."

카이가 뭐라고 하기 전에, 벨하임이 앞으로 달려 나갔다.

둘은 동시에 검을 뽑았다.

그들 사이의 초원에 자라난 풀이 천천히 흔들리기 시작했다. 바람이 불어왔다. 바로 둘의 몸에서 밀려 나오는 기세 때문이었다.

서로를 향해 인사를 할 것도 없었다.

쾅—!

거친 소리가 초원에 울려 퍼졌다. 인간이 서로 검을 맞닿게 한 소리라고는 믿을 수 없을 정도로 맑고, 깨끗한 소리였다.

검과 검이 맞닿은 순간, 둘은 각자의 팔에 전해진 진동을 느끼면서 서로의 눈을 바라보았다.

"많이 컸구나."

"성장기잖아요."

벨하임이 히죽 웃으면서 대답했다.

다음 순간 둘은 그대로 검을 누이면서 서로의 목을 향해 검을 미끄러뜨렸다.

얼마나 많이 검을 나누었던가!

둘의 눈에 많은 감정이 스쳤다. 서로의 목을 노리고 달려들면서, 점차 둘의 얼굴에서는 여유가 사라졌다.

수많은 대련을 통해 실전을 쌓아 올린 노장의 경험인가!

아니면 힘과 패기의 젊음이 승리할 것인가!

서로의 목을 노리고 달려들면서도 검에는 살기 대신 안타까움이 어렸다. 그러면서도 둘은 기뻐하고 있었다.

둘의 검이 마치 주인을 대신하는 듯 춤추기 시작했다. 허공으로 휘어져 올라가는 검 끝마다, 땅을 펴 올리듯 날카롭게 박히는 검 끝마다, 춤사위처럼 흥겨움이 담겼다.

서로의 목을 자르기 위해 싸우는 것이 아니었다.

지금 그들이 싸우는 이유는…… 어디에도 없었다.

단지 상대만이 유일한 호적수이기 때문에, 혹은 상대만이 자신의 뒤를 이을 유일한 사람이며 그와 같은 경지는 이 세상에 있어선 안 되기 때문……이랄까.

그들은 무인이다.

무인이라면, 검을 들기는커녕 단도조차 휘두르지 못할 정도로 늙을 때까지 살아 있을 이유가 없다.

검은 언제나 푸르지만 그들의 눈빛에 서린 당당함은 언젠가는 나이와 함께 쓰러질 터.

"이제 얼마 남지 않았는데 화려하게 가시죠!"

벨하임이 그렇게 말하며 매섭게 검을 휘둘렀다.

머리 위를 아슬아슬하게 스쳐 지나는 그 검을 피하면서, 옆구리의 빈틈을 노리고 체스터의 검이 파고들었다.

"웃샤—!"

벨하임은 아슬아슬하게 몸을 피했다. 체스터는 냉정하게 검을 한 바퀴 흔들고는, 잠시 둘 사이의 거리를 벌렸다.

새삼 벨하임의 젊음과 재능, 반사신경이 눈부셔 보일 정도였다.

"아직도 그렇게 무모하게 싸우는구나."

"그래도 옛날이라면, 벌써 사부 손에 죽었을걸요? 안 그렇습니까?"

"……그래."

체스터의 입가에 희미한 미소가 떠올랐다.

"칭찬해 주지!"

이어 체스터가 머리 위로 검을 휘두르며 그를 향해 달려들었다. 그러나 벨하임은 너무나 간단하게 그의 검을 막았다.

두 검이 다시 진동하는 순간, 각자의 주인들 역시 기세 싸움을 벌이고 있었다.

그렇게 먼 거리에 서 있는데도, 밀테이너는 카이의 기세를 느낄 수가 있었다.

그뿐만이 아니었다. 초원을 건너 카이의 기세만이 전해지는 통에, 황제는 몸을 부들부들 떨고 있었다.

'볼썽사나워! 차라리 들어가란 말이야!'

밀테이너는 황제가 끽 소리도 못 낸 채, 성질만 팍팍 피우면서 서성거리는 것을 못마땅하게 바라보았다.

카이의 기운이 느껴질수록, 황제는 두려움에 몸을 떨면서 움츠렸다. 이윽고 그는 자리에 털썩 주저앉았다.

그들 사이의 평원에서 두 소드마스터는, 카이의 기세에도 아랑곳않고 싸우고 있었다.

체스터 백작은 침착하고 냉정하게 제자를 맞이해 싸웠다.

그렇지만 싸움이 길어질수록, 체스터 백작의 검강이 점점 흔들린다는 것은 누구나 눈치 챌 수 있었다. 벨하임의 숨결은 여전히 진정되어 있는데도, 체스터의 숨결은 점점 거칠어지기 시작했다.

검이 서로 맞닿는 소리도, 처음의 기운찬 소리와는 달랐다.

밀테이너는 이를 부득 갈았다.

"……북을 쳐라! 돌아오게 해!"

"지금 돌아오게 할 수는 없습니다."

이프로스 백작이 뒤에서 냉정하게 말했다.

하지만 밀테이너는 소드마스터인 체스터만은 어떻게 해서든 보호해야, 자신의 군권 장악력이 흔들리지 않는다는 것을 잘 알고 있었다.

"……어떻게 해서든 돌아오게 해!"

이프로스는 갑자기 고개를 한쪽으로 기울이고는 여러 번 고개를 끄덕였다.

"잠시 스승님이 보자 하십니다. 이쪽으로."

황제를 내버려 둔 채, 밀테이너는 뒤쪽 천막으로 향했다.

사벤은 그 천막 가운데 앉아서 그에게 앉으라는 듯 의자를 가리켰다.

밀테이너는 고개를 흔들었다. 그가 이 안에 있는 사이, 체스터의

승패가 결정 나지는 않을지 초조했던 것이다.

"왜 부르셨소? 지금은……."

"당장 우리의 목적을 일깨워 줄 필요가 있을 것 같아서……."

사벤이 부드러운 목소리로 말했다.

"지금 우리가 해야 할 일은, 로인으로 하여금 황제를 죽이도록 하는 일인데……. 지금 이 상태로는 결정이 나기는커녕, 우리 목숨까지 위험해질 것 같더군요."

"아침 댓바람부터 나설 줄은, 게다가 저들이 모든 걸 다 알고 있을 줄은 몰랐으니까요!"

말이 끝날 때쯤 밖에서 군사들이 내지른 환호성에, 밀테이너는 고개를 돌렸다.

'이긴 건가? 아니면……?'

사벤은 고개를 흔들었다.

"외성에서 동원한 군사들을 쓰십시오."

"……?"

"지금 당장, 기사단을 풀란 말입니다."

밀테이너는 비로소 그의 말뜻을 알아챘다.

"그렇다면 지금……?"

"체스터를 구하고 싶다면, 더더욱 손해되는 일은 아니잖소이까?"

사벤의 말에 밀테이너는 고개를 천천히 끄덕였다.

'나중에 체스터에게 단단히 원망 한 소리 듣겠군.'

하지만 소드마스터를 잃을 수는 없다. 성 다섯 개와도 바꿀 수 있

는 인재가 소드마스터 아닌가!

밀테이너는 천막 밖으로 나왔다. 상황은 여전히 여의치 않았다.

그는 제대로 볼 수 없었지만, 체스터는 왼팔에 큰 부상을 입은 상태였다. 조금씩, 벨하임의 검이 먹히기 시작한 것이다. 이제 싸움은 얼마 남지 않은 듯싶었다.

체스터의 입가에는 그럴수록 미소가 짙어졌다.

"거, 웃지 좀 마쇼!"

그러나 체스터는 잔잔한 미소를 지은 채, 시종일관 예리하게 검을 움직였다. 단 일격에 치명상을 입히려는 그의 움직임에는 군더더기 하나 없었다.

너무나 말끔해서, 오히려 기사의 검 같지 않은 검.

지치고 기력이 떨어지자 오히려 정순해진 검. 수많은 대련을 통해 자신을 쌓아 올린 검이고, 사내다운 검이었다.

"웃지 말라고요, 사부!"

벨하임은 성질을 이기지 못한 채 되는 대로 검을 크게 확 휘둘렀다.

체스터는 그 검의 바로 1밀리미터 밖으로 물러났다가, 그의 검 끝이 바로 자신의 앞을 스쳐 지나간 순간 벨하임을 향해 달려들었다.

'에게엑.'

벨하임은 성질을 억누르지 못한 찰나, 자신의 전면이 체스터에게 노출된 것을 깨달았다.

지켜보던 모든 사람들이 일제히 숨을 죽였다. 그들의 눈에는 벨

하임의 품 안으로 체스터가 뛰어든 것처럼 보였다.

그리고 틀림없이 체스터의 검이 벨하임의 목을 꿰뚫으리라 기대한 순간……!

쿠쾅!

그 광경을 정확하게 바라본 사람은, 얼마 되지 않았다.

그러나 확실한 것은, 다음 순간 체스터가 나가 떨어져 있었다는 것이다. 벨하임이 숨을 헐떡이며 외쳤다.

"그러니까 그만 웃으랬잖아요! 어디 웃는 낯짝을 또 들이대요, 들이대긴!"

"……너야말로 뭐 하는 거냐!"

체스터가 낮게 물었다.

"이미 네 실력은 나를 뛰어넘었어. 네 성격도 억누르고 있는 게 보인단 말이다! 설마 네놈이 나를 동정하는 거냐!"

"동정이고 자시고! 내 약점은 다 훤히 알고 있으면서 예전처럼 두드려 패지 못하는 이유는 뭡니까?"

"……알면서 묻는 거냐, 몰라서 묻는 거냐? 어쨌든 너는 바보다. 그런 걸 묻다니."

"내가 바본 거 하루 이틀이유?"

벨하임은 거칠게 외치면서 체스터에게 한발 다가섰다.

그리고 한 손을 내밀었다.

"……그만 일어나요, 엄살떨지 말고."

벨하임은 주저주저 말을 이었다.

"……그리고 나랑 같이, 우리 주공께 갑시다. 우리 주공께서도 사부를 반가워하실 겁니다."

"……!"

체스터의 안색이 시시각각 변했다. 그의 입가에 담겼던 미소가 사라졌다. 입술이 굳게 한일자로 변했다. 화가 났다는 표시였다.

"……죽여라, 벨하임."

그는 나지막하게 말했다.

"너를 처음 받아들일 때부터…… 네 손이라면 죽을 만도 하겠다고 다짐했다!"

"……억지 쓰지 말란 말이오! 어느 쪽이 지금 미쳐 돌아가는지는 훤히 아는데, 왜 우리가 그들의 광대놀음에 끼어야 하는 건데!"

벨하임은 그렇게 말하고는 등을 확 돌렸다.

"생각해 봐요, 어쨌든!"

"……벨하임!"

체스터가 분노해서 버럭 소리를 질렀다. 그러나 그의 목소리는, 200기의 말발굽 사이에 묻혀 버렸다.

"……?"

벨하임은 뒤를 돌아보고는, 눈을 크게 떴다.

카이의 안색도 굳어졌다.

"기사들인가, 이번에는."

그리고 이내 쓴웃음을 지었다.

"게다가 블루와 레드의 기사단이라……?"

200기의 기사단, 그들의 가슴에는 멀리서도 알아볼 수 있는 청색의 새와 붉은색의 새가 그려져 있었다.

사막 한가운데 넓게 한 줄로 늘어선 채 달려드는 그들은, 그래서 마치 한쪽 날개는 푸른색이고 다른 한쪽은 붉은색인 거대한 새처럼 보이기조차 했다.

체스터는 뒤를 돌아보고는 입술을 깨물었다.

"……공작……! 지금 대체……!"

이 자리는 그와 제자와의 신성한 대결이었다.

제자 녀석은 스스로의 실력으로 스승의 목을 베길 거부하고, 주인이라는 사람은 군대를 보내 자신을 모욕했다.

"대체……! 무슨 짓을 하는 겁니까!"

체스터는 자리에서 일어났다. 피가 부족한 탓인지 머리가 어지러웠다. 그러나 그는 마지막 남은 힘으로 검을 움켜잡고는 200기의 기사단을 향해 돌아섰다.

"이…… 망할 것들아!"

벨하임은 뒤를 돌아보고는 체스터가 기사단 앞에 죽으려는 모양으로 달려드는 것을 발견했다.

"……사부!"

벨하임이 손을 내밀었을 때.

기사단은 그대로 좌우 행렬로 나뉘어, 체스터를 비켜 지나갔다.

체스터가 힘없이 검을 떨어뜨리는 것이 보였다.

"네, 이놈들……!"

벨하임은 체스터가 죽은 걸로 생각했다.

그렇지 않고는 그가, 자신의 분신이라고 중얼거리는 검을 저렇게 아무렇게나 팽개칠 리가 없다고 생각했던 것이다.

그러나 사실은 그와 전혀 달랐다.

기사단은 체스터의 옆을 스치는 순간 외쳤다.

"저희는 로인 공작님 휘하의 기사단입니다! 체스터 백작님! 대결을 방해해 죄송합니다!"

200기의 버드 기사단은 그대로 체스터를 지나쳐, 이어 벨하임 앞쪽으로 달려왔다.

벨하임이 흥분해 검을 뽑으려던 때.

카이가 외쳤다.

"벨하임, 그만!"

"……주공! 이놈의 개새끼들은 죽여야 합니다!"

"블루, 레드! 주인의 말에 따라 말을 멈춰라!"

카이의 목소리가 초원 건너편까지 생생하게 퍼졌다.

이제 카이를 잡겠거니 희희낙락했던 황제는 눈앞의 사태를 보면서 이마를 찌푸리고 있었다.

"이게 무슨…… 이야긴가!"

황제가 부들부들 떨고 있는 사이.

기사단은 말을 멈춰 세웠다. 길게 늘어섰던 진열이 한곳으로 천천히 모이고 있었다.

카이의 앞으로.

그리고 그들이 카이의 앞에 무릎을 꿇었다.

체스터는 말을 붙들고 천천히 초원을 가로질러 그들에게 돌아오고 있었다.

밀테이너는 일단 그것으로 안도했다.

"……체스터 경."

"왜 저들을 보낸 겁니까. 무슨 이유였습니까."

체스터가 낮은 목소리로 으르렁거리듯이 물었다.

밀테이너는 고개를 흔들었다.

"나에게는 자네가 더 중요하니까."

체스터는 입술을 꾹 다물고는 몸을 떨었다.

그들의 관계는 카이와 벨하임의 관계와는 달랐다. 집착과 소유욕에 지나지 않았다.

"돌아와서 다행이네. 들어가 쉬게나……."

체스터는 입술을 꾹 다문 채, 황제의 옆을 지나 자신의 천막으로 향했다.

갑자기 황제가 훌쩍 일어나 체스터의 머리카락을 휘어잡았다.

"……폐, 폐하!"

"당장 로인의 목을 가져오란 말이다—!"

이어 황제는 이글거리는 눈으로 밀테이너를 노려보았다.

"저것들은 뭐냐! 어떻게 된 거냔 말이다—!"

"……폐하! 체스터 경을 놓아주십시오!"

"왜 저것들을 보낸 거냐! 너, 너 역시 로인에게 항복한 거냐!"

황제가 찢어지는 목소리로 던진 그 질문에, 순간 밀테이너는 억제하고 있던 자신의 분노를 드러냈다.

"……!"

황제는 순간 한발, 뒤로 물러났다.

밀테이너의 얼굴이 딱딱하게 굳었다. 그러나 그는 숨겨 두었던 황제에의 경멸과 증오를 여지없이 드러냈다.

"누가, 누구에게……?"

밀테이너가 황제를 향해 한발 다가서며 다시 물었다.

"네 정신상태로 지금 누구를 판단한 것이냐……!"

황제는 그의 기세에 억눌려 주춤거리며 뒤로 다시 한발 물러났다.

"미, 밀테이너 경……!"

"닥쳐!"

밀테이너가 소리쳤다.

이어 그의 손이 검 손잡이를 움켜잡았다. 더 이상 이 역겨운 황제를 참을 수가 없었던 것이다.

그 역시 분노라는 이름의 광기에 휘말려 들었다.

'내가, 로인에게, 항복을?!'

그 말을 한 당사자를 베지 않고는 못 배길 정도로.

그때였다. 이프로스가 나서서 밀테이너의 그 손을 붙들었다.

"뭣 하는 겁니까."

이프로스의 목소리에는 분노가 서려 있었다.

"지금 이 자리에서 역천을 할 생각입니까?"

이프로스의 말에, 밀테이너는 비로소 정신을 차렸다.

그러나 여전히 분노를 가라앉히지 못한 채 황제를 노려보았다.

"……군사들을 돌볼 테니, 그동안 황제를 치워 놓도록."

이미 깨진 충신의 가면을 다시 쓸 수는 없다. 밀테이너는 증오와 경멸을 감추지 않았다.

황제는 멍하니 밀테이너를 바라보았다.

호랑이를 피해 자신의 수호견으로 삼았던 사냥개가, 사실은 알고 보니 늑대였던 것이다.

그것도 호랑이보다 더 음흉하고 난폭한…….

황제가 멍해 있는 사이, 이프로스가 그의 등을 가볍게 떠밀었다.

"천막으로 가시지요, 폐하."

"이, 이프로스 백작!"

"들어가서 한숨 주무시면 모든 것이 원래대로 돌아와 있을 겁니다."

이프로스의 얼렁뚱땅 넘어가는 위로에 황제는 힘없이 고개를 끄덕였다.

그 둘이 안으로 들어가는 사이, 밀테이너는 카이가 서 있던 곳을 바라보았다.

200기의 기사단을 거느린 채, 카이는 당당하게 로인으로 들어서고 있었다. 그들의 모습이 사라지는 것을 바라보며, 밀테이너는 고개를 천천히 흔들었다.

'200 대 1이라……. 약간은 손해일까.'

그런 계산도 잠시. 밀테이너는 군사들을 향해 돌아섰다. 아침부터 그들의 사기는 바닥으로 떨어졌다.

그들의 마음을 움직여야 했다.

최소한 다크 엘프가 도착할 때까지만이라도.

SWORD OF DRAGON LOAD

제8장

미친 광대의 병사놀이(2)

인간 역사에서 전쟁을 빼놓을 수는 없다. 전쟁은 인간에게 그림자처럼 드리워진 숙명이었다.

여기, 또 인간의 역사에 기록될 하나의 전쟁이 시작되었다.

그 누구에게도 가능해 보이는 일이 아니었다.

하지만 때때로, 인간을 서로 죽이도록 내모는 것은 절망과 두려움이었다.

로인의 관문은 난공불락이었다.

공격하기도 어렵고, 그걸 차지하는 건 아예 불가능해 보였다.

사다리를 걸칠 수도 없을 정도로 높은 절벽에 에워싸인 땅. 그 한가운데 유일한 입구는, 거기에 드워프의 손길로 만들어져 떡하니 박혀 있는 석조 대문이었다.

열라고 외쳐도 열릴까 말까 한 관문이었다.

병사들에게는 그것을 공격할 의무가 있었다. 그것은 한없이 불가능에 가까운 임무였지만, 그들은 해야만 했다.

전투 이틀째 아침이었다.

병사들이 진열을 갖춘 채 늘어섰지만, 로인에서는 아무도 나와 내다보지도 않았다.

문을 떡하니 닫은 게, 아무래도 무시당하는 기분에 밀테이너는 불쾌했다.

"우음……."

황제가 비척거리면서 천막에서 걸어 나왔다. 하루 만에 몸무게가 10킬로그램은 빠진 듯 퀭한 얼굴이었다. 그는 반신반의, 의심쩍은 눈으로 밀테이너를 바라보았다.

"나오셨습니까, 폐하."

"아, 그렇네……만……."

황제는 미심쩍은 눈으로 그를 바라보았다.

"무슨…… 안 좋은 꿈이라도 꾸셨습니까?"

밀테이너는 정중하게 물었다.

그의 행동을 놓고 보자면, 예전과 다를 것이 없었다.

황제는 고개를 갸웃거렸다.

"……아니, 나쁜 꿈……인지도 모르겠군. 잘 모르겠네."

"전투를 미룰까요? 폐하의 안위가 가장 중요하지 않습니까."

"아, 음! 아닐세! 이번 기회에 저길 없애야지."

황제는 주저주저, 밀테이너의 안색을 살피면서 말했다.

밀테이너는 고개를 끄덕이고는 뒤쪽을 가리켰다.

"폐하께서 만들라 하신 물건이 도착했습니다."

헤첸 4세는 뒤를 돌아보고는 눈을 크게 떴다.

"오오……! 도착했군!"

거대한 나무 공병기였다. 본래대로라면 외부 화살 공격을 막으면서, 타고 앞으로 달려 나가 그 안에서 계단을 타고 성벽 너머로 올라갈 수 있게 하는 물건이었다.

그러나 헤첸 4세는 이 좋은 무기를 아주 형편없이 다른 용도로 사용했다.

그 가장 위에 자신을 위한 관람석을 만든 것이었다.

황제를 위한 전투 관람석!

공병기기 한 대라도 전투에 동원해야 할 이때, 자신을 위한 관람석을 만든다? 전투에 참여하지 않는 것도 사기를 떨어뜨리기 좋은데, 거기에 구경이나 하겠다는 황제의 태도는 군사들의 사기를 바닥까지 떨어뜨렸다.

게다가 관문은 아무리 봐도 인간의 손 아래 무너질 것처럼 보이지는 않았다.

밀테이너는 이프로스를 바라보았다.

이프로스는 거의 보이지 않게 고개를 살짝 끄덕였다.

'……잘되었으면 좋겠군.'

밀테이너는 현재 상황이 몹시 마음에 들지 않았다.

그렇지만 어떻게 하겠는가? 전투는 시작될 수밖에 없었다. 문령술사 사벤 알 미네드의 의지에 따라.

밀테이너는 말 위에 올랐다.

황제는 그를 향해 애매하게 한 손을 뻗어 보였다.

"무운을 기원하네!"

"전투의 승리를 폐하께—!"

'그리고 이왕이면 당신의 죽음 역시, 이제는 찾아갔음 좋겠군.'

밀테이너는 말머리를 돌렸다.

동시에 황제는 옷자락을 걸머쥔 채, 관람석을 향해 서둘러 올라갔다. 한 장면이라도 놓치기 싫었던 것이다.

밀테이너는 군대의 앞에 이르러, 그들이 두려워하는 것을 읽어 냈다.

'하긴, 나라고 해도 그렇겠다.'

안에는 드래곤과 호통 공작인 로인이 있지 않은가. 게다가 새로운 소드마스터 벨하임은 체스터를 이겼다.

두려워하지 않을 리가 없다.

아니, 상대가 어떻더라도 두려워야 정상인 것이 전쟁 아닌가?

밀테이너는 옆의 마법사에게 고개를 끄덕였다. 목소리가 구석구석까지 퍼지도록 확성 마법이 시전되었다.

"제군들!"

그는 격의 없이 군대를 불렀다.

역천의 그 날을 대비해 키워 온 군대를, 로인을 상대로 쓰게 될 줄은 그도 생각지 못했다.

저 황제의 변덕 때문이다—. 그래서 그는 황제가 그 어느 때보다 경멸스러웠다.

할 수 있다면 지금이라도 그냥 반란을 일으켜 황제를 죽이고 싶었다. 하지만 사벤은 누누이 강조했다. 그렇게 해서는 아무것도 되지 않는다고…….

'정말 아무것도 안 될까?'

관람석 위에 올라앉은 황제를 힐끗 본 후, 밀테이너는 군사들에게 말했다.

"그대들이 이 전투를 얼마나 무력한 행동으로 보는지, 나 역시 이해하고 있다!"

술렁. 병사들은 공작의 말에 서로를 바라보았다. 겁에 질려 있던 분위기가 일순간 가볍게 흔들렸다.

"상대는 드래곤의 동맹인 카이젤 로인! 그대들에게 그 이름도 익숙한 호통 공작이자 참수 공작이 아닌가! 지금이라도 검을 버리고, 창을 버리고, 동료를 버리고 도망치고 싶을 것이다! 내 말이 틀렸는가."

아무도 답하는 사람이 없었다. 그러나 이럴 때, 침묵은 곧 긍정.

밀테이너는 그들 전체와 눈을 마주치려 노력하며 말을 이었다.

"그러나 저 사람의 원래 이름이 무엇이었는지를 기억하라……! 빈곤 공작……! 한때 밥도 못 벌어먹고 살던 자가 지금 어째서 그토록 화려한 용신의 석상을 주문할 수 있었겠는가! 그 이유가 바로 저 로인이다!"

"……!"

욕망의 씨앗이 뿌려졌다.

그것이 가장 뿌리 내리기 좋은 곳은 인간의 마음.

밀테이너는 미소 지었다.

"그대들은 그러나 저 성벽을 넘어, 과연 그 드래곤의 보물을 손에 넣을 수 있을지 걱정할 것이다……! 무엇이 두려운가, 군사들이여! 그대들은 라페드 제국에서 가장 용맹해, 드래곤 슬레이어 부대의 이름을 얻기 위해 나선 용사들이 아니던가!"

"우오……!"

하나 둘, 나직하게 탐욕을 용기로 착각한 채 탄성을 발했다.

밀테이너는 자신의 검을 뽑았다.

"그대들의 두려움에 앞장서, 나, 밀테이너의 이름으로 본 공작이 친히 앞장설 것이다! 병사들이여, 나를 따르라!"

"우와와와와!!!"

밀테이너는 그 함성을 들으면서, 정말 단 한순간도 망설이지 않고 앞으로 달려 나갔다.

"공작님을 따라라!"

"진군, 진군이다—!"

"보물이다!"

밀테이너는 앞장선 채로 힘차게 외쳤다.

"로인의 관문을 여는 자는, 로인의 보물 절반을 차지할 것이다!"

물론 살아남는다면.

그러나 밀테이너의 말뜻이야 어쨌든 병사들의 사기를 북돋는 데는 아주 효과적이었다.

병사들의 눈이 광기로 뒤집혔다.

"우와아와와아와아!"

이만 명이 일시에 관문을 향해 달려드는 그 모습은 보는 사람으로 하여금 기가 질리게 할 정도였다. 손에 들고 있는 검으로 관문을 벨 수 있다고 믿는 광기가 철철 넘쳐흘렀다.

땅이 흔들리면서, 관문 뒤에 있던 로인의 백성들은 두려운 눈으로 그 관문을 바라보았다.

그들의 시선이 이내 한곳으로 움직였다.

관문 옆 절벽 위에 앉아 있는 두 사람이었다.

오른쪽에는 카이가 앉아 있었고, 왼쪽에는 테엘이 앉아 있었다.

"꽤 볼 만하군."

카이의 단순한 관람평에, 테엘은 웃음을 터뜨렸다.

"아하하하…… 그래? 나는 아무리 봐도 개미떼로밖에 보이지 않는데 말야. 저것들을 어떻게 해 버릴까?"

"망설일 것 없지. 내가 나서겠어."

"네가 아니라 우리지."

테엘은 그렇게 말하고는 손가락을 튕겼다.

두 사람은 순식간에 관문 아래쪽으로 내려섰다.

가장 앞에 있던 밀테이너 공작은 그들의 만용에 진심으로 감탄했다. 그는 품 안에서 검이 아닌 종이를 뽑았다.

카이의 예리한 눈이 그것을 발견했다.

"테엘, 밀테이너가 문령을!"

"어림없지!"

테엘의 양손에서 불덩이가 치솟았다. 밀테이너는 그것을 발견했지만, 침착하게 종이를 찢었다.

"시작이다!"

종이는 동시에 두 가지 효과를 냈다.

먼저 밀테이너 주변에 연한 실드가 생겼다. 불덩이가 밀테이너를 향해 작렬했지만, 그것은 기묘하게도 튕겨 났다.

"반사인가."

그러나 그것으로 끝이 아니었다.

테엘이 용언을 쓰기 위해 입을 벌렸을 때 둘은 뒤쪽, 관문의 너머에서 들려오는 이상한 소리를 분간해 냈다.

문령이 발동하자마자, 관문 안에서도 전투가 시작되었다.

사벤은 두 가지 문령을 섞었다.

하나는 마법 공격을 막는 것이었다. 문령을 막는 가장 손쉬운 방법은, 그것이 쓰인 종이를 태우는 것이기 때문이었다.

두 번째는, 버드 기사단에게 적용되는 것이었다.

사벤은 200인의 기사들이 카이에게 투항하리라고 예상했다. 그리고 그 예상은 들어맞았다. 사벤은 오늘을 대비해 기사단의 갑옷마다 특별한 표식을 넣어 두었다.

사벤은 즐거운 듯, 전장을 바라보았다.

황제의 바로 뒤에는 이프로스가 서 있었다.

이만의 군사들이 카이와 테엘을 향해 힘차게 달려 나갔다. 이왕이면 그대로 짓밟아도 좋겠다고 생각했다. 그러나 그렇게 되면 재미가 없다.

무엇보다 그렇게 되면 '조건'을 갖출 수가 없다.

"타글라흐는 왜 이렇게 늦는 건지 모르겠군……."

사벤은 텅 빈 진지 한가운데 홀로 앉아 있었다.

"어쨌든 200마리의 개들아……. 열심히 물어뜯어 주렴. 많은 피를 마실수록 너희는 좀 더 행복해질 게다."

200인의 기사들에게 적용된 주술은 광인의 주술.

신성력인 언령, 즉 드래곤의 용언, 엘프의 정령 노래, 인간의 문령이라 해도 적용할 수 없는 조건이 있다.

바로 인간의 감정을 움직이는 일.

아무리 드래곤 로드가 용언으로 '인간의 여인이여, 나를 사랑하여라' 라고 울부짖었어도, 여인의 마음은 움직이지 않았다.

엘프가 드래곤에게 '우리의 종족을 한없이 사랑하소서' 라고 노래했지만, 드래곤은 그들 종족을 여전히 경멸했다.

인간 문령술사가 사랑을 구하고, 증오를 잊게 하고, 분노를 지우려 얼마나 많은 글을 써 왔던가. 그러나 그러한 감정은 움직일 수가 없었다.

그렇지만 인간은 다른 수법을 생각해 냈다. 그들은 지혜롭지는 않아도, 교활했다.

그들은 사랑 대신 욕정을 선택했고, 증오를 잊게 하는 대신 다른

증오에 눈을 돌리게 만들었다.

그들의 마음을 미치게 만드는 대신, 사벤은 200인의 기사들에게 다음과 같은 문령을 발휘했다.

그들, 새의 문장을 갖고 있지 않은 자들을 죽여라. 갑옷 가슴께 새의 문장마다 사벤은 적이 아님을 표시하는 작은 문령을 써 놓았다.

그 문령이 없으면 적. 고로 죽여라.

행동에는 거의 무조건적인 제약을 갖고 있는 것이 언령이다.

밀테이너가 문령을 찢는 순간.

관문 안쪽에 있던 200인의 기사들은 불길한 예감에 저도 모르게 몸을 움찔거렸다. 그들은 서로를 바라보았다.

"……뭐야……?"

"모, 몰라! 뭔가 기분이 이상한데?"

그들은 서로를 바라보다가 머리를 긁었다.

서로에게는 새의 문장이 있으니 별 해 될 것이 없었다.

그때 그들의 앞에 벨하임이 으스대며 나타났다.

"어이, 이봐. 뭘 그렇게 구시렁거리냐? 채비 단단히 하고 있어, 언제 공격 명령이……?"

벨하임은 말을 뚝 멈췄다.

"……왜?"

벨하임은 다시 되물었다.

200인이 모두 한 사람인 것처럼 벨하임만 뚫어져라 바라보고 있었던 것이다.

"이것들이……. 눈 깔아!"

벨하임은 당황한 김에 외쳤다.

순간 기사들이 일제히 검을 뽑았다. 로인의 관문에, 그들이 검을 일시에 뽑는 소리가 메아리쳐 울렸다.

로인의 백성들이 깜짝 놀랐다.

벨하임은 당황했다.

"이, 이봐……."

리슨이 그의 곁으로 달려왔다.

"……또 무슨 사고를 친 거냐?"

"사고는 누가 사고를 쳤다고 그래! 이것들이 갑자기 성질을……."

리슨은 혀를 차면서 고개를 돌렸다.

"벨하임은 무시하십시오. 뭔 말을 했든 용서를……."

"뭘 무시하라는 거야!"

"잠깐만, 벨하임."

기사들의 얼굴이 조금 이상했다. 식은땀을 흘리는 자도 있었다.

리슨은 벨하임을 막고는 한발 뒤로 물러났다.

기사들이 일제히 그를 따라 앞으로 한 걸음 내딛었다. 그들의 눈빛은 벨하임과 리슨을 따라 계속 왔다 갔다 하며 굴러다녔다.

이윽고 그들은 결심을 한 듯, 벨하임에게 시선을 고정했다.

"으…… 으……!"

몸이 제멋대로 움직이기 시작했다.

그들은 억지로 멈추려 했지만, 인간의 의지로 해결할 수 있는 문제가 아니었다.

"피, 피해요!"

200인의 기사들이 일제히 벨하임 한 사람을 보고는 앞으로 달려나갔다.

그들의 손에 들린 검이 매섭게 빛났다. 200개의 검이 은빛 숲처럼 보였다. 누구도 빠져나갈 수 없이, 피를 흘리게 되는 그런 숲!

벨하임은 재빠르게 뒤로 물러났다.

"뭐 하는 거냐, 정신 차려!"

"바보야! 주술이다!"

"뭣?"

벨하임은 순간 리슨을 쳐다보느라, 걸음을 늦췄다.

그때를 놓치지 않고 가장 앞에 서 있던 기사가 벨하임을 노리고 달려들었다. 땀을 뻘뻘 흘리면서 이러고 싶지 않다는 표정이었는데, 행동은 정반대였다.

"이 애송이가!"

벨하임은 반사적으로 검집을 들어 그 공격을 막아 냈다. 이어 발을 들어 그 녀석을 뒤쪽으로 힘차게 차 냈다. 그자는 다른 몇몇과 엉키면서 함께 뒤로 우르르 넘어졌다.

그렇게 해 봤자 잠깐 시간을 번 것뿐이었다. 벨하임은 리슨을 향해 소리쳤다.

"어떻게 좀 해 봐!"

"뭘 어떻게 하라는 거냐!"

리슨은 이를 갈면서 뒤쪽으로 재빠르게 몸을 뺐다. 그는 기사들이 사람을 발견한 순간 변화가 있다는 것을 읽어 냈다.

"주공이라도 모셔와!"

벨하임의 소리에 리슨은 확 폭발할 것 같았다. 성질을 억누른 채, 애써 그는 정이 뚝뚝 떨어진다는 목소리로 외쳤다.

"미친 녀석! 주공이 안 계시면 아무것도 못하는 거냐, 넌! 알아서 해!"

"죽이라는 거야?"

벨하임은 아직도 검을 뽑지 않았다. 벌써 서른에 가까운 사내들을 쓰러뜨렸지만, 죽이지 않는 이상 그들은 계속 덤벼들 기세였다.

"다리라도 부러뜨려!"

"……제길, 난 몰라!"

벨하임은 말 그대로 모르겠다는 듯 검을 바로 잡았다. 그리고는 오히려 200인의 기사 사이로 뛰어들었다.

"알아서 피해!"

그때 테엘과 카이도 관문 안쪽에서 벌어지는 소동을 알았다.

"뭐야, 이게?"

"들어가자!"

테엘은 그러면서 카이를 한 팔에 잡아끌고, 위로 뛰어올랐다.

관문 안쪽에서, 벨하임은 기사단 한가운데서 활약하고 있었다. 그는 단번에 눈에 닿는 곳마다 힘을 주어 팔다리를 움직였다. 팔의 일

부가 된 양, 검이 뻗는 곳마다 신음 소리가 흘러나왔다.

기사들 몇몇이 확실한 타격을 받아 그 자리에 쓰러졌다. 팔다리를 붙들고, 고통에 몸부림치면서도 그들은 벨하임을 향해 억지로 몸을 움직이려 하고 있었다.

테엘이 무슨 일인가 하여 잠시 그들을 관찰하는 사이, 카이는 아래쪽으로 힘차게 뛰어내렸다.

"……이게 무슨 일이냐!"

카이는 몸을 사리지 않고 성큼성큼, 201명 사이로 뛰어 들어갔다. 그는 손에 잡히는 대로, 기사들을 잡아 멀리 던져 버렸다. 멀리로 데굴데굴 굴러간 기사들은, 그러나 다시 움직여서 눈에 보이는 사람들을 공격하려고 다가왔다.

"어떻게 된 거냐!"

"주, 주공……! 그게……!"

"문령 같습니다!"

리슨이 소리쳤다. 카이가 관문 위에 자리한 테엘을 바라보았다.

"문령이 맞아! 제길! 대체 그놈의 문령은 써 놓기만 하면 뭐든 동시에 이뤄지는 거야?"

"……지금 그렇게 고민할 때가 아니잖아!"

카이가 소리 질렀다.

벨하임과 리슨, 카이 세 사람이 뛰어들자 200인의 기사도 별문제가 되지 않았다. 그러나 죽이지 않고, 행동을 무력화하기 위해서는 어쩔 수 없이 잔혹할 정도로 손을 써야 했다.

곳곳에 다리가 부러져서, 팔이 부러져서 땅바닥에 뒹구는 기사들이 누워 있었다. 그러나 그들은 팔다리가 부러져 대롱거리는데도 그 사지를 이끌고 세 사람을 향해 움직이려 하고 있었다. 표정은 하나같이 싫다고, 왜 이러는지 모르겠다는 표정이라서 그만큼 더 참혹해 보였다.

카이가 한 사람의 멱살을 잡은 채 물었다.

"멈출 수 없겠나?"

"머, 멈출 수 없어요……. 으흐흑!"

"어쩔 수 없군. 나중에 원망 마라!"

카이가 그의 머리를 힘차게 때렸다.

기사는 의식을 잃으면서도 해죽 웃었다. 이제는 남의 뜻에 따라 움직이는 불쾌한 기분을 느끼지 않아도 되겠다는 듯이.

200인을 일일이 머리를 쳐서 쓰러뜨려야 한다는 건, 꽤 손이 가는 일이었다. 그러나 셋은 그들이 할 수 있는 한 가장 빠르게 움직였다.

카이는 이윽고 주변을 둘러보았다. 막 마지막 기사의 뒤통수를 검집으로 힘차게 후려진 벨하임이 죽는 소리를 하며 다가왔다.

"으아, 정말 고민했습니다."

"……진짜 문제는 이제부터일지도."

카이가 중얼거렸다.

그의 말에 응답이라도 하듯이…….

쿠웅—!

이만 명의 보병이 관문을 일제히 두들기는 소리!

그 소리가 로인에 울려 퍼졌다.

"제길, 남의 집에 들어오려면 초대장을 들고 와! 여기가 뭐 개나 소나 다 들어오는 땅인 줄 아는 거냐!"

벨하임이 버럭 소리 질렀다.

테엘은 세 사람을 관문 위로 불러 올렸다.

대단했다. 장관이라는 표현은 여기에 쓸 수 있는 표현이 아닐까.

이만 명의 병사가 우르르 몰려들어, 아무런 목적도 목표도 없이 문앞에서 허우적거리고 있었다. 몇몇은 검을 휘두르지만, 서로에게 피해만 입힐 뿐이었다. 문을 찍어 대는 건지, 열어 달라고 두드리는 건지 알 수 없었다.

그런데도 간헐적으로, 그 무질서한 손짓들이 하나가 되어서 크게 문을 두들기는 것이었다. 쿠웅—! 하고 소리가 퍼지면, 그 순간 로인이 흔들리는 것 같았다.

카이는 머리를 흔들었다.

"저들로 대체 뭘 하려는 거지?"

"뭔가 하려는 것도 없겠지. 그냥…… 뭔가 해 보이기 위해서가 아닐까?"

"해 보이기 위해?"

카이는 그제야 황제의 위치를 파악했다. 황제는 관람석 위에서 흥이 나는 듯, 양팔을 휘저어 대고 있었다.

카이는 그 모습에 피식 웃었다.

"바로 여기에서 본다면 엄청난 박력을 실감할 텐데, 저렇게 멀리

서? 저렇게 간이 작으면서 용케도 군대를 몰고 내 앞에 왔군."

"끌고 와 주랴?"

"아니."

황제를 보다가 아래쪽, 군사들을 향해 고개를 돌리던 카이는 갑자기 다시 황제를 향해 고개를 홱 돌렸다.

그는 심각한 눈으로 황제를 노려보았다.

"……테엘, 저 뒤에 누군가 서 있다. 황제가 멋대로 움직이지 않았으면 좋겠는데……. 분명 사람이 있어!"

테엘은 그 말의 의미를 알아챘다.

분명, 지금 밀테이너 공작의 공격은 이상했다. 지나치게 어설펐다.

이만 명이 100년 동안 쉴 새 없이 두들긴다면 모를까, 그냥 칼로 땡땡거리고 무질서하게 달려들어 봤자 로인의 관문은 무너지지 않는다.

게다가 밀테이너는 지금 뒤쪽으로 물러난 상태였고, 체스터는 아예 그 자리에 보이지도 않았다. 어제의 상처가 심각하기는 해도 죽을 정도는 아니니, 군사 지휘 정도는 해도 될 텐데…….

'지금, 그들이…… 뭘 하는 거지?'

어쩌면 이건 대규모로 벌이는 황제의 전쟁놀이에 불과한지도 모른다. 밀테이너는 충직하게, 그의 요구에 부응하는 것뿐이고…….

카이의 입가에 잠시 미소가 스쳤다.

"……그렇다면 이쪽에서도 기대에 부응해 주도록 하지."

"음?"

다른 세 사람이 그를 바라보았을 때.

카이는 검을 뽑았다. 그가 뭘 하려나 싶어 다들 눈을 멀뚱거리며 쳐다보던 중.

"흐흡—!"

카이는 숨을 깊게 들이마신 후, 다음 순간 검을 세차게 앞으로 집어던졌다.

"뭐 하는 거야!"

테엘이 놀라 그를 바라보았다.

용보월강참이나 쓸까, 한 백 명은 죽겠네— 하던 중이었는데 갑자기 검을, 무슨 단도 던지듯이 앞으로 던진 것이었다.

네 사람의 시선이 검으로 향했다. 검은 은빛의 거대한 바퀴가 되어 하늘에서 정해진 길을 굴러가듯이, 앞으로 힘 있게 홱홱 돌아갔다. 그 검이 똑바로 향하는 방향은, 황제의 관람석이 있는 곳이었다.

"오오오오……!"

테엘은 저도 모르게 감탄했고, 리슨과 벨하임은 입을 쩍 벌렸다.

카이는 검의 방향을 보고는 고개를 끄덕였다. 아주 만족스럽다는 듯이.

"주, 주공!"

"시끄러워."

주변에서 뭐라 해도 카이는 이제 황제가 지긋지긋했다.

"저 검에 죽는다면 황제가 아니겠지."

테엘의 중얼거림은 아무도 이해하지 못했다.

"뭐……?"

카이가 자신을 바라보자, 테엘은 어깨를 으쓱이기만 했다.

황제가 자신을 향해 날아오는 검을 발견했다. 그의 얼굴이 순식간에 하얗게 변했다.

"히, 히이이이익—!"

황제는 저도 모르게 비명을 지르면서 머리를 감싸 쥐고는 그 자리에 풀썩 주저앉았다.

이프로스 백작 역시 다를 바가 없었다. 그 역시 심장이 철렁 떨어지는 것을 느꼈다.

관문에서 그들, 관람석까지의 거리는 화살도 닿지 못할 정도로 멀었다. 그렇게 먼 거리를, 대체 검이 어떻게 날아온단 말인가!

'마, 마법일 거야. 암.'

은빛 검이 순식간에 눈앞까지 다가왔다. 이프로스는 꼼짝도 못했다. 두 다리의 힘이 풀린 황제보다는 나으려나? 두 다리가 뻣뻣하게 굳어서 한 발도 움직일 수가 없었으니.

파박—! 검이 순식간에 관람석의 한쪽 기둥에 박혔다.

검은 손잡이까지 파고 들어갔고, 칼날 반대편은 허공에 둥실 끝을 드러냈다. 나무를 관통해 버린 검은, 그러고도 한참 동안 계속 부르르 떨면서 자신을 쏘아 보낸 사람이 얼마나 힘이 센지 말하는 듯했다.

이프로스 백작은 질린 눈으로 검을 향해 뻣뻣해진 목을 돌렸다.

'……괴물 같으니……!'

검이 얼마나 더 흔들리는지, 시간을 재고 싶을 정도였다.

이윽고 검이 천천히 멈췄다.

황제는 경기를 일으킨 채 바닥에 쓰러져 있었다. 이프로스는 한숨을 내쉬면서 그를 한쪽 발로 찼다.

"이 얼간이 같은 녀석, 네가 피하는 바람에 내가 죽을 뻔했잖아! 어차피 죽지도 않는단 말이다, 이 겁쟁아!"

카이나 테엘이 눈치 챘을까? 알고 있을까?

카이의 검으로는 황제를 죽일 수 없다.

그것이 첫 번째 맹약인 것이다.

"네 녀석 담이 조금만 더 컸어도, 밀테이너가 쓸데없이 일을 복잡하게 만들지 않았을 거고, 아니면 로인도 좀 더 멀쩡했을 거다! 제기랄, 모든 게 다 너 때문이야!"

이프로스는 자신이 크게 놀란 것을 멋쩍어 하는 김에 황제를 향해 그동안 쌓인 감정을 폭발시켰다. 발을 들어 있는 힘껏 황제를 걷어찼지만, 황제는 거품까지 내쏟으면서 의식을 완전히 잃은 상태였다.

한참이나 걷어차던 끝에야, 이프로스는 숨을 헉헉거리면서 멈췄다.

카이는 다시 공격해 오지는 않았다.

"……제길, 골치 아프게……."

이프로스는 속에서 종이를 꺼내, 조심스럽게 뒤적이고는 하나를

황제의 몸 위에 태워 흩뿌렸다. 적어도 자신이 발로 찬 상처가 남지 않도록 하려는 것이었다.

그리고 낑낑거리면서 황제를 짊어지고 관람석 아래로 내려갔다.

“쓸데없는 데 기운 잘 쏟는다.”

테엘이 쏘아붙였다. 그리고는 아주 자연스럽게 이공간을 뒤져 검 하나를 꺼내 카이에게 건넸다.

“……아까 한 말이 무슨 뜻이지?”

카이가 검을 받으며 물었지만, 테엘은 대답하지 않았다. 대신 골치 아프다는 듯 아래쪽을 가리켰다.

“좀 어떻게 하지, 이제?”

아래에서는 인간들이 좀비처럼 문을 향해 우워우워 달려들고 있었다. 마침내는 누군가의 선동이 있던 모양인지, 일제히 손으로 관문을 밀고 있었다.

“어처구니가 없군.”

카이는 머리를 흔들었다.

“저렇게 해서는 절대로 안 열리잖아?”

“100년쯤 저러다 죽으라고 해……. 뭔가 다른 이유가 있을 텐데! 제길, 차라리 마법 공식으로 전쟁을 벌이자고 해! 그럼 뭐든 받아 줄 테니까!”

마법 공식을 외우거나 창안해 내는 대결은 퀴즈지, 전쟁이 아니다.

카이는 그렇게 말해 줄까 하다가 그냥 관심을 돌렸다. 그는 밀테이너 공작이 뒤쪽에 물러나 있다는 것과, 그의 옆에 기사단이 50여 명가량 있다는 것에 주목했다.

'한순간 튀려고 한 것 같은데…… 왜? 왜 이렇게 아무 소용도 없는 소모전을 하는 거냐?'

그가 아는 밀테이너는 황위를 차지하고 싶은 야망이 있으면서도, 그 야망을 잘 억누른 자제력의 화신이기도 했고, 동시에 머리가 나쁘지 않은 자였다.

그런데 왜 지금, 이렇게 헛된 짓을 하고 있는 걸까. 그 이유는 대체 무엇일까.

카이는 생각하다가 지겨워져서, 고개를 흔들었다.

'내가 미네드 자작이나 르귄 공작이 아닌 이상……! 할 수 있는 일만 하면 된다!'

카이는 새로 받은 검을 뽑았다.

"내가 내려간 후, 관문을 열어."

"……뭣?"

"싸우겠다. 뭐 하자는 거야, 이게? 겨우 이만 명이라면 정말 드래곤에게는 10분도 채 안 걸릴 문제 아냐?"

"그렇긴 하지만, 그래서, 저들을 다 죽이겠다는 거야?"

"다른 방법이 있나? 저들이 말라 죽을 때까지, 포기하고 물러날 때까지, 10년이라도 그냥 저대로 내버려 두겠다? 관문을 믿고? 천만에! 로인의 방식은 그게 아냐!"

카이는 주먹을 불끈 쥐며 외쳤다.

"내가 곧 내려갈 것이다!"

카이의 부르짖음이 로인의 안팎으로 널리 울려 퍼졌다.

아래쪽, 관문을 긁어 대던 병사들이 움찔거리며 위를 올려다보았다.

밀테이너는 카이를 보며 웃었다.

"죽음을 얕보는 건가! 이만 명을 상대로도 싸울 수 있다, 이거지……? 그렇다면…… 어서 내려와서 제발 죽어라!"

밀테이너가 날카로운 목소리로 중얼거렸다.

카이는 재차 외쳤다.

"내가 내려갈 때까지 관문에서 물러나 있지 않는다면, 너희를 죽이겠다!"

카이의 목소리가 우렁차게, 관문 앞의 초원 위에 울려 퍼졌다.

병사들은 저도 모르게 하나 둘 뒤로 물러나기 시작했다. 아무리 욕망에 타올랐다고는 해도 목숨을 대놓고 위협받는 것을 당해 낼 수 있는 자는 그중 아무도 없었던 것이다.

카이는 그렇게 외친 후 주저 없이 아래로 내려갔다.

테엘은 머리를 흔들며 벨하임에게 간단한 마법 하나를 시전했다. 물리적인 공격을 어느 정도 막아 주는 마법이었다.

"카이를 지켜라."

"잘 압니다요."

수호기사는 주인의 등을 지키고, 주인을 대신해 화살을 맞는 것.

벨하임은 오히려 신이 난다는 듯, 강아지처럼 쫄랑쫄랑 카이의 뒤를 따랐다.

리슨은 그들을 부러운 눈으로 지켜보았다.

"저도…… 언젠가는 주공과 함께 싸우고 싶습니다."

"뭐가 언젠가는이야, 이 기생오라비 같은 녀석아. 오늘만 날이냐? 저 녀석들 기세 보니까 아무래도 쉽게 물러나지 않을 것 같은데……. 어이구, 두야. 대체 자기가 죽으면 가문의 대가 끊긴다는 자각이 있기나 한 거야? 벨하임 녀석도 마찬가지고."

테엘의 말에 리슨은 피식 웃었다.

"그 녀석에게 생각이라는 게 있기나 하겠습니까."

"임마, 너도 마찬가지야. 세 가문이 쭈르르 총각귀신으로 늙어 갈 것 같은 주제에……."

"저한테는 아그니스 양이 있는데요."

"음? 그 발언은 벌써 단계를 꽤 많이 진척시켰다는 말이냐?"

테엘의 말에 리슨은 긍정도 부정도 하지 않았다. 그냥 빙그레 웃을 뿐. 그 웃음에서 성숙한 사내의 분위기가 물씬 풍겼다.

그러나 테엘의 구박에서 벗어날 수는 없다.

"주인보다 먼저 여자 만들고는 잘났다고 히죽거려? 거참……. 하여튼 인간 중에 뺀지르르한 것들은 믿을 놈이 없다니까."

"테, 테엘 님!"

두 사람이 그렇게 말을 주고받는 사이, 카이는 아래로 내려갔다.

카이는 두 손을 관문의 일정한 지점 위에 얹었다. 그리고 가볍게

힘을 주자, 관문이 천천히 밖을 향해 열리기 시작했다.

거대한 석조 관문, 절대 열리지도 무너지지도 않을 듯한 그 문이 천천히 열리기 시작했다.

병사들은 그 광경을 경이에 찬 눈으로 바라보았다. 그러면서도 그들은 한발 한발 뒤로 물러나고 있었다.

밀테이너 역시 뒤로 물러나고 싶은 충동을 참아야만 했다. 그 안에서 모습을 드러내는 것이 어떤 괴물인지 알고 있기에 억지로 참는 것이었다.

거대한 관문이 열렸다. 그 안에서 모습을 드러낸 것은 단 한 사람뿐.

카이가 앞으로 나섰다. 흔한 갑옷 한 벌 걸치지 않은, 간단한 무복을 걸친 모습이었다. 무기라곤 옆에 차고 있는 검 한 자루가 전부.

그런데도 어째서 저렇게 빛이 나는 것일까.

밀테이너는 입술을 깨물었다.

'아들이라면 좋았을 텐데.'

그렇다면 자신은 황위에 대한 욕심도 다음 대에 미뤘으리라.

가문의 200년 야망? 자제? 허! 사실은 자신들보다 빛나는 로인을 시기하는 추악한 욕심 때문은 아니었을까? 자신들은 아무래도 그들, 로인 공작 가문보다 한 수 처진다는 자괴감?

심지어 빈곤 공작이라 불리던 때도, 로인 공작은 그토록 당당했던 것이다!

밀테이너는 홀쩍 마른 해골과 같은 한 사내를 떠올렸다. 카이젤

로인의 아버지, 선대 로인 공작! 그자 역시 그러했다.

공작이면서 걸어서 외출하는 것이 전혀 부끄럽지 않다는 듯, 밝은 두 눈동자로 앞을 똑바로 바라보고 고개와 허리는 전혀 수그리지 않은 채였다.

지금 나서는 카이는 영락없이 그 공작의 아들이었다.

똑바로 앞을 바라보는 시선, 쭉 편 등과 허리, 꼿꼿해서 곱게 드러난 목선을 보면 그 안에 뼈가 아닌 강철이 들어찬 것 같았다.

두 눈에는 자만심으로 더럽히지 않은, 맑은 마음 그대로를 드러내는 정기가 가득했다.

그가 검을 잡았다.

"당장 로인의 영지에서 물러나라—!"

카이의 목소리 또한, 그 무엇보다 맑고도 맑게 초원 위에 깨끗하게 울려 퍼졌다.

"로인의 이름으로 던지는 마지막 경고다!"

"카이젤 아민 라 로인!"

그러나 밀테이너는 확성 마법을 빌려야 했다.

카이는 잠시 눈썹을 꿈틀거리며 그의 말을 기다렸다.

밀테이너는 말에 오른 채 앞으로 나섰다. 두렵다—. 두렵지 않다면 거짓말이었다. 그는 앞으로 나서, 카이를 향해 정중히 말했다.

"라페드 제국의 신하로서, 로인 공작은 헤첸 4세 폐하의 엄명을 받들어 당장 관문 밖으로 그대의 권속을 불러낼 것이며, 또한 투항하고 사죄할 것을 권고하는 바이다—!"

"무슨 죄로?"

카이는 간단히 되받아쳤다.

밀테이너는 한동안 그를 바라보았다.

'진실을 말해 줄까? 그건 네가 신하로서 너무나 강하고, 너무나 올곧기 때문이지! 그렇기 때문에 황제는 너를 두려워하고, 시기하는 것이다!'

그러나 진실은 언제나 감추어져야 한다. 밀테이너는 당당하게 소리쳤다.

"그대가 로인에서 황제 폐하를 내쫓고자 한 어제의 말은 모두가 기억할 것이다! 더불어 그대가 봄의 축제에서 황제의 앞길을 막은 때부터, 서방 연합과의 동맹을 추진했다는 정황적인 증거가 란펜에서 모두 밝혀졌다! 올라스 올싱 힐과의 연합을 부정하지는 않겠지!"

어차피 서방 연합과 동맹을 맺은 것은 제국이다.

그리고 동맹을 깨려는 것도 제국이었다. 카이는 그 동맹을 지지하는 정도, 라는 것이 정확했다.

그러나 카이는 이미 그런 구구절절한 설명 따위는 생략하기로 마음먹고 내려와 있었다.

카이는 어깨를 으쓱였다.

"그렇다면 란펜에서 날 무엇이라 이름 붙여도 상관없다!"

"……뭐?"

"빈곤 공작이라고 다시 불러도 상관없다는 말이다, 나, 카이젤 아민 라 로인! 로인의 수호자이자……!"

카이의 검이 하늘로 솟구쳤다. 그리고 동시에 반원을 그리면서 왼쪽으로 휘감겼다. 그의 검에서 끓어오르는 엄청난 기의 파도가, 초원 위에서 사방을 향해 휘익 밀려나기 시작했다.

공격하기 전인데도, 그 기세가 엄청난 탓에 그의 주변으로 일렁거리는 마나의 원이 퍼져 나가는 것이었다.

'……사람이 맞단 말인가!

순간적으로 사람들을 억누르는 기운!

마치 드래곤 피어와 흡사한 기운이었다. 광대하면서도 살기를 분명하게 드러낸 기운!

밀테이너 공작이 올라탄 말이 두려움에 주춤거리면서 뒷걸음질치기 시작했다. 푸르륵거리면서 온몸에서 진득한 땀을 흘려 내는 것을, 어떻게 해서든 진정시켜야 했지만 밀테이너 공작 역시 움직일 수가 없었다.

"크하앗—!"

카이의 거친 기합이 터져 나왔다.

다음 순간, 바람이 먼저 일어났다. 검강이 사방을 흩어 내기 전에, 검이 불러일으킨 부드러운 미풍이 사람들 사이를 단호한 손길로 훑고 지나갔다.

그 후, 카이의 검이 향하는 방향으로 곧바로 검강이 사람들을 덮쳤다.

"으아아아아아!"

천만 년 동안 가장 깨끗한 물을 골라 모아 얼렸다 해도, 그보다

더 서늘하고 깨끗할 수가 있을까?

아무런 색도 없이 투명해서, 바람인지 물인지 그런 압박감조차 느낄 수 없었다.

밀테이너는 그저 멍하니 앞만 바라보고 있었다. 그의 주변에는 문령에 의한 '반사'가 있었다.

통상적인 '방어' 실드는 공격을 튕기거나 흡수한다. 이 '반사'는 무조건 튕김으로써, 적의 공격을 적에게 되돌려 줄 수도 있었다. 클래스 이내의 모든 마법과 물리적인 공격을 막아 낼 수 있었는데…….

무엇이 덮쳤는지도 알 수 없었다.

그의 주변에 있는, 흐릿하니 투명한 실드가 흔들거렸다. 바람 때문이었다.

그리고 카이의 검이 그가 있는 방향을 스치고 지나간 후.

창—! 강대한 힘이 실드에 일정한 흠집을 내고 지나갔다. 튕겨 지나간 게 아니라는 걸 알아챘다.

흠집이 커지면서, 얼음 깨지는 소리 같은 게 계속 들렸다.

밀테이너는 저도 모르게 옆으로 뛰어내렸다. 그리고 땅바닥에 납작하니 엎드렸다.

그의 머리 위를 훑고 지나가는 강대한 기운……. 소름이 절로 돋아났다.

이윽고 바람이 잠잠해진 후, 밀테이너는 고개를 들었다.

짙은 피 냄새가 확 몰려들었다. 그리고 사람들의 신음 소리가 들

렸다. 비로소 전장 한가운데 있구나, 하는 것을 깨달았다.

카이를 중심으로 커다란 원이 그려져 있었다. 그 원의 끝은 아슬아슬하게 밀테이너에게까지 닿고 있었다. 대략 반경 50미터는 될까.

그 내에 있던 수백 명은 하나같이 허리가 잘린 채 시체가 되어 있었다. 원이 끝나는 아슬아슬한 지점에 있던 몇몇은 팔다리를 잘린 채 신음을 흘리고 있었다.

밀테이너는 초원 위에 바짝 엎드린 채로 카이를 바라보았다.

하지만 카이는 자신이 만들어 낸 참상에는 관심조차 없었다. 그는 냉정하게 다시 외쳤다.

"물러나라!"

그리고 그는 적이 어떻게 움직이는지 기다리지 않았다.

응당 물러날 것을 알고 있다는 듯, 그대로 등을 돌려 관문 안으로 들어가 버렸던 것이다.

그의 등 뒤로 관문이 천천히 다시 닫혔다.

밀테이너는 땅 위에 엎드린 채로 멍하니, 한동안 움직일 수가 없었다.

"아……하……하……."

마침내, 시간이 흐른 후 그는 실소를 흘렸다.

"으하하하하하하!"

그는 천천히 자리에서 일어나 앞으로 움직였다.

자신의 옆으로 도망치면서 눈치를 살피는 병사들 따위는 안중에도 없었다.

그는 관문 아래로 가 섰다. 그리고 그 위를 바라보면서 외쳤다.

"왜 폐하가 이곳에 왔는지 묻는 거냐!"

밀테이너가 실소를 섞어 외쳤다.

"왜 폐하가 너를 미워하는지 묻는 거냐!"

카이는 눈썹을 꿈틀거렸다.

"정말 그 사실을 모른단 말이냐!"

밀테이너는 절규했다.

"어찌 신이 계시다면 너 한 사람에게 그토록 강대한 모든 것을 줄 수 있단 말이냐! 너, 카이젤 아민 라 로인!"

밀테이너는 자신의 모든 힘을 쏟아 내 외쳤다.

"너를 증오한다!"

"……!"

리슨과 벨하임이 각자 발끈해서 앞으로 몸을 기울였다. 당장 활이라도 쏘려는 기세였다.

"……내버려 둬라."

카이의 조용한 목소리가 그들을 말렸다. 둘은 이해할 수 없다는 듯 카이를 돌아보았다.

카이는 환하게 웃고 있었다.

"너를 증오한단 말이다……! 로인, 너의 강대함을……!"

밀테이너의 목소리가 다시 울려 퍼졌다. 카이는 그 소리를 들으면서, 천천히 웃기 시작했다.

웃는 공작과, 울부짖는 또 다른 공작.

그들은 그렇게 미친 짓거리를 시작했던 것이다.

밀테이너는 울부짖고, 또 울부짖었지만, 그때마다 카이는 관문 위에서 웃음만 터뜨렸다.

이프로스는 그 둘을 보면서 머리를 흔들었다.

'드디어 로인까지 광기에 물들었군.'

사벤은 그들의 행동을 정확히 이해하고 있었다.

'로인 공작, 기쁘시겠소. 사실 그대를 두려워한다는 그 말을 그토록 적나라하게 들을 수 있어서. 적이 마음속에서 그대를 얼마나 두려워하고 경원하는지 알게 되어, 진정 기쁘시겠소.'

그러나 그가 기다리는 일은 아직 벌어지지 않을 것 같아 조금은 초조해지는 사벤이었다.

SWORD OF DRAGONLOAD

제9장

사나이가 선택한 곳

전투는 소강상태로 접어들었다.

전투라 부를 만한 것도 없었지만.

전쟁이라지만 사실 명분도 뚜렷하지 않았고, 주변 상황도 돌아보지 않고 무작정 군대를 이끌고 왔으니 무엇인들 제대로 되어 갈까.

게다가 황제의 군대는 사실상 지휘부가 분열을 일으킨 상태였기 때문에, 더더욱 전투를 시작하는 데 소극적이었다.

"허허! 대체 무슨 말인가, 미네드 자작!"

밀테이너는 이제 자신을 억누르려 하지 않았다. 황제와의 사이는 오히려 좋아졌다. 로인을 죽이고자 하는 공통된 목적 때문이었다.

그러나 미네드는 계속해서 전투를 적극적으로 이끌어내는 데 소극적이었다.

아무리 마법사들을 모조리 이끌고 오고, 도성에서 이만의 군세를 더 끌고 왔다고 하면 무엇 하겠는가?

용언과 드래곤의 클래스 오버 클래스의 마법에서 승리할 수 있는

유일한 해결책은 사벤의 문령뿐이다. 때문에 그가 전투를 반대하면, 당연하게도 전투는 시작되지 않는다.

그저 사만에 가까운 병력이 초원 위에서 로인을 하염없이 바라볼 뿐이었다.

“좀 더 체계적인 공병기기를 갖고 온다면 되지 않는가! 로인에 들어간다면, 그래서 그들의 영지민을 방패로 삼는다면 승기는 이쪽으로 넘어올 수 있고, 그렇다면 로인의 목을 치지는 못한다 해도 그의 세력을 영원히 약하게 하고 저 땅에 저주를 내릴 수 있네!”

“그렇다! 미네드 자작! 짐의 명령을 듣지 않을 셈인가!”

그러나 사벤은 그 둘이 아무리 소리를 질러 대도 꿈쩍도 하지 않았다. 대신 서늘한 눈으로 그들을 노려보기만 했다.

“그래서, 지금 당장 전투하면 이길 수 있을 것이다?”

“이길 수 있는 확률이 없지는 않고, 이대로 물러날 수는 없네! 물러나는 것은 자네 역시 반대하면서…… 대체 어떻게 하자는 말인가!”

“내 뜻은…… 글쎄요. 애당초 상황을 어렵게 끌고 온 건 폐하의 의지 아니었습니까? 카이의 목을 자를 수 있는 기회는 황제 폐하의 검에 의해 가능한 일이었는데……. 카이 저자는 절대로 란펜과 로인의 연결을 끊지 않을 것이고 말이지요.”

“우선은 전투를 하세나!”

“그럼 하시지요.”

사벤은 삐딱하게 나왔다.

밀테이너나 황제는 약간 흥분한 상태라서, 사벤의 말 한 마디 한 마디에 주의를 기울이지 않았다.

그날의 작전회의도 그렇게 아무런 소득도 없이 끝났다.

밀테이너는 밤늦게 천막 안을 서성거리다가 문득 무언가를 떠올렸다.

'로인과 란펜과의…… 연결?

그 말에 무슨 다른 뜻이 있었던 것은 아닐까?

밀테이너 공작이 최초의 의문을 떠올렸을 때, 어둠 속의 초원을 가로질러 다가오는 종족이 있었다.

그들은 어둠 속에서 더 짙은 검은색을 지니고 있었고, 체구는 약간 작으면서도 단단했다. 그들이 본래 어떤 모습이었는지를 기억하게 하는 것은 그들의 길고 뾰족한 귀뿐이었다.

사벤은 어둠 속, 천막 안에 서 있다가 그들을 보고는 비로소 안도의 한숨을 내쉬었다.

"비로소 오셨군."

"많이 늦었소이다."

"인간들이 서두르는 통에, 일이 좀 잘못되어 가던 참이오. 물건들은 충분히 구하셨소?"

"당연히. 여기, 받으시오."

타글라호가 사벤에게 종이 한 장을 건넸다. 그 종이 위에는 어떤 좌표의 마법진이 그려져 있었다.

사벤의 얼굴에 잠시 미소가 스쳤다.

그는 곧 품 안에서 뭔가를 꺼냈다. 언뜻 인간의 눈알처럼 보이는 것이었다. 타글라흐는 호기심 어린 눈으로 그것을 바라보았다.

사벤은 손가락으로, 그 눈알을 마법진 위에 굴렸다.

눈알이 끼긱거리며 움직이더니, 마법진을 읽어 허공에 뭔가 글자를 띄웠다. 사벤이 읽어 낼 수 있는 문령의 형태로, 그곳의 가장 정확한 정보를 전해 주는 것이었다.

사벤은 고개를 끄덕였다.

"하아…… 역시."

사벤은 한참 만에야 한숨을 토해 냈다.

"역시 용언의 해제가 필요한데……."

"용언? 당신의 능력으로는 불가능하오?"

"드래곤이 죽음으로 맹세한 마지막 용언이라, 특히 더 의지가 강하게 결합되어 있군. 뭐, 유언 같은 거라서 웬만해서는 깨지지 않을 것 같소. 가장 좋은 건 저놈들이 이제 좀 알아채 줬으면 하는 건데."

사벤이 중얼거렸다. 하지만 지금 이 일은 마지막의 마지막 순간까지 감춰 두어야 했다. 일을 망치면 안 되니까.

사벤은 그들에게서 받은 좌표계를 든 채 천막으로 향했다.

타글라흐는 그가 사라진 후, 몸을 부르르 떨었다. 그는 초원을 훑어보았다. 그의 입가에 비웃음이 떠올랐다.

'뭔가 하고 있다, 이거지? 그러나…… 내일이다, 내일……! 곧 엘프들의 완벽한 힘을 보여 주마.'

어둠 속에서 적의 진지를 관찰하는 것은 서로가 마찬가지였다.

카이 역시, 오늘 밤도 관문 위에 올라가 있었다. 적의 진지는 어둠 속에 환했다.

거기에는 황제가 있었고, 밀테이너와 문령술사도 있었다.

카이는 저들이 있는 자리에 이대로 마왕이라도 강림해 주길 빌고 싶었다. 땅을 파내고 위로 솟구쳐서, 그 자리에 있는 것들을 모조리 집어삼키는 것이다.

그 후 마왕은 자신이 처치하면 되니까.

카이는 지난번 황제의 관람석에 있었던 흐릿한 그림자를 떠올려 보았다.

'분명히 남자. 키는 꽤 크지만, 역시 호리호리한 그 이미지…….'

언뜻 휘청거리는 것 같기도 하고 그림자 같은 인상이, 한두 번 본 사람 같았다. 카이는 잠시 고개를 수그린 채 생각에 잠겼다.

그때 등 뒤에서 작은 발소리가 들렸다. 누군지 돌아보지 않아도 알 수 있었다. 향기가 먼저 카이에게 다가왔다.

이르엘이 살짝 그의 곁에 다가서서 자신의 팔을 그에게 기댔다. 카이는 그녀에게 자신의 머리를 기댔다.

"그가 왔어. 그의 힘이 느껴져."

"타글라흐? 그동안 저들이 기다린 게 타글라흐였나 보지?"

"그렇다면 타글라흐가 어딘가에 다녀왔다는 이야기잖아."

이르엘은 가볍게 몸을 떨었다. 두렵기도 하고, 아직 화가 나 있기도 한 모양이었다.

카이가 그녀의 어깨에 팔을 둘렀다.

"어딜 다녀왔든, 무슨 일을 했든 상관없어. 그들은 너를 해칠 수 없을 거야. 그리고 내가 그렇게 내버려 두지 않을 거고."

"핏, 말은……."

두 사람은 잠시 서로에게 기댄 채 가만히 있었다. 서로 아무 말 하지 않아도 충분했다.

그것으로 충분했다.

날이 밝았다.

신의 굴레는 여지없이 또 다른 날을 마련했다. 오늘 세상 어디선가는 수많은 아이들이 태어났을 것이고, 오늘 로인 이곳에서는 수많은 사람들이 죽을 날이었다.

타글라흐가 온 것이 확실해졌다. 더불어 그동안 잠잠하던 다크 엘프들 역시 도착한 것을, 엘프들은 쉽게 알 수 있었다. 그들이 통제할 수 없을 만큼 정령들이 사납게 날뛰었던 것이다.

사람도, 말도, 심지어 정령도 오늘만큼은 어제와 달랐다.

흥분된 살기가 공기를 지배했다. 살육과 파괴의 성향을 가진 다크 엘프들 때문만은 아니었다. 사람들 역시 오늘은 싸우겠다고, 한창 칼을 들고 벼르고 있지 않은가.

황제의 군대는 대략 사만, 기사단은 따로 백 정도였다. 다크 엘프의 숫자는 백 명이 채 안 되었다. 그들의 군사 선봉은 체스터 백작이었으며, 중심은 밀테이너 공작이었다. 마법사가 따로 서른 명가량 후방 지원 사격을 맡았다.

카이의 군대는, 보병 천에 기사단은 없었다. 엘프 전사들은 이백이었으며 군사 선봉은 벨하임과 카이였다. 테엘은 뒤에서 마법으로 지원을 준비하고 있었다.

아침부터 초원은 분주하니 바빴다. 풀잎 하나까지도 전쟁을 대비해 칼날이 된 듯 팽팽해 보였다.

카이는 말고삐를 잡은 채 앞으로 나섰다.

그것을 보는 것만으로도 황제의 군대는 압박감을 느꼈다.

이 얼마나 오만하면서도, 이 얼마나 합당한 자신감이란 말인가!

카이젤 아민 라 로인 외에 군대의 가장 앞에서 공격하는 게 어울리는 사내가 또 있을까?

모든 사람이 그런 생각을 했다.

밀테이너는 문득 숫자가 너무 적다는 생각을 했다.

카이의 군사는 자신의 군사보다 훨씬 적었다. 사만 대 일천! 얼마나 초라한지, 싸우려는 게 아니라 짓밟히려 하는 것 같았다.

그런데도 언뜻, 기세가 비등했다.

카이가 자신의 군대를 돌아보았다. 가장 앞에 선 자는 벨하임. 체스터 백작을 맞이해서 다시 2차전을 벌이게 되리라.

그 뒤의 헤르크가 해죽 웃으면서 검을 혀로 핥았다. 그러나 그는 정말 즐거워 보였다. 사람을 마음껏 죽여도 된다는 확답까지 받아낸 그였다.

"오늘 우리는, 800년 제국 역사에서 단 한 번도 허용되지 않았던 외적을 맞이하였다!"

카이의 목소리는 너무나 당당했다. 밀테이너의 군사에게까지 토씨 하나 흘리지 않고 전해질 만큼.

"저들을 보라! 저들은 요구하고 있다! 우리가 안식한 이 땅을 내놓으라고! 그것이 우리를 내친 자들이 할 소리인가!"

"우오!"

일시에 사람들의 분노에 찬 외침이 터져 나왔다.

"우리의 굶주림과 우리가 당한 수모! 지금 이 땅을 내어 주고 다시 그 꼴을 당할 것인가! 아니면 싸울 것인가!"

"싸울 것이오!"

"저들의 살을 가르고 뼈를 취하라, 로인의 군사들이어! 그대들의 용맹으로 이 땅을 지킬 것이니! 이것이…… 그 시작이다……!"

카이는 그렇게 외치고는, 등 뒤에 걸치고 있던 활을 들어 재빠르게 허공을 향해 쏘아 올렸다.

그리고 그것이 전투의 시작을 알렸다.

허공을 가로지르는 화살은, 바람의 정령을 탄 것도 아닌데 하늘을 크게 가로질렀다. 아무렇게나 쏘았지만, 그 화살에 담긴 힘은 엄청났다.

이윽고 화살이 천천히 하강하면서, 밀테이너 공작 바로 앞쪽으로 떨어지기 시작했다.

그 떨어지기 시작한 시점에서, 카이가 검을 뽑았다.

"공격하라—!"

밀테이너 역시 마찬가지.

이것은 이미 황제와 제국을 걸고 벌이는 전투가 아니었다. 밀테이너와 카이, 두 사람 간의 세력이 절정에 이르러 서로 같은 길을 걸어갈 수 없기에 벌어지는 싸움.

이렇게 되기까지 오히려 너무 오랜 시간이 흐른 셈이었다.

카이는 검을 뽑고, 다른 한 손으로 고삐를 잡았다.

"밀테이너—!"

카이는 있는 힘껏 소리를 질렀다.

사만 명이 서로를 향해 달려드는 그 험난한 가운데, 카이의 목소리는 뚜렷하게 울려 퍼졌다.

"당장 와라! 내 앞으로!"

"……!"

밀테이너는 입술을 깨물었다.

카이를 이길 수 있을까, 자신이.

저도 모르게 저번 카이가 보여 주었던 위력을 떠올리며, 그는 고삐를 잡은 손을 머뭇거렸다. 말은 민감하게 주인의 뜻을 알아채곤 걸음을 조금 늦추었다.

그의 옆으로 사만 병사들이 달려 나가고, 체스터는 가장 앞에서 달려 나갔다.

보병보다 훨씬 더 멀어진 체스터와, 그리고 카이.

그러나 둘은 검을 나누기는커녕 서로를 바라보지도 않았다.

그들은 그렇게 서로를 지나쳤다.

체스터는 벨하임을 향해, 카이는 밀테이너를 향해.

각자 정해진 적을 향해 달려 나갈 뿐.

그러는 사이 벨하임과 체스터가 가까워졌다.

그들 사이에 남은 거리가 줄어들면서, 그들은 서로를 마주 보는 시선을 절대 다른 곳으로 돌리지 않았다.

"오늘은 대충 상대하지 않을 겁니다!"

"……."

체스터는 창백한 얼굴에 미소를 떠올렸다.

"그러니까 사부도 제대로 싸워요!"

"……나도 그러고 싶다."

체스터는 나지막하게 대꾸했다.

그리고 그들은 동시에 검을 뽑았다. 말 위에서 뽑힌 검은 그대로 서로의 가슴을 노리고 달려들었다. 검이 교차하고, 서로의 몸이 숙여지는 그 일련의 과정들은 지난 10년 동안 체스터와 벨하임이 수없이 싸워 오면서 보아 온 것이었다.

'사부와 제자라는 이름으로 좀 더 너를 가르칠 수 있었다면!

체스터는 그렇게 하지 못했다.

그러자 갑자기 그런 생각이 들었다. 어쩌면 이 자리가, 벨하임과 아무 거리낌 없이 싸울 수 있는 처음이자 마지막 기회일 것이라는 생각이었다.

체스터는 벨하임을 처음 봤을 때부터 마음에 들었다. 어린 벨하임은 자존심이 강하고, 동시에 고집도 강해 보였다.

검에 영혼까지 파묻을 수 있을 것 같은, 자신과는 전혀 다른 타입의 검술가가 될 것이라 생각했다. 자신의 냉정하고 차가운, 절제된 검과는 다른 검을 지닌 아이.

벨하임은 기세등등하게 말에서 뛰어내렸다.

"오쇼!"

"……건방진 녀석."

"언제는 안 그랬습니까?"

체스터 역시 말에서 뛰어내렸다.

둘은 둥글게 원을 그리며 맴돌았다. 서로를 검으로 노리면서, 언제든 달려들도록 온몸의 근육을 긴장시킨 채였다.

그들의 뒤로 각기 보병들이 밀어닥쳤다.

"……적으로 만나서 다행이다."

체스터가 미소 지으며 말했다.

"그렇게 절 죽이고 싶으셨던 겁니까?"

벨하임은 투덜거렸다. 그 말에 체스터는 웃었다.

"전력을 다해 주마!"

체스터가 검을 휘둘렀다. 둥글게 원을 그리면서 달려든 검이 땅을 파헤치고 이어 방향을 바꿔 벨하임에게 달려들었다.

'거칠다!

일찍이 체스터에게서 본 적이 없는 거친 검이었다. 벨하임은 약간 당황했다. 지난 10년 동안 엄청나게 대련을 거듭했지만, 지금 싸우는 상대는 마치 다른 사람 같았다.

얼마나 거칠고 박력 있는지, 순간 당황할 지경이었다. 소드마스터가 된 이후 그는 이런 상대를 만난 적이 없었다.

"와라! 피하지 말란 말이다!"

체스터가 눈을 빛내며 달려들었다.

"아예 제자를 잡으쇼!"

"당연히 지금 잡을 거다!"

"젠장!"

둘의 검이 거칠게 부딪쳤다. 순간 검강의 기파가 사방을 흔들어 댔다.

보병들이 이제 그들의 뒤에 도착했다. 그렇지만 그들, 두 소드마스터의 싸움을 중간에 둔 채 보병들이 옆으로 쫙 갈려 지나갔다.

헤르크가 그들의 옆을 스치면서 발랄하게 외쳤다.

"나 먼저 가오! 얼른 따라오든가, 죽든가!"

"……저 미친 녀석……!"

검을 서로 맞댄 채, 얼굴이 벌겋게 달아오를 때까지 서로 겨루는 것은 얼마나 무식한 짓이던가.

하지만 체스터는 그러면서도 자신이 얼마나 약한지를 실감했다. 자신은 정말 모든 영혼을 불태우듯 벨하임을 상대했지만, 벨하임은 그 와중에도 로인을 찾아 힐끔 시선을 돌릴 여유가 있었던 것이다.

'……많이 강해졌구나.'

씁쓸함이 밀려들었다.

그러나 그는 다른 기회를 놓치지 않고 검을 휘둘렀다.

벨하임은 결코 먼저 공격하는 법이 없었다. 다시 체스터의 검을 막아 내자, 검이 서로 충돌하며 울부짖는 소리가 전장을 뒤흔들었다.

카이는 일직선으로 밀테이너를 향해 나아가고 있었다.

황제의 병사들은 저도 모르게 카이의 주변에서 다른 방향으로 달아나고 있었다.

밀테이너는 병사들이 도망치는 것을 보며 이를 부득 갈기만 했다. 그의 검으로 카이의 검을 막을 수는 없다. 결국 그가 의지할 곳은 문령술사뿐이었다.

그와 기사단 백여 명은 천천히 뒤로 물러나고 있었다.

밀테이너는 그런 자신을 깨닫고는 주먹을 불끈 쥐었다.

'앞으로 움직여! 나가란 말이다!'

황제의 심정이 이해가 갔다.

카이를 보면서 한발 한발 물러났을 때, 그리고 결국 질투와 불안으로 미쳐 버린 황제가 처음에는 마냥 한심해 보였다.

그러나 아니었다. 지금 검을 들고 자신을 향해 똑바로 달려오는 카이를 보자니, 그가 흡사 죽음의 사신처럼 보였다.

밀테이너는 뻣뻣하게 굳은 두 다리를 억지로 움직이게 하기 위해 주먹으로 넓적다리를 내리쳤다.

'움직여……! 앞으로 나아가는 거다!'

카이와의 거리가 점점 가까워졌다. 그럴수록 그의 눈이 선명하게

보였다. 카이는 냉정하게 밀테이너를 노려보고 있었다.

"……돌격!"

밀테이너는 결국 두려움이 담긴 목소리로 외쳤다.

기사단이 머뭇거리면서 앞으로 조금 속도를 올렸다. 카이는 그것을 보며 웃었다.

"하하핫! 어디 와 봐라, 밀테이너!"

카이는 하늘로 고개를 들어 올린 채 웃음을 터뜨렸다.

"어디 한번 네 힘으로 나를 꺾어 보란 말이다!"

기사단이 카이의 주변을 에워쌌다. 그들의 장창이 카이의 가슴을 벌집으로 만들 듯이 앞으로 내밀어졌다.

밀테이너는 한순간 희망을 가졌다.

'잘하면……?'

그러나 다음 순간.

채채채채채챙—! 창들이 하늘로 높게 치솟는가 싶더니, 이내 화살처럼 땅으로 우수수 떨어졌다.

카이는 검을 다시 휘둘러, 남아 있는 힘의 방향을 다른 곳으로 돌렸다. 이어 그는 밀테이너를 검으로 가리켰다.

"네가 직접 와서, 본 공작을 잡아 보란 말이다!"

"……석궁을 쏴라!"

밀테이너가 명령을 내리기 전, 기사단은 벌써 카이에게서 거리를 두고 있었다.

"어딜—!"

카이는 그렇게 비웃고는, 말고삐를 짧게 잡은 채 한곳으로 훌쩍 뛰었다. 그렇게 재빠르게 이동한 곳은, 바로 기사단의 장창이 날아가게 한 곳이었다.

땅 위에 삐죽하니 솟아 있는 장창! 카이는 재빨리 말머리를 돌리면서 그중 하나를 뽑아 들었다.

그리고 어깨 위에서 바로 앞으로 홱 던졌다.

"크헉!"

기사 중 한 명이 미처 피하지 못한 채 그 창에 꿰뚫렸다. 그리고 말과 함께 꼬치가 되어 땅으로 쓰러져 흙 위에 박혔다.

카이의 엄청난 괴력을 보며 밀테이너는 온몸이 오싹해졌다.

"네가 나오란 말이다!"

카이가 세 번째로 외쳤다. 그는 더 이상 웃지 않았다.

"잔챙이들을 상대하다가 실수로 너를 죽이고 싶지 않으니까!"

밀테이너는 입술을 깨물었다.

"당장 나가 싸우란 말이다……! 마법사들은 뭘 하는가!"

황제가 외쳤다. 가장 뒤, 안전한 곳에서 그나마 고개를 내민 채로.

그러나 그의 지시는 적절했다.

마법사들이 한 걸음씩 앞으로 나섰다. 그들은 바닥에 마나를 모으는 마법진을 그리고, 전투 준비를 끝낸 상태였다. 그들은 일제히 주문을 외우면서 수식의 계산을 동시에 진행하며 카이를 향해 단 하나의 마법을 퍼붓기 시작했다.

"파이어 볼!"

"……."

가장 뒤쪽, 관문 위쪽에서 모든 전투를 주시하고 있던 테엘은 그 엄청난 공격에 입을 떡 벌렸다.

너무 한심했기 때문이었다.

"뭐야, 파이어 볼?"

공격 마법 중에서 가장 실효성이 높고, 가장 떠올리기 쉬운 마법. 창의성이라곤 하나 없는 인간 특유의 공격 계열 마법.

"……마법이란 이런 것이다, 이 녀석들아!"

테엘이 사막 위에서 한 손가락을 튕겨 올렸다.

마법사들은 순간 자신들의 발아래 땅이 움직거리는 것을 깨달았다. 그리고 급속하게 느껴지는 마나의 진동!

그들은 곧, 그것이 무엇을 의미하는지 깨달았다.

"드, 드래곤이다!"

"좀 쉬고 있을 틈이 없군."

드디어 사벤이 앞으로 나섰다.

그는 카이가 혹 자신을 알아볼까 봐, 문령으로 위장을 하고도 로브를 두텁게 뒤집어쓴 상태였다.

"불의 기운이여, 자연의 모든 기운이여. 들끓지 말지어다. 특히 이 로인에서는, 절대로."

사벤은 우아하게 중얼거리면서 종이 한 장을 찢고, 이어 다른 종이 한 장을 찢었다.

테엘은 그 순간 눈을 부릅떴다. 그의 눈이 얼굴에서 튀어나올 듯, 앞으로 솟았다.

"저 녀석인가!'

테엘은 주먹을 꽉 쥔 채 자리에서 일어섰다. 관문 위에서 그는 그대로 본체로 변화하며 날개를 펼쳤다.

"퀘에에에에에—!"

그 울부짖는 소리에 황제의 군대가 일시에 행동을 멈췄다.

그들은 두려움에 질린 표정으로 하늘을 올려보았다.

헤르크가 그 드래곤의 울음소리에 맞추어 웃음을 터뜨렸다.

"크헤헤헤헤……!'

카이의 일천 보병이 사만 보병과 조우하기 위해 달려가고 있었고, 살육과 피가 넘치는 곳에 곧 그들은 도착할 터였다.

"누가 이 몸에게 첫 번째로 목을 바치겠느냐!'

몸이 굳어 움직이지 못하는 황제의 사만 병사들 사이로, 그들이 뛰어들었다. 곧바로 피가 파도처럼 사방으로 퍼지면서, 학살이 시작되었다. 그 장면은 과거, 테엘이 엘프들을 대상으로 펼치던 광경과 크게 다를 것이 없었다.

이르엘은 사막 건너편에서 느껴지는 불쾌한 기운에 이마를 찡그렸다. 타글라호의 기운이 뭔가 변하긴 변한 모양이었다.

'하긴, 드래곤의 비늘에서부터 엘프들의 피까지……. 힘을 쌓기에는 가장 최적의 조건을 갖추긴 했지.'

그래서 더욱 불쾌했다.

그러나 엘프들의 대결도 더 미룰 수는 없었다.

테엘의 울음소리가 초원에 울려 퍼진 순간, 이르엘의 엘프들은 몸이 굳어 버렸다.

그 틈을 놓치지 않고, 타글라흐가 그들에게 달려들었다.

정령들이 사방에서 울부짖었다. 다크 엘프의 지배력에 정령들이 움직였다. 온순하고 아름다운 모습은 온데간데없이, 그들은 이빨을 드러내고 흉측한 모습으로 엘프들을 향해 움직였다.

이르엘이 재빨리 그들의 앞을 가로막고, 땅과 바람의 방패를 불러일으켰다. 정령을 그 모습이 아닌, 일정한 무기의 모습으로 물질화하는 것이었다.

정령들이 방패에 부딪히면서 불쾌한 비명을 질렀다. 그사이 이르엘이 엘프들을 돌아보았다.

"정신 차려요! 다크 엘프의 희생양이 되고 싶습니까! 고귀한 숲의 종족의 자존심을 걸 때입니다!"

"우, 웃……!

타글라흐가 그녀가 소리 지르는 틈을 타서 앞으로 달려 나왔다.

위엄 있어 보이던 늙은 엘프의 모습은 이제 찾아볼 수가 없었다. 까맣게 타 버린 피부는 엘프의 피가 그들의 몸에 내린 저주였다. 그들은 태양빛 아래 발을 딛고 설 자격조차 잃은 것이었다.

그것만이 아니었다. 무엇보다 그의 눈! 그 눈은 너무나 낯설어서, 이르엘은 순간 그가 누군지 알아보지 못했다.

"그 정도의 정령술로 나와 싸우자는 거냐!"

"……타글라흐?!"

"제대로 된 다크 엘프의 힘을 맛보거라!"

타글라흐가 소리를 지르면서, 품속에서 기묘한 무기를 꺼냈다. 막대기 같았지만, 그 물건에서 느껴지는 사악함에 이르엘은 순간 한발 물러나면서 재빨리 불의 검을 불러 일으켰다.

"엘프에게 힘이란, 결코 완력이나 살상력을 의미하는 게 아니다!"

이르엘이 노한 목소리로 외쳤다.

"엘프들의 힘은 숲의 신이 내리는 뜻을 받들어, 조화를 이루는 것……! 타글라흐, 숲의 신 우네르의 뜻에 따라 너의 피를 자연으로 되돌리겠다!"

타글라흐가 씩 웃었다.

"어디 한번 해 보시지!"

전투는 총 네 군데에서 진행이 되고 있었다.

엘프와 엘프 간의 전투. 그리고 체스터와 벨하임 간에 이어 카이와 기사단이 대치하고 있었고, 헤르크가 보병들과 함께 황제의 군대와 싸우고 있었다.

하늘 높이 날아오른 테엘은 사벤에게서 눈을 떼지 않았다. 그가 어디로 움직이든 놓치지 않고, 공격할 기회를 엿보는 것은 물론 그가 카이를 위험하게 하지 않을지 살피려는 것이었다.

그러나 거기에서 전투가 고비를 맞았다.

카이가 밀테이너에게 내 앞에 나와 보라는 세 번째 외침을 던졌을 때.

소드익스퍼트 기사들로는 카이를 막을 수 없다는 것이 분명해졌을 때.

밀테이너 대신, 기사단의 사내 중 한 명이 앞으로 나섰다. 상대를 본 카이의 표정이 미묘하게 변했다.

"……문령술사인가? 어제 황제를 보호했던?"

상대가 피식 웃었다.

카이는 이어 상대의 골격을 보고는 생각났다는 듯 말했다.

"이프로스! 그렇군……!"

"어떻게 안 거냐……!"

"어깨의 선이나 목을 앞으로 쭉 내민 불안정한 자세, 그 밖에 행동에 깃들어 있는 그런 것들로."

카이가 말했다.

이프로스는 잘되었다는 듯, 얼른 갑주를 이리저리 벗어서 땅에 집어던졌다.

"한눈에 알아채실 줄 알았다면 저깟 무거운 건 애당초 쓰지도 말걸 그랬군요. 괜한 놀음에 아까운 힘만 소비했습니다."

"……그렇군. 그래. 그대라면 이해가 가는군."

카이는 고개를 끄덕였다.

이프로스와 만난 지는 얼마 되지 않아도, 늘 약간 이상하다고 생각하긴 했다. 그는 황제의 주변이나, 밀테이너의 주변에 너무 가까

이 있었던 것이다.

이프로스는 아주 정중하게 카이를 향해 고개를 숙여 보였다. 그러나 카이는 그의 인사를 받기는커녕, 주변을 더욱더 경계했다.

"문령술사가 황제의 곁이 아닌 밀테이너의 곁에 있다는 건, 역천을 꾀하는 편에 섰다는 의미인가?"

카이는 침착하게 물었다. 밀테이너는 그의 질문에 대답할 생각이 전혀 없었다. 대신 카이를 노려보기만 할 뿐이었다.

카이는 스스로 묻곤, 알겠다는 듯 고개를 끄덕였다.

이프로스는 어깨를 으쓱였다.

"뭐, 사정은 거의 다 아시는 것 같으니 별말은 안 드리겠습니다. 하지만 로인 공작님, 한 번쯤…… 다른 길을 생각해 보실 의향은 없으신 겁니까?"

"밀테이너의 역천에 가담해 보라는 건가? 그런 하늘 따위가 생기면 내가 베어 주지."

카이는 그렇게 싸늘하게 대꾸했다.

이프로스가 고개를 흔들었다.

"그런 뜻이 아닙니다. 어차피 두 하늘이 동시에 하나의 태양을 차지할 수는 없는 법이니……. 하지만 그 태양을 굳이 차지해서 옆에 끼고 있을 필요는 없지 않겠습니까?"

"이프로스 경!"

밀테이너는 그 말에 소리를 꽥 질렀다. 이프로스는 그를 한 번 힐끗 바라보기만 하고 계속 말을 이었다.

"옆에 끼고 있든, 태양을 어떻게 하든 그건 각자의 능력껏 할 문제고……. 우선은 그 하늘을 서로 나눠서 구역을 정한다면 어떻겠습니까?"

카이는 그 말에 잠시 멍하니 이프로스를 바라보았다.

'공국의 대우를 해 드리지요.'

올라스가 던진 말이 갑자기 생각났다.

카이는 그 사실에, 갑자기 뱃속 깊숙한 곳에서부터 웃음이 치솟아 오르는 것을 느꼈다.

"푸하하하하하!"

"……?"

이프로스는 잠시 당황했다.

카이는 한참을 혼자 웃다가, 고개를 설레설레 흔들었다. 그 후로도 혼자 쿡쿡 웃고 있었다.

"……제 제안이…… 웃기다는 겁니까, 아니면 마음에 든다는 겁니까?"

이프로스는 애써 침착하게 질문했다.

"생각해 보면 그야말로 행복한 상황 아닌가? 적이며 아군이며, 아니, 누가 적인지 아군인지 확실하지도 않지만 어쨌든…… 모두가 나를 왕으로 옹립해 주는 상황을 놓고 웃지 않는다면, 화를 내야 하나? 그냥 묵묵히, 좋아, 왕 하지! 하고 돌아서야 하나?"

"……적과 ……아군?"

이프로스는 그 말을 중얼거리다가, 갑자기 피식 웃었다. 그리고는

밀테이너 공작을 바라보았다.

밀테이너 역시 상황을 잘 이해하고 있는 게 분명해 보였다.

"그렇군요. 올라스 올싱 힐과 손을 잡은 건, 어쨌든 아주 분명한 사실이로군요. 그렇다고는 해도 설마 그쪽에서 왕의 대우를 해 주겠다고 할 줄이야……."

이프로스는 그렇게 말하고 다시 밀테이너를 힐끔 바라보았다.

밀테이너는 입술을 악문 채 카이를 노려보고 있었다.

"평생 공작의 지위에서 벗어나지 못하는 누구와는 아주 대조적이 아닌지……. 거참, 놀랐습니다."

"닥쳐라, 이프로스!"

밀테이너가 창백한 얼굴로 외쳤다. 이프로스는 그러나 껄껄 웃고는 카이에게 다시 돌아섰다.

"어떻게 하시겠습니까, 로인 공작님? 아니, 로인의 왕이라 불러야 할까요?"

"내 대답은……."

카이는 방긋 웃으며 어깨를 흔들었다.

날씬하면서도 근육으로 탄탄한 그의 몸이 말 위에서 가볍게 움직였다 싶은 순간.

"이거다!"

카이의 양손에서, 중간 길이의 검이 힘차게 이프로스를 향해 날아갔다.

이프로스의 안색이 급변했다. 전에 당했던 그 원거리 공격이 떠

오른 것이었다. 그는 단숨에 품 안에 손을 집어넣었다.

"어딜—!"

이어 카이는 말 위에서 뛰어올라, 단숨에 기사 몇몇의 등을 밟고는 이프로스를 향해 달려들었다.

'드디어 잡는다, 문령술사!'

그런 기대로 그의 눈에서 살기가 번득였다.

이프로스는 얼른 품 안에서 종이를 꺼내, 우선 한 장을 찢었다.

카이는 주변의 기사단 중 몇의 시선이 이상해진 것을 깨달았다.

그는 단번에 버드 기사단 200명을 떠올렸다. 그들은 아직까지도 주술에서 깨어나지 못한 채, 의지와는 상관없이 움직여 대고 있었다.

"또 그 짓거리냐!"

"어라? 무슨 짓거리인지 아신다는 말씀 같군요."

"……."

카이는 분노에 차서 그를 노려보았다. 그리고 검을 들어, 눈빛이 이상한 기사의 목을 단번에 날려 버렸다.

"너희는 박살 내면 끝이다."

"……아하."

이프로스는 순간 진심으로 감탄했다. 카이는 이어 목을 잘라 버린 기사의 몸을 바닥으로 밀어내고는, 그 말을 몰아 그들을 경계하며 이리저리 움직였다.

"그 점은 생각을 못했습니다만……. 그래도 대공, 혹은 공왕……

그런 지위가 탐나지는 않으십니까?"

"밀테이너!"

카이가 갑자기 밀테이너를 불렀다. 밀테이너는 창백한 듯 분노한 얼굴로 카이를 노려보고 있었다.

"그대가 옥좌를 노린다면서 저지른 가장 큰 실수를 알려 줄까?"

"내가 저지른 가장 큰 실수는…… 너희 부자를 한꺼번에 죽이지 않은 일이다."

카이는 싱긋 웃었다. 그러나 뒤이어 나온 그의 목소리는 차가웠다.

"그 말도 맞다. 하지만 더 중요한 건 그대들의 더러운 야망을 채 깨닫지 못한 채 아무렇게나 밖에 방치해서, 파리와 쥐떼가 꼬이게 만들어 놓고 그걸 자신의 세력이라 착각했다는 거다, 이 썩어 빠진 제국의 역병 같은 놈!"

밀테이너는 카이의 모진 욕설을 더 이상 참을 수가 없었다. 그는 검을 뽑았다.

"……차라리 죽겠다, 이놈!"

그가 앞으로 달려 나가려던 참에, 이프로스 백작이 곤란한 듯 뒤쪽으로 시선을 흘깃 던졌다.

'이거, 쉽지 않군. 여기에서 밀테이너를 보낼 수는 없고…….'

이프로스는 내키지 않는다는 듯 품 안에서 문령 몇 장을 더 꺼냈다.

카이는 그에게도 충분히 주의를 기울이고 있었다. 당장 이프로스

를 향해 덤벼들고, 밀테이너를 피하려던 찰나.

이프로스가 천천히 문령을 찢었다. 다음 순간, 카이는 자신의 앞에 있던 이프로스와 밀테이너가 순식간에 사라졌다는 것을 깨달았다.

"제길—! 그놈의 문령!"

카이는 주먹을 불끈 쥐었다. 그가 사방을 둘러보며 그가 놓친 자들이 어디로 향했는지 찾아보려 할 때.

전장의 한가운데, 보병들의 격전지 한가운데는 덩그러니 텅 비어 있었다. 아니, 그곳에서 두 사람이 싸우고 있었다.

소드마스터와 소드마스터가 서로의 검을 겨루느라, 자연스럽게 형성된 광장이었다.

벨하임은 몇 번이나 검을 마주친 후에야, 체스터의 검이 누구의 검과 흡사한지를 깨달았다. 바로 자신이었다.

약간 무모할 정도로 거칠게 휘두르고, 그 사이사이의 빈틈은 뛰어난 반사신경과 스피드로 메움으로써 오히려 적을 끌어들이는 허초로 작용한다.

벨하임의 검이 비록 무모해 보이긴 했지만, 그에게는 오히려 최강의 검법이었다. 그는 사막을 건너면서 생사를 건 검술을 익혔고, 때문에 엄하고 정형적인 검법과는 거리가 멀었다.

체스터는 벨하임의 그런 검법, 거칠고 빈틈도 많아 보이는 검법을 단 한 번도 꾸중하지 않았다. 물론 칭찬한 적도 없었다.

그런데 지금 체스터가 그렇게 싸우고 있는 것이다.

마치 세이글러의 영혼이라도 그 안에 스며든 것 같았다. 아니면, 그가 가장 부러워하는 검법이 우연찮게도 벨하임의 것과 흡사했던 것인지도 모른다.

체스터는 평생 바라 왔다.

백작의 작위도, 황제를 지키는 근위대장의 자리도, 그의 제자들을 가르치는 스승의 자리도…….

모두 버리기를.

단지 한 사람의 검사로 세상을 떠돌며, 강자를 만나면 대련하고 좀 더 강한 검을 추구하는 것.

그것이 체스터가 바란 검사의 길이었다.

'오늘이 마지막일지 모른다.'

그런 생각이 스치자 체스터는 그동안 아껴 왔고 절제되었던 마나의 흐름을 대폭 열어 버렸다. 온몸에서 활활 타오르는 마나의 흐름은, 그동안 익혀 왔던 검술을 잊게 만들었다.

"온몸의 기운을 하나도 남김없이 태워 버려라! 두 눈을 부릅뜬 채 살고 싶다고, 아직 못한 일이 있다고 울부짖는 추한 꼴은 보이고 싶지 않단 말이다!"

"뭔 소리야!"

"더 있는 힘껏……! 벨하임, 와라!"

체스터가 흥겹게 외쳤다.

"무슨 흥분제라도 먹었어요?"

그렇게 서로 흉을 보는 건지 걱정을 하는 건지, 대화가 오갔지만

사실상 검은 그보다 더 빠르게 오가고 있었다.

스치고, 미끄러지고, 서로를 향해 달려가는 검에는 감정이라곤 하나 담기지 않았다. 단지 신이 나서 베어 댈 뿐이었다. 뭐든 걸리면 죽여 버리겠다고, 심장을 갈라 버리겠다고, 검을 휘두르는 것이 둘이 아니라 마치 검 자신인 것 같았다.

벨하임은 체스터를 향해 외치면서도, 검이 서서히 스스로의 인격을 갖는 것처럼 느껴졌다. 그의 팔에서 서서히 감각이라든가 의지라는 게 사라지고 검이 그 자리를 대신 차지한 것 같았다.

검과 몸이 하나가 되는 것이 소드마스터의 첫 번째 단계라면, 두 번째로는 검과 정신이 하나가 되어 녹아드는 것.

벨하임은 그렇게 한 번 검을 휘두른 후 체스터에게서 약간 간격을 두고 뒤로 크게 물러났다.

그때를 맞춰 체스터 역시 한발 크게 물러났다.

둘은 서로를 노려보며 대치했다.

체스터는 숨을 꽤 가쁘게 내쉬고 있었다. 그의 이마는 땀으로 흠뻑 젖어 있었다.

'아, 땀을 흘린다.'

벨하임은 멍하니 생각했다. 그리고 체스터의 이마에서 흘러내리는 땀이 그의 눈 속에 스며드는 것을 보았다.

동시에 벨하임은 검을 머리 위로 치켜들고 앞으로 한발 힘차게 나섰다. 검이 아래로 미끄러져 내려오면서, 공기를 베고 매서운 소리를 울렸다.

쿠콰콰콰콰콰……!

그 소리를 들은 병사들은, 천길낭떠러지에서 떨어지는 폭포 소리가 분명 들렸다고 맹세했다.

엄청난 속도로 공기가 잘리면서, 일시적인 진공 상태로 인해 발생한 소리였다.

그 소리를 들으면서…… 체스터 역시 한발 앞으로 나섰다. 벨하임에 비하면 겨우 0.02초 정도 늦은 출발이었지만…….

그것이 자신의 생사를 결정하리라는 것을 체스터는 직감했다.

'……여기가, 끝인가?'

아쉬웠다.

'조금이라도 젊었다면……!'

아니, 그보다 훨씬 더 아쉬운 것이 있었다.

주인을 선택하지 않고, 젊었을 때 자신은 나섰어야 했다. 검을 찾는 수련의 길로. 지금처럼 황제의 광기를 걱정할 필요도 없고, 정치적인 일 따위는 고민할 필요도 없이……!

그래서 벨하임과 좀 더 어깨를 나란히 하는, 친구 같은 스승이 되고 싶었다고 그는 생각했다.

체스터는 자신의 어깨를 크게 베어 드는 벨하임의 검 앞에 무력하게 노출되었다.

"……!"

벨하임이 눈을 크게 떴다.

그러나 벨하임의 검에는 눈이 달리지 않았다.

그의 검은 계속해서 체스터의 어깨에 박히고, 그의 쇄골을 자르고 어깨 근육을 모두 끊고 신경을 자른 후 아래로, 아래로 내리박혔다. 갈비뼈로 비스듬하게 들어가서는 이내 옆구리의 내장까지 크게 박히고 난 후, 체스터의 배 한가운데에서 멈췄다.

"……!"

"아, 아하하."

체스터는 내장이 끊어지고, 한 팔이 땅에 떨어지는 것을 보면서 웃었다.

"장하다."

그리고 다음 순간 땅 위에 천천히 쓰러졌다.

벨하임은 자신의 손을 멍하니 바라보았다.

검이 서로 오가면서 일어났던 폭풍이 잠잠해지자, 모두들 직감했다. 소드마스터 간의 대결이 끝났음을…….

그들은 살아남은 자가 누구인지 보기 위해, 천천히 시선을 돌렸다.

"테, 테엘 님……! 이르엘 님……!"

그 광장의 가운데에서 살아남은 것은 벨하임이었다.

그는 체스터의 시체를 붙든 채 당황해선 주변을 둘러보고 있었다.

"테엘 님—! 주공!"

그는 울부짖었다.

카이가 다가왔다. 그가 벨하임의 어깨를 다독거렸다.

수만 명이 그들 주변을 빽빽하게 에워싸고 있는데도, 고요했다. 두려움과 믿을 수 없다는 표정들이 벨하임과 그 품 안의 체스터를 내려다보고 있었다.

카이는 문득, 체스터의 표정이 참 낯설어 보인다고 생각했다. 자애롭고, 부드러운 표정. 황궁에서 봤을 때의 표정과는 다르다고. 그가 어떤 마음으로 죽음을 맞이했는지 조금은 알 것 같았다.

카이는 아무 말도 않은 채, 거듭 벨하임의 등을 다독여 주었다.

밀테이너 공작은 믿을 수 없다는 듯, 전장을 바라보았다.

"……체스터 경이, 체스터 경이……!"

그는 앞으로 한 걸음 나섰다. 이프로스가 재빨리 그의 어깨를 뒤에서 잡았다.

"뭐 하시는 겁니까?"

"체스터 경의 생사를 확인해야겠네!"

"……별수 없습니다. 그는 죽었어요."

"사, 살려 낼 방도가 ……."

"당신이 정말 로인을 이기고 싶다면, 그런 사소한 일에 신경 쓰지 마십시오."

"사소한 일이라니……!"

물론 이프로스에게도 체스터의 죽음은 '사소한' 일이 아니었다. 전황을 어떻게 이끌어 나가야 할지 결정하는 중요한 기준이 소드마스터의 유무였으니까.

'아무래도 스승님께서 기분이 좋지 않으시겠는데…….'

보병들이 처음부터 쓸모없으리라 생각은 했지만, 이 정도일 줄 누가 알았겠는가!

게다가 믿었던 소드마스터마저 적 중 한 사람을 당해 내지 못하고 쓰러졌다.

'곤란한데…….'

그는 밀테이너의 어깨를 붙잡은 채 한숨을 푹 내쉬었다.

테엘이 하늘을 맴돌고, 엘프들의 정령전이 화려한 불꽃과 바람, 물과 흙의 진동을 일으키는 가운데…….

사람들의 전투는 이제 슬슬 그 끝을 보고 있었다.

생각지도 못한 곳에서 가장 큰 활약을 보인 것은 헤르크였다. 그는 연신 미친 웃음을 퍼부으면서 사람들의 머리를 창으로 꿰뚫어 버리고 팔다리만을 잘라 내며 쫓아다닌 것이었다.

헤르크를 주목한 병사들이 화살이며 장창, 나름대로 힘을 합쳐 공격했지만, 그에게는 그런 공격이 먹히지 않았다.

"……소드마스터다!"

"저, 저자 역시?!"

"대체 로인에는 얼마나 많은 괴물이 있는 거야!"

두려움에 질린 병사들이 일제히 헤르크에게서 도망쳤다. 헤르크는 잔혹하게도 그런 자들을 꼭 쫓아가서 친절하게(?) 죽여 주었다.

"도망치면 재미없으니까 버린다."

"……미, 미친놈……!"

헤르크는 그런 자들의 뇌를 한 손에 박살 내고 그 뇌를 주위 병사들의 얼굴로 집어던져 버리곤 했다.

그렇게 잔혹한 싸움에 질려, 그래도 결국 도망치는 자들이 속출했다. 헤르크가 크게 웃었다.

"광견의 탄생이로군, 실로."

테엘이 땅에 내려오다 그것을 보며 고개를 흔들었다.

벨하임은 그가 다가오자마자 고개를 번쩍 들었다.

"테, 테엘 니임—!"

"어라, 너 우냐?"

"사, 사부가……."

테엘은 피식 웃었다. 그리곤 한 손을 체스터의 가슴 위에 얹었다.

"심장은 따뜻하지만 이미 그 심장은 피를 흘려보내지 못하고 있구나. 충격으로 마나가 흩어지고 자시고 할 것도 없이, 전력을 퍼부어 싸웠군……."

"……에?"

"너와 싸우기 위해 전력을 다했다는 이야기다. 그래서 무척이나 개운해 하는 얼굴이었군그래."

테엘은 그렇게 말했다.

결국 체스터의 표정을 이해했는지, 벨하임은 눈물을 멈췄다. 입술을 악문 채 그는 스승의 시신을 조심스럽게 들어 올렸다.

테엘은 고개를 끄덕이며 그를 신전으로 이동시켰다.

"장례 준비나 해야겠군. 인간이지만, 저 정도라면 해 줄 만하지.

아 참, 카이. 문령술사가 마법사들 사이에 섞여 있다. 지금은 나서지 않고 마법사들을 보호하고 있더군."

카이는 그 말에 눈을 크게 떴다.

"그럴 리가……? 문령술사는 바로 여기에 있었어!"

"아니, 저쪽에 있었는데?"

둘은 서로를 바라보았다.

"둘?!"

"둘 이상일 수도 있다는 이야기로군."

그러나 카이는 이내 고개를 흔들었다.

"지금은 일단 이 전투를 수습하는 게 우선일 것 같다. 테엘, 지원을 부탁한다!"

"……좋아."

테엘이 다시 마법사들의 마법을 막아 주며, 문령을 경계하는 동안.

카이는 검을 뽑고는 힘차게 외쳤다.

"로인의 군사여—! 엎드려라! 주인의 명령이니—!"

그의 목소리가 울려 퍼진 순간.

헤르크는 웃음을 뚝 멈춘 채 그 자리에 냉큼 엎드렸다. 그에게 쫓기던 병사가 어리둥절한 채, 눈물이 글썽 맺힌 눈으로 뒤를 돌아보았을 때.

"용보월강참—!"

아주 먼 곳에서 들려온 소리.

그리고 그 말이 무슨 뜻인지 어리둥절해하는 사이…… 가슴과 허리의 중간쯤 높이에서 뭔가가 스윽 다가왔다.

넓고 잔잔하게 퍼지는 파도……와 같은 검강.

기의 여파가 사람을 수없이 베고도 한 번 멈추지 않고 사방으로 퍼졌다……. 퍼지고, 퍼지면서 그 궤도 내의 것을 멸하고 지나갔다.

그리고 이윽고…….

황제의 진영에서 비통한 울부짖음이 들려왔다.

"……로인……! 로인……! 100대를 저주할 이름이여……!"

카이는 황제의 그 울부짖음에, 광소로 응대해 주었다.

"황제여, 어리석은 황제여……! 그대의 가장 큰 친구이자 지원자, 제국 800년을 떠받든 우리 가문을 내버린 것은 바로 그대다! 그대야말로 신의를 잊고, 우정을 잊고, 충성을 잊은 대가로 저주를 받게 될 것이다!"

카이는 힘차게 외쳤다.

"오늘 이 자리에서, 로인의 첫 번째 동맹은 아무 의미가 없다!"

SWORD OF DRAGON LOAD

제10장

로인의 첫 번째 맹약

"우연이 작용하든, 아니면 다른 힘이 작용하든…… 황제는 네 손으로 죽일 수 없다."

"죽일 수 없다고?"

"그래. 첫 번째 맹약을 잘 생각해 봐."

카이는 황제를 향해 검을 던졌다.

방향도 분명히 제대로 날아갔고, 힘도 충분히 있었다. 그런데도 황제는 그것을 피했다.

피했다고 생각했는데, 테엘 말로는 그게 아니란다.

"카이, 드래곤의 사제로서 너에게 진심으로 물어보마."

테엘이 카이의 눈을 똑바로 바라보았다.

"진심으로 제국의 황제를 죽일 생각인 거냐?"

"헤첸 4세는 제국의 황제가 아니다."

카이는 침착하게 대답했다.

"그는 황제 맞아."

"그러나 그는 이미 이성을 잃었다. 그가 좀비가 되었다 해도 황세

로 봐야 한다는 말인가? 그는 이미 황제가 아니다."

"그 태후라는 여자의 뜻대로 행동하게 되는군?"

"글쎄. 일단은 그쪽으로 의견이 수렴되었다고 하는 편이 좋겠지."

"귀찮은 인간의 언어유희 따위는 집어치워. 지금 거기에 장단 맞춰 놀아 줄 생각 없으니까. 네가 정말 그렇게 생각한다 해도, 황제는 네 손으로, 혹은 네 권속의 힘으로는 죽일 수 없다."

"벨하임이나 리슨으로도?"

카이는 몸을 움찔했다. 마침 생각하던 게 있었던 것이다.

자신이 안 된다면 벨하임도 있고 리슨도 있지 않느냐, 라는. 그것도 아니라면 헤르크도 있고, 영 꺼림칙하긴 했지만 이르엘이라는 카드도 있다.

테엘은 고개를 흔들었다.

"용언은 절대적으로 말한 사람의 의지대로 행해진다. 이자벨에게는 두 사람의 친구가 있었고, 그것이 아리준과 멕…… 지금의 벨하임과 리슨이지. 그들에게 약속한 힘이 두 번째 맹세의 고리를 이루는 한, 항상 황제를 위협할 수단을 갖게 되는 거야, 로인은. 때문에 첫 번째 맹세가 지켜지기 위해서는 황제에 손대지 못하는 자의 범위를 로인뿐만 아니라 로인에 속한 모든 사람으로 한정해야 할 이유가 있는 거지."

"……그렇군."

카이는 의외로 담담하게 그 사실을 받아들였다.

"드래곤의 가호 아래 이루어진 맹세……. 그렇군."

"방법이 없는 건 아니지만."

테엘은 그렇게 말하며 카이를 바라보았다.

카이의 눈은 항상 똑바로 테엘을 바라보고 있었다. 인간답지 않게, 주저함이나 숨기는 기색은 없다. 그가 보아 온 로인 중에, 카이는 단연 가장 뛰어났다.

"용언으로 해제를 선언하는 건가? 예전의 맹약을?"

"황제를 가호하던 로인의 힘을 해제하는 거지."

"그럴 수 있겠군."

카이는 어둠 속, 황제의 진영을 바라보았다.

"제국과 로인의 동맹, 겨우 800년인가……."

"정확히는 600년이지. 200년 전에 이미 끝난 거다."

"200년…… 인간에게는 4대와 5대를 거칠 시간이지만, 엘프에게는 성인기에 이를 정도의 시간밖에 안 되는걸. 드래곤의 헤츨링이 알에서 깨어나는 시기보다도 짧은 시간."

카이는 길게 탄식했다.

"드래곤이 말로 맺어 준 약속은 아직까지도 남아 있지만, 인간의 마음은 변하고 인간이 변했으니……. 황제는 아둔하고, 나는 제국과의 의리를 잊은 건 아니니……라고 위안을 할 수밖에……."

"언약을, 깰 건가."

"……그는 이미 황제가 아니다. 어리석은 미치광이일 뿐."

카이는 중얼거렸다.

테엘이 그 말에 다시 인간의 유치한 언어유희라고 비꼬지 않을까

생각했는데, 의외로 그는 조용한 목소리로 물었다.

"내 솔직한 생각을 말해 줄까?"

카이는 고개를 끄덕였다.

"이번만큼은 네가 옳다."

다시 전장으로 돌아와서…….

"황제여, 어리석은 황제여……! 그대의 가장 큰 친구이자 지원자, 제국 800년을 떠받든 우리 가문을 내버린 것은 바로 그대다! 그대야말로 신의를 잊고, 우정을 잊고, 충성을 잊은 대가로 저주를 받게 될 것이다! 오늘 이 자리에서, 로인의 첫 번째 동맹은 아무 의미가 없다!"

카이는 힘차게 외쳤다.

"오늘, 제국의 제1공작인 로인의 이름과 용신 로잉루의 가호에 힘입어, 제국의 황제 헤첸 4세의 폐위를 결정한다! 이 전장이 정리되는 대로 제국은 새로운 주인을 맞이할 것이다!"

"……!"

밀테이너의 얼굴이 사정없이 구겨졌다.

그는 카이가 자신에 앞서 황제를 폐위한다는 선언을 하리라곤 생각도 못했다.

'200년 동안…… 우리는 하지 못했던 것을……!

카이는 너무나 쉽고 단호하게 결정을 내렸다!

밀테이너는 저도 모르게 주변을 둘러보았다.

사만, 아니 이제는 삼만에 가까운 숫자로 줄어 있었다. 그 군사들은 모두 로인을 등진 채 두려워하는 얼굴로 도망치고 있었다. 피에 젖고 두려움에 허우적거리는 그의 군사들!

기사단과 마법사의 진영, 어디라 할 것도 없었다. 모두가 로인을 두려워하고 있었다.

그 자신 역시 마찬가지였다. 그는 로인이 지독히도 두려웠고, 할 수만 있다면 과거로 돌아가 어린 카이를 주저 없이 죽여 버리고 싶었다.

그런 후회를 속에 품고 있다는 것부터가, 이미 패배를 인정한 것이나 다름없었던 것이다…….

카이의 외침이 끝나자, 바로 테엘이 양팔을 벌렸다. 신성한 기운이 그의 전신에서 사방으로 뻗어 나갔다.

"용신 로잉루의 이름으로, 옛 언약의 이름으로 묶인 황제를 보호하는 로인의 힘을 거두노라."

웅장한 소리가 하늘을 가득 메웠다.

사벤은 눈을 크게 떴다. 그리고 자신의 모습을 감추고 있던 로브를 뒤로 벗었다.

그는 한 손을 앞으로 뻗었다……. 손에 만져질 듯한 드래곤의 언령! 하늘을 가득 채우고, 너무나 환하게 빛나는 그 목소리의 힘!

"……아아……!"

그의 두 눈에 눈물이 글썽거렸다.

사벤은 두 손을 하늘로 뻗었다. 만져질 듯 만져지지 않는 안타까

운 언령을 향해 조금이라도 가까이 다가가기 위함이었다.

언령은 하늘을 채우고, 사람들을 압도할 정도로 커지더니 이내 금빛으로 사라졌다.

그리고 이내, 황제의 주변에서 기이한 소리가 들리기 시작했다.

끼익…… 끽…… 쩍…… 끽…….

마치 얇은 얼음에 금이 가면서 그 안의 내용물이 스멀스멀 빠져나오는 것 같았다.

그 소리를 들은 사람들이 하나 둘, 황제를 향해 고개를 돌렸다.

황제는 양팔을 벌린 채, 입을 떡 벌린 채, 그렇게 경악해선 카이를 바라보고 있었다.

그가 두 눈을 부릅떴다. 그 눈에 고인 눈물이 막 떨어질락말락 한 순간.

"……로, 로인 공작……!"

제정신이 돌아온 것일까. 아니면 카이가 한 말의 위중함을 안 것일까.

그도 아니라면, 죽음이 다가오는 것을 깨달은 것일까.

눈물이 그의 뺨을 가로질렀다. 그 눈물 자국을 따라, 황제의 피부에 금이 그어지고 있었다.

"……로인 공작! 짐이, 짐이 잘못했도다!"

황제는 울부짖었다.

카이는 전장 한가운데 선 채로 황제를 바라보았다.

황제가 카이를 향해 한발 앞으로 나섰다.

"짐이 잘못했도다! 짐이 실수를 했도다, 그래, 짐이, 짐이 미쳤던 것이었다! 로인 공작……!"

"……이미, 말은 시작되었다."

사벤이 나지막하니 중얼거렸다.

"그 누가 막을 수 있을 것인가. 언어, 곧 의지여……."

끼이익—

유난히 크고 귀에 거슬리는 소리가 황제의 몸에서 났다 싶은 순간.

쿠콰—! 황제의 몸이 순간적으로 폭발한 듯 보였다. 주변 사람들은 일순간 반사적으로 두 팔을 들어 얼굴을 가렸다.

황제의 몸은 잠시 뿌연 연기에 가려져 보이지 않았다.

정적이 흘렀다. 주위에 사람이라곤 하나 없는 것처럼. 카이와 황제 사이에는 아무도 서 있지 않았다.

이윽고, 바람이 불어오며 황제의 주변에서 안개를 걷어 냈다.

황제는 죽지 않았다. 그는 양손을 부들부들 떨면서 가만히 서 있었다. 가장 중요한 것을 잃고는, 어찌할 바를 모른 채 당황한 모습이었다.

'누가 와서 심장이라도 쥐어뜯은 것 같군.'

테엘은 그렇게 생각했다.

조금은 씁쓸했다. 오랜 시간 이어지던 맹세를 자신의 손으로 끊게 될 줄은 생각도 못했던 것이다.

오랜 시간, 로인의 영향 아래 보호받던 황제……. 그가 느끼는 변

화는 어떤 것일까.

황제가 천천히 고개를 들었다. 그리고 카이를 바라보았다.

"……하, 하지만, 짐은……, 짐은……."

"황태자를 옹립할 것이오."

카이가 차갑게 그의 말을 끊었다.

"물러나시오, 노진 라렉 헤첸. 그대는 이미 폐제(廢帝)로, 그대의 성에 주어진 라 펜이라는 황제의 칭호를 쓸 수 없소. 또한 그대의 주변에서 경의를 표하는 자는, 그대를 재옹립하려는 반역의 무리로 결정을 내릴 것이며, 그 모든 결정은 나, 카이젤 아민 라 로인의 권리하에 이루어지는 일이오."

"……짐은……."

"그대는 이제 짐이라는 칭호를 쓸 수 없소!"

카이가 단호하게 소리쳤다.

헤첸 4세는 자신의 몸에서 빠져나간 중요한 것을 찾으려는 듯, 주변을 두리번거렸다.

그와 눈을 마주치려는 사람은 하나도 없었다. 저주가 옮을까 두렵다는 듯이, 그리고 카이의 노여움을 사기 싫다는 듯이…….

오직 밀테이너만이 헤첸 4세를 바라보고 있었다. 그러나 그의 눈빛에는 경멸과 증오, 분노만이 가득했다.

"……미, 밀테이너 공작……."

이내 밀테이너조차 슬그머니 고개를 돌렸다.

이어 그는 또 한 사람이 자신을 바라보고 있는 걸 발견했다.

"미네드 자작……! 짐을, 짐을 돕게나!"

'사벤 알 미네드? 적 중에 있었나?'

카이는 그제야 그를 발견하고는 깜짝 놀랐다.

사벤은 기괴한 미소를 지은 채, 그 자리에 서 있었다. 사벤은 황제의 곁에 다가서서, 그의 등을 다독거렸다.

"도와드려야지요, 응당."

"미네드 자작?!"

카이는 그의 말을 믿을 수가 없었다. 아니, 그의 눈을 믿을 수가 없었다.

마냥 사람 좋고 연약한 학자의 얼굴 어디에 저런 사기(邪氣)가 있었던 것일까!

안경 너머의 눈은 검게 타오르는 듯했다. 사벤은 그러나 손길만은 다정하게 황제의 등을 연신 쓰다듬었다.

"폐하께서 제게 얼마나 큰 은혜를 베푸셨는지, 아마 알지 못하실 겁니다."

"그, 그런가…… 미네드 자작, 그렇다면……?"

"정말이지 폐하 덕분일 겁니다. 제 모국은 이제 해방되었을 겁니다."

"……?"

카이가 테엘을 돌아보았다. 테엘은 무슨 말인지 모르겠다는 듯, 고개를 흔들었다.

"정말이지 모든 것이 폐하의 공입니다. 그 공을 생각해…… 그대

를 살려 드리지요."

사벤은 그렇게 말하면서, 손가락으로 무언가를 허공에 휘갈겼다.

순간 카이와 테엘이 눈을 부릅떴다.

황제의 몸이 그대로 사라졌다! 그리고 그런 효과를 낼 수 있는 방법은 하나뿐이었다.

"너였던 건가!"

카이가 외쳤다.

너무 기가 막혀서, 그 외에는 아무 말도 할 수 없었다.

"너였단 말이냐! 바로, 바로 너였단 말이냐!"

"……아하하하하……."

사벤은 부드럽게 웃었다.

"그럼 누구라 생각했던가? 세상의 모든 문자를 읽어 낼 수 있는 자, 세상 모든 글을 이해한 자. 나는 바로 들키는 건 아닐까 조마조마했는데."

"……!"

카이는 기가 막혀서 말을 이을 수조차 없었다.

'저자에게 내가 도움을 청했단 말인가!

아아, 그랬다. 이제야 상황이 이해되었다.

일련의 사건들이 꼬리에 꼬리를 물고 이어지고 있지 않은가!

올라스를 잡아넣을 수 있었던 것도 당연했다. 그는 최고의 문령술사, 인간들이 잃어버린 힘의 소유자!

올라스를 잡아넣고, 로인의 이름을 빌려 드래곤의 신전을 봤다가

서방 연합에서 미끼를 낚아 황제의 광기를 키우고…… 그리고 여기에까지 끌고 왔다.

목적은……?

"너, 동방 제국에서 온 녀석인가?"

테엘이 물었다.

사벤은 고개를 끄덕였다.

"그렇군. 동방 제국을 위해 일하던 거였나?"

"시간이 오래 걸리긴 했지만…… 어쨌든 나는 목적을 달성했소. 로인 공작, 이 역시 그대의 공이 컸지요. 정말이지 감사하지 않을 수가 없습니다."

"……!"

카이는 그 조롱에 못 견디고 검을 뽑았다. 뽑힘과 동시에 힘이 발출되었다. 사방을 긁어 대며 지나치는 그의 검강은 모든 것을 가를 듯, 그 어느 때보다 강력했다.

그러나 사벤은 나지막하게 웃고는 손가락을 가볍게 꿈틀거렸다.

카이가 그 앞에 도착하기도 전에, 그의 모습은 허공에서 일렁거리며 사라졌다.

밀테이너는 이 모든 것을 보면서 넋이 빠져 있었다.

카이가 분노한 얼굴로 밀테이너를 바라보았다.

"나는 서방과, 댁은 동방과. 두 명의 공작이 잘도 손을 잡았군. 아니, 저 한 사람에게 잘도 놀아났다고 해야 하나?"

"자, 잠깐! 로인 공작!"

밀테이너가 저도 모르게 외쳤다. 생명을 구하기 위해서, 거의 본능적으로 외친 것이었다.

그러나 다음 순간 그는 입술을 깨물었다.

'……뭐 하는 거냐, 밀테이너, 밀테이너! 가문의 이름을 걸고…… 무슨 생각을 한 것이냐!

"그대가 르귄 공작을 죽였더군."

카이는 그렇게 말했다.

밀테이너 역시 약간은 진정했다.

"그렇소."

밀테이너가 정중하게 대답했다. 그리고는 피식 웃었다.

"애당초 생각을 굴릴 것도 없었는데……. 저들이 왜 일을 복잡하게 꾸미나 했더니, 결국 나 역시 소모품이었던 거로군."

카이가 그를 향해 걸어가며 대답했다.

"소모품이 될 수밖에 없었지. 너무 신중을 기했으니까."

"그렇지만 당신 외에, 그 누가 감히 대담하게 선언할 수 있겠는가?"

그리고 밀테이너는 다시 웃음을 터뜨렸다.

"그토록 신중에 신중을 기했다고, 이제는 때가 되었다고 생각했는데……. 어린 호랑이가 숲에서 죽지 않으면, 응당 그 숲의 주인이 될 것을 전혀 생각하지 않았어. 내가 미련했군."

"그렇기는 하지."

이윽고 카이가 밀테이너의 바로 앞에 도착했다.

밀테이너는 조용히 무릎을 꿇고 정좌했다. 그리고 가슴을 떳떳하게 편 채, 기사단과 군사들을 바라보았다.

그는 다시 웃음을 터뜨렸다.

"어리석은 야망을 가진 모든 인간들에게 나, 밀테이너 공작의 이름으로 유언을 남긴다! 그대들이여……."

밀테이너는 잠시 머뭇거렸다.

"……후회하지 않는 선택을 내리길!"

그렇게 내뱉었다.

그리고 다시 카이를 바라보았다.

"나는 네가 어릴 때 죽이지 않은 것을 후회한다."

밀테이너는 발음 하나하나 똑똑하게 말했다.

카이는 고개를 끄덕였다.

"후회할 만하지."

그리고 이내 검을 들어, 밀테이너의 목을 깨끗하게 날려 버렸다.

밀테이너의 눈에 마지막으로 보인 것은 카이, 그리고 그의 뒤에 있는 거대한 로인의 관문이었다.

그는 그 너머로 향해 보지도 못했다…….

그리고 카이를 뛰어넘지도 못했다…….

주인을 잃은 기사단, 두뇌가 없는 병사들. 그들이 두려움에 질린 눈으로 카이를 바라보았다.

카이는 밀테이너의 시신과 그들을 번갈아 바라보았다.

"주인의 시신을 모시고 란펜으로 돌아가라."

카이의 명령에 그들은 목숨을 구한 것을 깨달았다.

이어 카이는 아직도 격전을 벌이고 있는 엘프들을 향해 시선을 돌렸다.

이쪽에서 무슨 일이 벌어지든 엘프들은 신경 쓰지 않았다. 이쪽은 인간의 일, 그들의 싸움에도 그들 종족의 미래가 걸려 있었다.

어둠과 파괴의 다크 엘프냐! 아니면 순응과 조화의 하이 엘프인가!

카이와 밀테이너 사이의 일이 라페드 제국의 내전이라면, 엘프들 역시 내전을 치르고 있는 셈이었다.

타글라호가 다루는 물의 정령이 새된 비명을 지르며 이르엘을 향해 달려들었다.

"키에에에에에—!"

물의 정령이 갑자기 방향을 바꿔 땅속으로 파고들어 갔다.

이르엘이 두 손에 수인을 맺으며 외쳤다.

"클레이, 땅의 정령이여! 모든 것을 가두는 영원한 굴레의 속박!"

땅의 정령들이 이르엘의 발아래 모여들었다. 그들이 땅을 단단하게 가두었지만, 아무 소용없었다. 하나의 클레이가 소멸하면서, 분노한 물의 정령이 땅속에서 하늘로 솟아올랐다.

"크흣—!"

"크하하하하! 소용없다!"

이르엘이 간신히 옆으로 피하는 것을 본 타글라호가 크게 웃음을 터뜨렸다.

"이것이 진정한 엘프가 지닌 힘이다!"

"헛소리! 우리를 낳은 숲의 신이 내린 힘을 저버린 배신자에게 내려진 저주다, 그건!"

이르엘은 옆으로 구른 후 바로 다른 정령을 소환해 냈다. 흙의 정령들이 타글라흐의 주변에서 성채처럼 우르르르 솟아났다.

그 갇힌 속에서 타글라흐가 다른 공격을 하려는 순간, 이르엘은 거기에 불의 정령까지 불러 채워 넣었다.

"흙의 공간에 채워지는 불의 정념이여, 모든 것을 태우고 소멸시킬지니!"

이르엘의 매서운 주문과 함께, 불기둥이 허공으로 화르르륵 타올랐다. 그러나 그 불길은, 이내 물줄기와 뒤섞여 버둥거렸다.

흙의 정령이 물의 정령과, 그리고 불의 정령도 타글라흐를 직접 공격해 왔다.

타글라흐는 자신의 가진 바 힘을 모두 끌어 모아 물의 정령을 불러냈다. 순간 사방에서 그를 가두고 있던 흙의 정령들이 조각나며, 역소환되었다.

"……칫!"

그러나 빠져나왔음에도 불구하고 타글라흐는 안색이 좋지 못했다. 그 역시 이번 방어를 하기 위해 꽤 무리를 한 것이다.

그러나 이르엘은 제법 멀쩡해 보였다.

'하긴, 그러니까 하이 엘프지……! 하지만 지지 않는다!

"그만 포기하고 목숨을 내놓아라, 타글라흐! 네가 마신 동족의 피

에 참회해라!'

"……헛소릴."

타글라흐가 한 손을 뻗어 물의 정령을 불러왔다. 그러면서 동시에 다른 한 손을 품속에 집어넣었다. 언령의 문서라면 이프로스와 사벤에게 얼마든지 받아 두었다.

"어딜!"

이르엘은 단숨에 카사 무리를 불러왔다. 수십만의 카사가 타글라흐의 주변에서 회오리치며 그의 몸 곳곳으로 파고들었다.

"소용없다!"

타글라흐는 얼른 물의 정령으로 자신을 에워싸고, 그중 하나를 찢었다. 문령이 허공에 둥실 떠오르더니, 타글라흐의 주변을 감쌌다.

"흣!"

카사가 순식간에 이르엘에게 반사되었다. 정령들은 당황하고, 어찌 된 영문인지 혼란스러워 했다. 이르엘은 그들을 달래 다시 돌려보낸 후, 타글라흐를 노려보았다.

"……문령이라."

이르엘은 가만히 그를 노려보았다. 차갑고, 냉정한 눈빛이었다.

"언령의 노래를 부를 셈인가?"

타글라흐가 물었다. 이르엘은 천천히 고개를 끄덕이고는 조용히 입을 벌렸다.

엘프와 엘프들이 서로를 향해 덤벼드는 혼란 중에, 이르엘의 노랫소리가 조용하게 울려 퍼지기 시작했다.

"창조신의 이름을 거슬러 올라간 태초의 혼돈이여……, 신의 이름이 있기 이전에 존재하던 반(反) 신적인 혼돈이여, 지금 이 자리에 강림하여 당신의 뿌리를 뻗어 그 신에 반하는 당신의 적을 빨아들이시니 세상의 순리여, 그 자리를 잡아……!"

이르엘은 타글라흐를 바라보며 마지막 말을 내뱉었다.

"자신까지도 혼돈으로 돌아가소서!"

침울하게 흐르던 노래가 멈췄다.

타글라흐는 안색을 구겼다.

그를 보호하고 있던 문령의 결계가 흔들렸다.

이르엘이 노래를 멈췄는데도, 타글라흐의 주변으로는 그 곡조가 계속 메아리치고 있었다. 그러면서 그의 정신을 잠식하고 압박할 듯이 느껴졌다.

"크흣……!"

결계가 덜덜 떨렸다.

순간 이르엘은 그 상황이 어떤 것인지 알아챘다.

"모두 피해요—!"

그녀는 자신과 타글라흐의 사이에, 수많은 흙의 정령을 불러와 엄청난 두께의 벽을 세웠다. 순식간에 몇십 미터의 흙의 장벽이 세워졌다.

그러나 그것으로는 부족하다. 이르엘의 본능이 그렇게 외치고 있었다. 더 피해야 한다고!

그때 테엘과 카이가 달려왔다.

"……이 애송이 엘프가……!"

다음 순간 테엘은 단번에 그들을 로인 안으로 대피시켰다. 엘프들과 인간들, 그들의 편은 모두 다.

"케헥……!"

테엘은 결국 마나의 무리한 운용으로 피를 토해 냈다. 헤츨링 시절 이후 처음 겪는 일이었다. 일순간 과도한 마나가 흐른 심장이 펄떡거리면서 무리를 호소했다.

다행히 로인의 병사들은 모두 로인 안으로 들어선 후였다.

카이는 한순간의 이동에 놀란 듯 테엘을 바라보았다.

"무슨 일이야? 이르엘은?"

그러나 테엘은 거기에 대답해 줄 만큼 한가하지 않았다. 그는 다시 관문 위에 올라서서 있는 힘껏 입을 벌렸다.

"용신 로잉루의 이름으로, 그대를 모시는 이 땅을 보호하여 주소서—!"

그의 외침이 끝나기가 무섭게…… 로인의 앞, 땅이 덜덜덜덜 흔들리기 시작했다.

카이는 관문 위로 뛰어올랐다.

로인의 초원에 남겨진 사람들과 다크 엘프들이 당황해서 이리저리 뛰어다니고 있었다.

그 진동의 중심에는 타글라흐가 서 있었다. 그의 온몸이 검은 기운에 휘감겨 있었다. 그는 그 검은 기운 안에서 손발을 덜덜 떨면서, 어떻게 해서든 팔을 움직이려 하고 있었다.

테엘의 용언에 의해, 푸른빛의 강건한 실드가 로인의 하늘을 감싼 순간…….

"크아아아아악—!"

타글라흐가 찢어지는 비명을 내질렀다. 그의 온몸이 힘과 힘 사이에 끼이면서, 그는 존재 자체가 소멸할 듯한 충격을 받고 있었다.

그리고 이내 검은 번개가 번득였다. 번개의 장벽이었다. 검고 번득거리는 불빛이 병풍처럼 길게, 땅에 내리꽂혔다.

땅이 갈라지고, 공기가 어디론가 빨려들어 사라지기 시작했다.

땅 위에 살아남아 있던 사람들은 비명을 지르며 이리저리 날뛰기 시작했다. 그러나 사람이 아무리 뛰어 봤자 소용없었다. 번개가 덮치고 거센 바람이 스쳐 그들을 땅속 깊은 구덩이 속으로 밀어붙였다.

"피해!"

테엘이 외치면서 카이를 껴안고 로인의 관문 아래쪽으로 뛰어내렸다. 로인의 땅속에 완전히 몸을 감추고도 부족한지 테엘은 아예 바닥에 엎드렸다.

"모두 엎드려—! 눈을 감아라! 손으로 두 눈을 가려! 절대로 눈을 뜨지 마라!"

테엘의 목소리가 로인 전역을 쩌렁거리면서 울려 퍼졌다.

테엘은 자신의 온몸으로 카이의 몸을 덮었다. 카이는 고개를 들어 무슨 일이 있는지 보고 싶었지만 그럴 수가 없었다.

잠시 후.

온몸이 휩쓸리는 듯한 엄청난 바람이 로인을 휩쓸었다. 모든 것을 빨아들이려는 듯 강력한 힘이었다. 그리고 눈을 감았는데도 너무나 환해서 뇌 속까지 파고드는 듯한 빛이 번쩍거렸다.

한참의 시간이 흐른 후…….

이윽고 테엘이 일어났다.

"크……큭."

그는 잠시 비틀거리다가, 작은 관문을 살짝 열어 보았다.

카이도 그를 따라 일어났다. 하지만 역시 몸에 힘이 없어 비틀거려야 했다. 둘 외의 다른 존재들은 모두 기절한 상태였다.

카이가 테엘의 옆으로 다가섰다.

"……대체…… 무슨 일이 있었던 거냐……?"

"언령은 신성력이다."

테엘이 피곤한 목소리로 말했다.

"그 둘이 충돌하면 어떤 일이 있을 것 같나?"

"……신마대전이라도 벌어졌던 건가."

"비슷한 거지. 인간과 엘프에게 나뉘어 있는, 희박해진 힘이라서 다행이다……. 안 그랬다면 정말 모든 게 박살 났을 거다. 용언도 소용없었을 거야……."

"……."

카이는 테엘의 옆에서 밖의 풍경을 내다본 순간, 놀라서 한동안 움직일 수가 없었다.

모든 것이 거칠어져 있었다. 예전보다 훨씬 더 지독했다. 땅이 뒤

집히고 정령들이 날뛰었으며, 바람까지 찢겨진 듯 사납게 불어닥쳤다. 시체들이 갈가리 찢겨져 그 피가 바닥을 적셨으며, 그 범위가 얼마나 넓은지 사막이 아닌 붉은 모래땅처럼 보일 정도였다.

그야말로, 지옥의 풍경이었다.

테엘은 지친 듯 문가에 기대어 주저앉았다.

"……하, 하하……. 맙소사……."

"대단한…… 하루로군."

카이 역시 중얼거리며 테엘의 옆에 그대로 풀썩 주저앉았다.

그 후로도 일주일 동안, 로인의 초원은 진정되지 않았다. 마침내 바람이 잠잠해진 후, 그리고 땅의 움찍거림이 멈춘 후.

카이는 그제야 도성으로 되돌아갔다.

승자의 이름으로 입성하기 위해서.

〈『드래곤 킹덤』 제5권에서 계속〉